Gabriel Roth

Gleichung mit einer Unbekannten

Roman

Aus dem Amerikanischen von Anna-Nina Kroll

Diogenes

Titel der 2013 bei
Waywiser Press, London,
erschienenen Originalausgabe: ›The Unknowns‹

Umschlagillustration: Jason Brooks,
›Fragment‹, 2011 (Ausschnitt)

www.diogenes.ch
80/13/8/1
ISBN 978 3 257 30022 2

Eins

Ich brauche die absolute Kontrolle über meinen Optikblast, die mir mein Rubinquarzvisor gewährt.

Scott »Cyclops« Summers, X-Men 136

Wenn man auf eine Party geht, muss man den richtigen Zeitpunkt abpassen. Man will nach der flauen ersten Stunde ankommen, in der die Überpünktlichen betreten in der Küche herumstehen, aber rechtzeitig für die nächste Phase, wenn der Geräuschpegel eine gewisse Grenze überschritten hat und eine Rückkopplungsschleife auslöst, in der alle immer lauter reden, um die anderen zu übertönen. In einem solchen Augenblick kann man sich vorstellen, dass die Party hält, was der Begriff »Party« verheißt.

Als ich um 22.32 Uhr in Cynthias Apartment trete, ist klar, dass diese Verheißungen nicht erfüllt werden. Eine einzelne Stimme schallt verloren aus der Küche über den leeren Flur und mischt sich mit dem leisen Scheppern eines Ghettoblasters. Im Schlafzimmer liegen traurig ein paar Mäntel auf dem Bett. Heute Abend werden die Leute herumstehen, Bier aus Plastikbechern trinken und sich über ihre Vorgesetzten oder Doktorarbeiten unterhalten, ehe sie nach Hause gehen und es sich selbst machen.

Ich füge der Sammlung meinen Mantel hinzu und gehe in die Küche, ich habe ein Geschenk und ein Sixpack Bier dabei. Bei so wenigen Gästen kann man sich nicht verstecken, sich nicht einfach an die Wand lehnen, als würde man auf jemanden warten. Auf einer gut besuchten Party ist es möglich, dreimal langsam durch die Räume zu laufen, sich an der Kloschlange vorbeizuquetschen und nach Hause zu gehen, ohne sich Vorwürfe machen zu müssen. Je weniger Gäste, desto mehr ist man selbst für Erfolg oder Misserfolg verantwortlich.

Cynthia hat meine Schritte gehört und kommt aus der Küche. »Du hast es geschafft!«, ruft sie, als hätte ich etwas Gefährlicheres getan, als in ein Taxi zu steigen.

Um sie noch einen Moment für mich allein zu haben, bevor ich mich der Runde vorstellen muss, lenke ich sie ins Schlafzimmer und präsentiere ihr die eingepackte Schachtel. Ich bin seit fast fünf Monaten reich. Sie löst das Klebeband und wickelt das Geschenk aus, als wollte sie das Papier später noch einmal benutzen. Als sie die Kamera erkennt, stößt sie einen Freudenlaut aus. Es dauert einen Augenblick, bis sie Marke und technische Angaben einordnen kann und versteht, dass es eine bessere Kamera ist, als sie zuerst dachte. »Warte mal, das ist doch viel zu viel«, protestiert sie.

Nach Cynthias zahlreichen wohlwollenden Eingriffen in mein Leben ist ein teures Produkt der Unterhaltungselektronik keine Verstiegenheit. Aber nichts am Reichsein ist so einfach, wie man es sich vorstellt.

»Ich kann's mir doch jetzt leisten«, sage ich.

Sie runzelt die Stirn, bemerkt dann aber meinen Gesichtsausdruck und mimt plötzlich die Inspirierte. »O mein Gott, ich weiß, was ich damit mache!«, ruft sie. »Bei der Arbeit kam mir neulich so eine Idee: Ich mache eine Fotostrecke von den Medikamenten meiner Patienten. Ein Foto pro Dosis, das sind fünf oder sechs am Tag, und am Ende das Gesicht des Patienten. Und die Pillen in Superdetailaufnahme, damit man die Oberflächenstruktur erkennt. Die Kapseln nämlich, die sind glatt und rot-blau wie Raketen, und Tabletten haben eine körnige, natürliche Oberfläche wie eine Sandskulptur.« Dieses fiktive Projekt war eigentlich nur ein Versuch, das Geschenk zu legitimieren, aber jetzt kommt sie aus der Nummer nicht mehr raus.

Cynthia hat vor ungefähr sechs Monaten entschieden, lesbisch zu sein. Es kam zugegebenermaßen nicht ganz unerwartet: In ihrer Wohnung hängt ein Bild von Claire Danes, und sie hatte mir von eher scherzhaften kleinen Schwärmereien für Frauen erzählt. Einmal sagte sie, sie bereue es, die Experimente im Studentenwohnheim ausgelassen zu haben, woraufhin ich mehr denn je bedauerte, nicht studiert zu haben. Und jetzt, wo sie fünfundzwanzig wird und es beschämend spät ist, hat sie sich geoutet. Ein kürzerer Haarschnitt steht wohl unmittelbar bevor, ebenso wie Sex mit einer Frau. Letzte Woche hat sie mit einer Einundzwanzigjährigen namens Ayelet rumgeknutscht.

»Ist sie da?«, frage ich.

»Ich glaube nicht, dass sie kommt«, erwidert Cynthia und legt die Kamera aufs Bett. »Es ist noch nicht viel los. Viele Leute sind grad nicht in der Stadt.«

»Das hast du davon, dass du im Dezember geboren wurdest.«

In der Küche kenne ich zwei von acht Personen. Cynthias Mitbewohnerin Gretchen ist dünn und hübsch, hat aber kein Interesse an mir und unterhält sich mit einem glatzköpfigen Mann mit Hosenträgern. Am Kühlschrank steht Justin mit zwei Frauen. Justin ist Feuerwehrmann, so richtig mit Feuerwehrauto und allem. Er ist mit Cynthia aufs College gegangen, ist dann hierher gezogen, um Stadtplanung zu studieren, aber nach den Terrorangriffen letztes Jahr, als Amerika seine kleine Liebesaffäre mit Feuerwehrmännern hatte, hat er die Uni an den Nagel gehängt und beim San Francisco Fire Department angefangen. Seither liegt in seiner Art zu gehen das stille Selbstvertrauen von jemandem, der täglich dem Tod ins Gesicht sieht, unschuldige Leben rettet und sich ganz selbstverständlich als Mann wahrnimmt. Justin ist außerdem größer als ich. Er begrüßt mich, als ich das Bier in den Kühlschrank lege, und stellt mich den Frauen vor, mit denen er sich gerade unterhält. Hier mache ich den ersten einer Reihe von Fehlern, die dazu führen, dass ich in ein paar Wochen in einem mexikanischen Fastfoodladen stehen und beten werde, nicht erkannt worden zu sein.

Ich schüttle den dreien von rechts nach links die Hände und stimme meinen Händedruck auf das jeweilige Geschlecht ab. Rechts steht Lauren: schönes, lockig blondes Haar, große Knollennase, billige Khakihose, die sie wahrscheinlich bei der Arbeit anhatte. Süß, schüchtern, arbeitet in irgendeinem Fürsorge-Job, ein bisschen unsicher, was ihr Gewicht angeht, hat ganz hinten im Kleiderschrank bestimmt ein paar wallende Deadhead-Röcke versteckt. Links steht Maya. Zierlicher Körper, zierliche Züge, kastanienbraunes Haar in einem zotteligen Bob, Bibliothekarinnenbrille. Ein angedeutetes Lächeln in den Augenwinkeln, das sagt: *Ich habe dich durchschaut und finde dich harmlos und ein bisschen lächerlich.* Die meisten Mädchen verwenden Jahre darauf, diesen Blick zu perfektionieren, ohne Mayas Können zu erreichen. Alles, was ich zu einer solchen Frau sagen könnte, würde wie eine blöde Anmache rüberkommen und in der Luft hängenbleiben, sobald es ausgesprochen wäre, daher fange ich eine Unterhaltung mit Lauren an.

»Woher kennst du Justin?«, frage ich.

»Wir haben mal zusammen ehrenamtlich beim *Irgendwas-irgendwas*-Obdachlosen-*irgendwas* gearbeitet«, sagt sie, während ich über die nächste Frage nachdenke.

»Und jetzt?«, frage ich. »Du hast doch nicht etwa aufgehört, deine Zeit an Obdachlose zu verschwenden?«

Lächeln. »Nein, ich war ein Jahr in Lateinamerika.«

»Tatsächlich? Wo denn in Lateinamerika?«, frage ich, weil es unhöflich wäre auszusprechen, was ich wirklich denke: *Was habt ihr weißen Mädchen eigentlich mit Lateinamerika?* Die Lateinamerika-Phase, die anscheinend alle Mädchen Anfang zwanzig durchmachen, dieser Versuch, das eigene Weißsein mit Frida Kahlo und Salsatanzen zu überwinden, war mir schon immer ein Rätsel. Während Lauren die altbekannte Litanei herunterbetet – Ecuador, Costa Rica, »die DR« –, verschwinden Maya und Justin, wahrscheinlich, um es im Badezimmer zu treiben oder so.

»Woher kennst du Cynthia?«, fragt sie mich.

»Wir waren zusammen auf der Highschool«, erkläre ich. »Ich kannte sie schon, als sie noch Cindy hieß und sich mit Jungs verabredet hat.« Den Witz über die Zeitverschwendung entschärfe ich lieber etwas. »Du arbeitest also bei der Obdachlosenhilfe?«

»Ich arbeite bei einer gemeinnützigen Organisation, aber meistens geht es um Wohnungsprobleme«, erwidert sie. »Was ist mit dir? Was machst du so?«

Das ist eine schwierige Frage, weil ich momentan überhaupt nichts mache, und was ich vorher gemacht habe, war eine Mischung aus Programmieren und Betriebswirtschaft, wobei Lauren Ersteres unzugänglich und Letzteres widerlich fände. Es gibt Frauen, die würde es interessieren, dass man eine Menge Geld hat, aber die wohnen nicht in San Francisco und arbeiten nicht bei gemeinnützigen Organisationen. Also sage ich: »Ich habe eine Internetfirma gegründet«, und zucke mit den Schultern, um zu bestätigen, dass das im Jahre 2002 im Raum San Francisco ziemlich klischeehaft ist.

Sie fragt, was das für eine Firma ist. »Wir haben ein Kundenprofilerstellungssystem entwickelt«, erkläre ich und hoffe, dass dieses trockene Wort zu einem Themenwechsel führt, aber sie ist hartnäckig.

»Stell dir vor, du würdest mit einem Viertklässler reden«, sagt sie stattdessen.

»Wir bieten zum Beispiel Rabatte an für Leute, die im Internet einkaufen«, fange ich an, »und im Gegenzug wird alles, was du im Netz machst – alles, was du liest, anklickst, kaufst – registriert, gespeichert und in eine Datenbank eingepflegt. Natürlich nicht deine E-Mails oder Bankdaten, aber alle öffentlich einsehbaren Aktivitäten im Internet. Diese Daten können dann mit denen Millionen anderer Leute verglichen werden, und so kannst du zum Beispiel als, sagen wir mal, Müsli-Espresso-Typ eingestuft werden, oder äh, Do-it-yourself-P.Y.T.«

»Wow«, sagt sie mit einem theatralischen Schaudern. Jetzt wirke ich etwas furchteinflößend. Aber das ist nicht unbedingt schlecht, vor allem, wenn man das Akronym-Kompliment *»Pretty Young Thing«* berücksichtigt, aber ich sollte lieber mit ein bisschen Selbstironie auf Nummer sicher gehen.

»Ich habe also ein Programm gebastelt, das diese Sachen sammelt und verwertet«, sage ich. »Und dann habe ich es an eine größere Firma verkauft, und jetzt langweile ich nichtsahnende Frauen auf Partys, die mich zu ihrem Leidwesen danach gefragt haben, was ich so mache.«

Ich beobachte sie die ganze Zeit. Ihr aufmerksam zuzuhören ist entscheidend, vor allem, wenn man über sich selbst redet und damit Gefahr läuft, so zu wirken, als würde man *nicht* zuhören. Als ich ungefähr dreizehn war, hörte ich, wie meine Mutter mit ihrer Freundin Stacey telefonierte und über den letzten ihrer Post-Scheidungs-Fast-Liebhaber redete, von denen jeder einen unüberwindbaren Makel hatte (keine Arbeit, zu viel Alkohol, ein Faible für Bürgerkriegsinszenierungen). Meine Mum verteidigte diesen Typen und sagte: »Ich weiß, ich weiß, aber er … er hört mir zu.« Ich erinnere mich, dass Stacey sagte: »Das kann einiges ausgleichen« (ganz offensichtlich ein Hirngespinst, sie waren ja am Telefon), und meine Mutter antwortete darauf: »Ganz genau.«

Ich möchte nach Maya sehen, für den Fall, dass sie sich gerade nicht unterhält, aber ich kann Lauren nicht einfach über die Schulter blicken, sonst wäre ich einer von diesen Typen, die einem dauernd über die Schulter blicken, wenn sie mit einem reden. Ich mache mir langsam Sorgen, weil diese Unterhaltung ziemlich gut läuft, und wenn sie noch länger andauert, ist Maya tabu. (Ich nehme an, dass es eine unausgesprochene Wettbewerbsklausel gibt, wenn sie Freundinnen sind.) »Ich hole mir mal was zu trinken«, sage ich. »Brauchst du irgendwas?« Sie hat ihren Wodka-Cranberry kaum angerührt, also kann ich in Ruhe ans andere Ende der Küche schlendern und einen Blick auf die Leute im Flur werfen. Die Gästezahl ist zwar gewachsen, aber nicht gerade wie in der Bevölkerungstheorie von Malthus, was aus dem gemütlichen Beisammensein eine richtige Party gemacht hätte. Gretchen lehnt an der Spüle und unterhält sich mit zwei Frauen, die die Arme um die Hüfte der jeweils anderen geschlungen haben. Sie sehen aus wie eine komplizierte Variation der Butch-/

Femme-Stereotype: Die eine trägt ein enganliegendes Kleid und zu viel Make-up, die andere eine Baseballkappe und tiefsitzende Jeans, Erstere ist allerdings massig und behaart, wohingegen ihre Partnerin spindeldürr und zart ist und irgendwie atemberaubend. Schwer zu sagen, ob dieses Arrangement absichtlich ironisch ist oder nur eine ungewöhnliche Überkreuzung von Körperbau und sexueller Selbstidentifikation. Von den Neuankömmlingen erkenne ich nur einen Arbeitskollegen von Cynthia, der mal versucht hat, sich mit mir über Hip-Hop zu unterhalten. (Gewisse Arten von Hip-Hop mochte er, andere aber nicht.) Ich stehe an dem kleinen Tisch voller Flaschen und kippe Cola in Whiskey, als plötzlich Maya neben mir auftaucht.

»Machst du mir einen Gin Tonic?«, fragt sie. Ihre körperliche Nähe ist überwältigend.

»Klar«, antworte ich. Es muss mehr zu sagen geben, aber mir fällt einfach nichts ein.

Maya sagt: »Danke«, dreht sich um 180 Grad und unterhält sich weiter mit Justin. Als ich ihr den Drink eine Minute später hinhalte, nimmt sie ihn, ohne das Gespräch zu unterbrechen und danke zu sagen – eine Art Nicht-Flirten und damit eine Art zu flirten, ein müheloser Dreieckstrick, der Hoffnung und Eifersucht in beiden Männern aufkeimen lässt. Volltreffer, Maya.

Mir bliebe weiterhin nur, mich mit Lauren zu unterhalten, und jede Minute mit ihr bringt mich weiter weg von einem Vieraugengespräch mit Maya. Ich lasse den Blick durch den Raum schweifen, als würde ich jemanden suchen, der gerade noch da war. Lauren untersucht die Kühlschrankpoesie in der Lesben-Spezialedition, die Hälfte der Magnetplättchen sind Wörter wie *Lesbe, Muschi, Partnerin* und *Möpse,* die andere Hälfte sind Präpositionen. Gretchen schlägt einen Eisbeutel auf die Theke, um das Eis zu zerkleinern. Maya lacht über Justin, der anscheinend gerade Lenny aus *Von Mäusen und Menschen* imitiert. Ich höre Cynthias Stimme über den Flur, und irgendetwas an ihrem Klang ist so arglos, dass ich bereue, ihr die Kamera geschenkt zu haben. In diesem Augenblick, in dem ich allein in der Küche stehe und meine rechte Hand an einem kleinen Plastikbeutel in meiner Tasche herumfingert, fasse ich einen verhängnisvollen Entschluss.

Einatmen, ausatmen, festlegen.

Ich kehre zu Lauren zurück und mache da weiter, wo wir aufgehört haben. *Siehst du, ich habe mir nur einen Drink geholt.* Ich krame ein paar Flirt-Tricks für fortgeschrittene Anfänger hervor: Eine Frage stellen, die sich auf etwas bezieht, das ich vorher über sie erfahren habe; Vorschlagen, dass wir die Unterhaltung im Sitzen fortführen. Wir setzen uns auf die schmuddelige Couch im Wohnzimmer, die nicht so gemütlich ist, wie sie aussieht, weil die Kissen fünfzehn Jahre alt sind und somit einiges an Spannkraft eingebüßt haben. Die Party ist endlich aus der Küche herausgequollen, und die Gäste stehen in Trauben in dem leergeräumten Zimmer. Lauren und ich sitzen im 45-Grad-Winkel zueinander und drehen die Köpfe, um die Restdifferenz zu überwinden und uns anzusehen. Ich zeige keinerlei sexuelles Interesse, indem ich etwa Augenkontakt halte oder sie wie beiläufig am Arm berühre. Ich achte genau auf Anzeichen dafür, dass ihre Aufmerksamkeit schwindet. Dann erzähle ich ihr, wie ich einmal fälschlicherweise beschuldigt wurde, Frauen telefonisch belästigt zu haben, wahrscheinlich meine beste Anekdote: witzig, anzüglich aber nicht vulgär, kommt nicht wichtigtuerisch rüber. Ich warte, bis ihr *Nein! Wirklich?* abebbt, und drücke den Abzug.

»Hey, ich weiß nicht, ob du für so was zu haben bist«, sage ich, »aber ich habe ein bisschen Ecstasy dabei.« Ziemlich gewagt. Ich mache eine Pause, um es sacken zu lassen, aber das ist nur der erste Schritt gewesen. »Und ich habe mich gefragt, ob ihr« – ich nicke in Richtung Küche zu Maya und Justin – »mitmachen würdet.«

»O Gott, ich weiß nicht«, sagt sie. »Ich meine, ich hab schon ewig nichts mehr genommen.«

»Umso besser«, sage ich. Klingt das, als wollte ich sie dazu drängen? Zurückfahren. »Hör mal, wenn heute nicht der richtige Zeitpunkt dafür ist, ist das auch okay. Aber wenn ihr Lust habt, können wir es hier nehmen, oder wir gehen zu einem von uns nach Hause, wie ihr wollt.« In bester Vertretermanier höre ich auf zu reden und lasse sie die restlichen Zweifel selbst ausräumen.

»Ich glaube, ich bin dabei«, sagt sie. Wie sollte es auch anders sein? Jeder liebt Ecstasy. »Aber ich muss das vorher mit Maya besprechen.«

»Ich habe auf jeden Fall genug für alle«, lasse ich sie wissen. Ich würde Justin gern von der Einladung ausschließen, aber ich sehe keine Möglichkeit, die nicht gleichzeitig meinen Widerlingsfaktor, der ohnehin schon gefährlich hoch ist, in den roten Bereich treiben würde. »Na los, überrede sie.«

Ich bleibe auf der Couch sitzen und beobachte durch die Küchentür, wie sie die Köpfe mit Maya und Justin zusammensteckt. Ich hoffe, Begeisterung über Mayas Gesicht huschen zu sehen. Was ich stattdessen sehe, ist, wie Lauren etwas erklärt und Maya sie am Arm berührt und nickt. »Ist okay«, sagt Maya zweimal. Justin wirft mir einen leicht zynischen Blick zu.

Mit nervösem Grinsen kommt Lauren zurück, allein. Fünf Minuten später sitzen wir in einem Taxi und rasen in Richtung Richmond, wo sie anscheinend wohnt. Ich verlasse die Party mit einem Mädchen, mit dem falschen Mädchen, und ich weiß nicht, ob ich mich ärgern oder freuen soll.

So etwas muss man richtig angehen. Im Laden an der Ecke kaufe ich zwei große Packungen zuckerfreies Kaugummi und zwei große Flaschen Gatorade. Wir setzen uns an ihren Küchentisch, stoßen mit Wasser an und spülen die kleinen, aspirinartigen Tabletten hinunter. Lauren wohnt allein, deswegen hat sie eine Katze, die in etwa fünfundvierzig Minuten meine Allergie auslösen wird. An den Wänden hängen Bilder von talentlosen Freunden, außerdem Schwarzweißfotos, wahrscheinlich von Lauren selbst geschossen; Schnappschüsse von ihren Eltern, als sie noch jung waren. Dass Mädchen in ihren Wohnungen Fotos von ihren Eltern ausstellen, liegt für mich irgendwo zwischen *Objet trouvé* und Ethnographie. Keines der Fotos zeigt Maya. Ich gebe mir Mühe, mich nicht so sehr auf sie zu fixieren und darauf, was sie wohl gerade ohne mich tut. Wenn die Welt einfach stehen bleiben würde, wo immer ich gerade nicht bin, müsste ich mir nicht ständig Sorgen machen, etwas Wichtiges zu verpassen.

Wir halten eine Art prälapsarischen Smalltalk.

»Machst du so was öfter?«, fragt sie mich.

»Was meinst du denn mit *so was*?« Ich habe mein neckisches Grinsen aufgesetzt.

»Na, mit fremden Frauen nach Hause gehen und Ecstasy nehmen«, sagt sie.

»Du bist also eine fremde Frau?« Es ist fast zu einfach.

»Ich hab's dreimal gemacht«, erzählt sie. »Und beim ersten Mal hab ich nur eine halbe genommen, das zählt also eigentlich nicht.«

»Dann musst du heute zum Ausgleich zwei nehmen.«

Sie lacht. Als wäre das so absurd. »Stimmt nicht, zum Ausgleich müsste ich nur anderthalb nehmen.«

»Du rechnest die Inflation nicht mit ein.«

Ich wäre nicht so entspannt, wenn wir später Sex haben würden. Es steht fest, dass zumindest die nächsten paar Stunden sehr angenehm werden. Ich giere jetzt schon nach diesem Gefühl, grinse die ganze Zeit und spüre schon ein Kribbeln, obwohl es erst fünf Minuten her ist und die Droge wahrscheinlich nicht einmal meine Magenschleimhaut erreicht hat. Aber ich bin ungeduldig, und ich will nicht mehr auf diesem Holzstuhl sitzen. Die Wohnung ist winzig. Ich gehe aus der Küche und stehe im Schlafzimmer. Manchmal muss man den Dingen einfach ihren Lauf lassen.

Im Taxi hatte ich mir wegen ihrer CD-Sammlung Sorgen gemacht, und nach eingehender Prüfung finde ich meine Sorgen bestätigt. Es ist frustrierend, ich habe meinen iPod dabei, und wenn ich ein Y-Kabel hätte, könnte ich ihn an ihre kleine Kompaktanlage anschließen. (Dann müsste ich noch die Boxen neu ausrichten, um die richtige Rechts-Links-Verteilung zu erreichen.) Zum fünfzigsten Mal denke ich darüber nach, mir ein Y-Kabel für unterwegs zu besorgen, und zum fünfzigsten Mal merke ich, wie schwachsinnig das wäre. Das hält mich einen Augenblick lang in Schach, ich zerreiße mich mal wieder zwischen den Zwillingszielen meines Lebens: unverfälschtes Glück zu erleben und kein Loser zu sein. Ich niese.

Irgendwann wird mir bewusst, wie mein Herz schlägt und das Blut durch meinen Körper pumpt, für den ich so etwas wie Bewunderung verspüre, denn er funktioniert einfach immer weiter, obwohl ich so selten innehalte und das genieße. Und ich merke, dass ich richtig froh darüber bin, wie der Abend sich entwickelt: Ich kann mir kein besseres Resultat vorstellen, als einen neuen Freund zu finden, ein wirklich nettes Mädchen, und mit ihm Zeit zu verbringen und Ecstasy zu nehmen.

»Weißt du, was wir machen sollten?«, sage ich. »Wir sollten unsere Schuhe ausziehen.«

»Meine Schuhe stören mich aber gar nicht«, protestiert sie.

»Aber wenn du sie ausziehst, wirst du staunen, wie viel Gemütlichkeit einzig durch das Ausziehen der Schuhe erreicht werden kann.« Ich setze mich aufs Bett und ziehe ungeduldig meine Schuhe aus.

Sie spielt mit mir. »Was, wenn ich es mit Schuhen gemütlicher finde?«

»Es ist vielleicht ganz entfernt möglich, dass du es mit Schuhen gemütlicher findest«, sage ich, »obwohl ich dir das nicht eine Sekunde lang glaube. Aber ich habe anscheinend eine Art neurotische Fixierung auf dein Erleben von Schuhlosigkeit entwickelt, daher wäre es nicht gelogen zu sagen, dass deine Schuhe *mich* unruhig machen.«

»Das ist ja schrecklich!«, ruft sie und sieht einen Augenblick lang so aus, als fände sie es tatsächlich schrecklich. »Unvereinbare Begierden! Was sollen wir nur tun?«

»Ich hätte einen Lösungsvorschlag«, erkläre ich. »Aber dafür musst du mir einen kleinen Gefallen tun. Du ziehst deine Schuhe aus – nein, du musst nicht mal die Beinarbeit leisten – *Beinarbeit,* haha! Was ich sagen will: *Ich* werde dir die Schuhe ausziehen. Dann wirst du dreißig Sekunden lang das daraus resultierende Gefühl testen. Wenn du am Ende der Testphase zum vorherigen, beschuhten Zustand zurückkehren willst, werde ich dir die Schuhe behutsam wieder anziehen, und mein Geist wird in dem Wissen ruhen, dass du bezüglich deiner Fußbekleidung deinen persönlichen Gemütlichkeitsoptimalzustand genießt. Wenn du hingegen zu dem Schluss kommst, dass es ohne Schuhe besser ist, werde ich einen kleinen Siegestanz aufführen.«

»Das könnte funktionieren«, sagt sie und setzt sich neben mich aufs Bett.

»So muss niemand länger als ein paar Sekunden Gemütlichkeit opfern – psychische sowie physische.«

»Ein großartiger Plan«, bestätigt sie.

Ich stehe auf (es macht richtig Spaß aufzustehen, also setze ich mich wieder hin und stehe noch einmal auf) und hocke mich vor ihr hin. Sie trägt elegante schwarze Schuhe. Ich halte ihren Fuß vorsichtig am Knöchel, fingere an der Schnalle herum und ziehe ihr den Schuh aus. Ich wiederhole den Vorgang mit dem anderen Schuh. Dann stelle ich die Schuhe neben das Bett, Seite an Seite, und stehe auf.

»Oh, wow«, sagt sie. »Das ist wirklich gemütlich.«

Lauren lehnt sich zurück und bewegt dabei alle Gliedmaßen, als würde sie durch eine zähe Flüssigkeit schwimmen. Etwas passiert. Sie macht die Augen auf, sieht, wie ich auf sie herablächle, und lächelt zurück. Sie sieht hübsch aus. Ich lege mich neben sie und fange an, ihren Hals zu streicheln. Es ist phantastisch, ihren Hals zu streicheln. Ich sehe ihre Haare überdeutlich, was mich an etwas erinnert, das ich nicht zuordnen kann. Ich sehe ihr ins Gesicht, und plötzlich tut das Ecstasy, wofür wir es bezahlt haben. Wir küssen uns eine Weile, behutsam, wie Rehe. Der Teil meines Gehirns, der andauernd die Ereignisse im echten Leben mit denen in einem möglichen Paralleluniversum abgleicht, schweigt.

Dann sind wir nackt, und genau vor meiner Nase sind Brüste, diese Dinger, die keinen Zweck erfüllen außer menschlichem Wohlempfinden, und die Haut an ihrem Hals ist so weich, und ihre Schamhaare streifen über mein Bein. Dank des Ecstasys ist mein Penis nachdrücklich schlaff, aber ich bin sicher, sie versteht das. Sie sieht ihn zärtlich an, wie ein Neugeborenes. Jetzt fühlt es sich an, als würden wir beide hüpfen, als würden wir uns in riesigen Bögen auf und ab bewegen, als würden wir im Weltraum schweben. Wir liegen eine Zeitlang nur da.

»Mein Gott, es ist lange her, dass ich mich jemandem so nahe gefühlt habe«, gesteht sie.

»Ja, oder?«, sage ich. »Ich bin so froh, dass du mitgemacht hast.«

»Beinahe hätte ich es nicht gemacht. Ich dachte mir: *Was ist das eigentlich für ein Typ? Ich sehe ihn heute zum ersten Mal, Justin kennt ihn kaum, ich sollte wirklich nicht mit ihm mitgehen und Drogen nehmen.*«

»Das war nur vernünftig.«

»Ich hatte Angst. Ich hab dauernd Angst. Normalerweise macht es mir auch Angst, vor einem Mann nackt zu sein.«

»Das hat doch jeder.«

»Wirklich?« Sie wirkt überrascht, als wäre ihr der Gedanke noch nie gekommen.

»Klar. Das hat jeder.« Der Gedanke formt sich beim Sprechen. »Wir verwenden so viel Energie darauf, uns zu verhüllen, und wenn wir Sex haben oder was auch immer, sollen wir nackt sein, aber das macht uns Angst, und dann sind wir gehemmter und zurückhaltender und verschlossener denn je.«

»Ich habe solche Angst, dass ich mir dabei vorstelle, ich wäre gar nicht da«, sagt sie. »Ich entziehe mich geistig. Aber beim Sex soll es doch um das Gegenteil gehen. Es geht darum, sich nah zu sein.« Sie fährt mir mit den Fingern durchs Haar.

»Es geht nicht darum, einen Orgasmus zu haben«, sage ich.

»Orgasmen sind trotzdem ziemlich schön.«

»Das sind sie ganz ohne Zweifel. Aber es ... Willst du jetzt einen Orgasmus haben?«

»Nein.« Sie strahlt mich an.

»Darf ich dir was über Orgasmen verraten?«

»Klar.«

»Das habe ich in meinem ganzen Leben noch niemandem erzählt.« Stimmt. Habe ich nicht. Warum eigentlich nicht?

»Sag schon.« Sie nickt rhythmisch. Sie will es wirklich wissen.

»Immer wenn ich einen Orgasmus mit jemandem habe, jedes Mal, egal mit wem, höre ich, kurz bevor ich komme, einen Satz.«

»Was für einen Satz?«

»*Ich liebe dich, Mom.* Jedes Mal, einfach so. *Ich liebe dich, Mom.*«

Sie sieht aus, als hätte ich ihr gerade ein Weihnachtsgeschenk überreicht. »Wirklich?«

»Ich schäme mich schon mein ganzes Leben lang dafür.«

»Aber es gibt doch gar keinen Grund, sich zu schämen.«

»Ich weiß! Ich weiß!«

»Es ist doch etwas Gutes! Ein gutes Gefühl!«

»Es ist Liebe!«, sage ich. Das ist mir gerade eben klar geworden. »Es ist einfach Liebe! Alles ist eins.« Ich stehe auf und fange an, nackt zu tanzen, während sie mich anstarrt, mit Pupillen so groß wie Untertassen.

Vier Stunden später ebbt die Wirkung ab. Ich gehe im Zimmer auf und ab und fange an zu reden.

»Mir wird gerade ein bisschen kalt, deswegen ziehe ich jetzt mein T-Shirt und meine Boxershorts wieder an, wenn du nichts dagegen hast. Warte, wo sind … Ah, hier ist mein T-Shirt, es hat sich unter der Bettdecke versteckt. Und ich wette … Yepp, hier sind die Boxershorts, direkt daneben. Na bitte, geht doch. Bis ich ungefähr zwanzig war, habe ich nur T-Shirts in XL gekauft, weil ich wohl irgendwie unterbewusst dachte, ich würde noch hineinwachsen.«

»O Mann«, sagt sie, »mein Bauch tut echt weh.«

»Das ist scheiße. Hast du Rennie oder so was da? Ich habe eigentlich nie Bauchschmerzen. Es gibt Bauchmenschen und Kopfmenschen, und ich bin ein Kopfmensch. Ich spüre alles im Kopf. Vielleicht sollte ich meine Hose auch anziehen. Es fühlt sich komisch an, in Unterhose in deiner Wohnung herumzulaufen.«

Wir warten noch eine Stunde, bis die Symptome abklingen – ihr Bauch, mein Kiefer, mein Monolog –, und dann mache ich *Also-ich-glaube-ich-gehe-dann-mal-*Geräusche und klopfe meine Taschen nach Schlüssel, Portemonnaie und Handy ab. Wir umarmen uns an der Tür, ein kurzes An-die-Brust-Drücken, eine *Pass-auf-dich-auf-*Umarmung. Keiner erwähnt ein weiteres Treffen.

Die Morgendämmerung ist gerade vorbei, und alles wirkt merkwürdig ausgebleicht, als müsse die Farbsättigung noch die Helligkeit einholen. Ich habe chemische Energie abzubauen, also mache ich mich zu Fuß auf den Weg nach Hause, durch den fremden Stadtteil, an stuckverzierten Siebzigerjahrebauten und chinesischen Fischrestaurants vorbei. Ich fühle mich beschissen, aber ich bin froh, allein zu sein, völlig grundlos in einer fremden Gegend zu einer Uhrzeit, zu der ich noch im Bett liegen sollte. Die Kälte tut gut, ich habe meinen Mantel. Ich hätte ihr nichts von der Sache erzählen sollen.

Ich bin jetzt nicht in der richtigen Verfassung, um darüber nachzudenken. Ich werde einfach den Restrausch aus meinem Körper laufen, nach Hause gehen, schlafen. Morgen kann ich mir darüber Gedanken machen, herausfinden, was passiert ist, und was ich als Nächstes tun muss.

Ich hätte ihr nichts von der Sache erzählen sollen.

Ich bin gegen 6.40 Uhr zu Hause, krieche ins Bett und ziehe mir eine Schlafmaske über die Augen. Die Maske besteht aus schaumstoffgefüttertem Satin, und die Augenklappen sind leicht gewölbt, damit sie die Lider nicht berühren, das kann die REM-Phase stören. Die Maske hilft mir normalerweise beim Einschlafen, aber heute Morgen ist wegen des Adrenalins, das durch meinen Körper jagt, an Schlaf nicht zu denken. Mein Freund Danny behauptet, er hätte einmal reines MDMA genommen, nicht mit Amphetaminen gestreckt, hergestellt von einem Doktor der Chemie. Hätte ich das genommen, würde ich jetzt schlafen, aber es hätte mich wahrscheinlich auch nicht davon abgehalten, mich vor einer Fremden bis auf die Knochen zu blamieren. Schuld daran ist das Ecstasy, weil es die Hemmschwelle herabsetzt und das Schamgefühl unterdrückt, die, obwohl mitunter hinderlich, wichtige Regulationsmechanismen darstellen. Und die nicht zum Zwecke kurzzeitiger Intimität mit einer Frau, die nicht einmal die Frau ist, hinter der man eigentlich her war, künstlich blockiert werden sollten. Wird Maya davon erfahren? Telefoniert Lauren gerade mit ihr? Ich drehe den Kopf nach links und spähe durch den engen Spalt zwischen Maske und Nase. Laut dem Wecker auf dem Nachttisch ist es erst 7.33 Uhr. Dann telefonieren sie nicht. Lauren liegt wahrscheinlich im Bett, versucht, ihren Puls durch reine Willenskraft zu beruhigen, und denkt dabei an den komischen Typen, den sie mit nach Hause genommen hat und der anfangs irgendwie charmant wirkte, ihr dann Drogen verabreichte, sie dazu brachte, sich auszuziehen, und statt sie zu bumsen, die Gelegenheit ergriff, sein Kindheitstrauma zu offenbaren.

Hier herumzuliegen bringt mich dem Schlaf kein Stück näher. Ich sollte aufstehen, mich ein paar Stunden bewegen, das Speed aus dem Kreislauf spülen, gegen zehn wieder ins Bett gehen, den Tag verschlafen, abends aufwachen, Frühstück holen und dann nachtaktiv bleiben, morgens um drei zu Mittag essen, Vitamin-D-Tabletten als Sonnenlichtersatz nehmen, nie mehr andere Menschen sehen, außer den Angestellten, die im 24-Stunden-Supermarkt Nachtschicht haben, bis ich irgendwann im Cornflakes-Gang zufällig Maya treffe – ich mit Crunchy Nuts und sie mit Special K –, dann verlassen wir den Supermarkt zusammen und fahren auf die Twin Peaks, um dort händchenhaltend den Sonnenaufgang zu bewundern.

Ich gebe auf, nehme die Maske ab und gehe aus dem Schlafzimmer in den riesigen Wohn-/Koch-/Essbereich. Das Licht, das durch die Flügelfenster dringt, ist grell und anstrengend, und als ich das Sofa erreiche, lasse ich mich hineinfallen und blicke hinaus auf die Skyline. Als ich die Wohnung gekauft habe, kam mir die Aussicht auf die Stadt aufregend vor, aber jetzt, vier Monate später, wirkt sie nur noch wie ein Postkartenmotiv. Ich trage immer noch die Unterwäsche und das T-Shirt von gestern, das jetzt riecht und schlabbrig ist, und der rauhe Sofabezug fühlt sich an meinen nackten Beinen grob an. Ich weiß, da ist etwas, das ich vergessen will, und dieses Wissen lässt mich darüber nachdenken, was es ist, und dann erinnere ich mich an das unüberlegte Geständnis von letzter Nacht, und mein Hirn zuckt zusammen und will sich übergeben. Ich gehe zum Kühlschrank, um mir eine Gatorade zu holen. Das Gleichgewicht zu halten kostet mich mehr Konzentration als sonst. Ich trinke die halbe Gatorade vor dem offenen Kühlschrank, so dass die kalte Luft über die Haare an meinen Beinen streicht. Gibt es eine Möglichkeit, Lauren nie wiedersehen zu müssen? Wahrscheinlich ist es ihr genauso peinlich wie mir. Natürlich ist es ihr nicht annähernd so peinlich wie mir. Es ist ihr wahrscheinlich peinlich, wenn auch nicht so peinlich wie mir, und sie will das Ganze einfach vergessen. Oder aber: Unser künstlich eingeleitetes Fünfstunden-Techtelmechtel bleibt ihr noch ein paar Tage im Hinterkopf, und sie beschließt, der einzige Weg, die Sache aus der Welt zu schaffen, sei ein Treffen zum Kaffee, bei dem wir unsere Gefühle zu den Ereignissen austauschen und dann eine gezwungene Freundschaft aufbauen. An meine E-Mail-Adresse zu kommen wäre nicht schwer für sie. Ich mache den Kühlschrank zu und klappe meinen Laptop auf, der auf der Granitarbeitsfläche der Kücheninsel steht. Als er hochgefahren und die W-LAN-Verbindung hergestellt ist, checke ich meine E-Mails, aber natürlich habe ich keine E-Mail von ihr, nur eine Einladung, an diversen Diskussionsrunden auf der Tagung »Digitale Zukunft« im März teilzunehmen. Sie schreibt mir heute nicht mehr – sie wird mir ein paar Tage Zeit lassen, mich zuerst bei ihr zu melden. Ich stelle das E-Mail-Programm so ein, dass es piept, sobald eine neue Nachricht eintrifft, und frage mich, ob bei der Tagung auch Frauen anwesend sein werden. Wo ist Maya jetzt? Es ist 8.12 Uhr am Samstag. Sie schläft in Justins Bett, den Kopf an seiner Schulter, in diesem Morgen-danach-Arrangement, das man aus amerikanischen Filmen kennt, mit einem um ihren Körper drapierten Laken, das die Brustwarzen vor den Blicken der Kamera versteckt. Ich erinnere mich nicht genau an ihr Gesicht, nur die Haare und die Brille und den Ausdruck mitfühlender Skepsis. Die Zeitungen warten unten auf mich, das Kreuzworträtsel würde mich immerhin eine halbe Stunde lang ablenken. Ich ziehe die Hose von letzter Nacht an und fahre mit dem leise surrenden Aufzug barfuß in die Eingangshalle. Als ich die Wohnung gekauft habe, war ich fest entschlossen, immer die Treppe zu nehmen, um mich im Alltag mehr zu bewegen, aber jetzt muss ich doch immer den Aufzug nehmen, weil ich es gerade so eilig habe oder so müde bin oder etwas Edles vollbracht und es mir verdient habe. Ich weiß, dass diese Ausflüchte mich davon abhalten, die gesundheitlichen Vorteile des Treppensteigens zu genießen, und sage mir immer wieder, dass ich die Treppe trotzdem nehmen sollte, auch wenn ich gerade in Eile oder erschöpft oder tugendsam bin, aber dieser spezielle Morgen, an dem es mir an Schlaf, Serotonin und Würde mangelt, ist ganz bestimmt nicht der Morgen, an dem ich dem Aufzug endlich abschwöre. Die Zeitungen liegen direkt vor der Milchglaseingangstür, die *Times* in ihrer blauen Plastikverpackung, der *Chronicle* in Gelb. Als ich mich bücke, um sie aufzuheben, frage ich mich, ob Maya mir vielleicht eine E-Mail schickt und fragt, ob wir irgendwann mal was zusammen machen. Ich merke, wie absurd diese Vorstellung ist, und will sie verscheuchen, aber ich gehe trotzdem schnell zum Aufzug zurück und bin genervt, weil die Tür sich nicht sofort öffnet, als ich den Rufknopf drücke. Beim Warten trete ich auf dem kalten Betonboden von einem Fuß auf den anderen.

Endlich öffnet sich die Metalltür und gibt den Blick auf die Familie aus dem dritten Stock frei, ein junges Paar mit einem zweijährigen Kind, einem Säugling und einem großen Hund. Ich stehe näher an der Aufzugtür als üblich und muss ziemlich mitgenommen aussehen. Die Mutter wendet sich jedenfalls schützend dem Kinderwagen zu.

»Zeitungen geholt«, sage ich, zeige sie vor und versuche, beruhigend zu lächeln.

Als ich in meine Wohnung zurückkomme, lege ich die Zeitungen auf der Kücheninsel ab und starre auf den Bildschirm meines Laptops, auf dem sich nichts verändert hat.

Im Badezimmer mache ich mich frisch, gurgle, beurteile die Situation. In den Spiegel zu sehen ist enttäuschend – merkwürdig, das etwas *immer enttäuschend* sein kann; man sollte doch annehmen, dass man irgendwann die Erwartungen nach unten korrigiert, bis sie mit der Wirklichkeit übereinstimmen –, aber heute ist es noch enttäuschender als sonst. Meine Haut ist grauenhaft bleich, meine Haare sind an manchen Stellen platt und stehen an anderen in willkürlichen Wirbeln ab. Das eigentliche Problem sind aber nicht diese veränderlichen Merkmale, sondern das Gesicht selbst. Reden wir von einer großen Nase, meinen wir normalerweise die dritte Dimension, also das Ausmaß, mit dem die Nase in die Welt ragt. Meine Nase hingegen ist in den ersten zwei Dimensionen groß, auf der x- und der y-Achse. (Das ergibt einen größeren negativen Wert für die Nasenlöcher.) Doch sie ist nur das dramatischste Symptom eines viel schwerwiegenderen Problems: In meinem Gesicht ist einfach nicht genug Platz. Als ich noch ein kleiner Junge war, führten meine Gesichtszüge eine friedliche Koexistenz, aber als ich aus der Pubertät auftauchte, verfolgten sie auf einmal expansionistische Ziele und schlugen auch in neutrale Gebiete aus. Ich betrachte das Schlachtfeld, als im Zimmer nebenan ein Piepen ertönt und Hoffnung in meinem Herzen aufkeimt. Ich vertage das Zähneputzen und gehe ins Wohnzimmer, um die E-Mail zu lesen.

Seit ich vor über drei Jahren aus Denver weggezogen bin, habe ich nicht mehr mit meinem Vater gesprochen, und ich dachte eigentlich, wir wären uns darüber einig, dass wir den Kontakt nicht aktiv aufrechterhalten. Aber da steht es: B_Muller@spencercollege.edu.

Eric, ich bin nächsten Monat in San Fran. Ich dachte, wir könnten uns vielleicht treffen, wenn du Zeit. Hab einen Überfall auf dich vor. Ich bin vom 7. bis 16., ich hoffe, dass passt dir. Barry (Dad).

Sic passim.

Seine E-Mail-Signatur erstreckt sich über sieben Zeilen und enthält Berufsbezeichnung, Arbeitgeber,

Postanschrift und Telefonnummer; nichts von alledem hat sich in den letzten zehn Jahren geändert.

Die folgenden Wochen verbringe ich größtenteils damit, sinnlos im Internet zu surfen. Ich wache am frühen Nachmittag auf und kann mich an Träume nicht erinnern. Ich verfasse eine knappe Antwort an meinen Vater, in der ich vorschlage, dass er mich anruft, sobald er angekommen ist. Der Programmkoordinator für die Tagung »Digitale Zukunft« schreibt mir erneut, und diesmal nehme ich die Einladung an. Abends wechsle ich zwischen meinen drei verlässlichsten kulinarischen Optionen ab: dem Hamburgerladen, dem Burritoladen und Spaghetti. Weihnachten und Silvester finden ohne mich statt.

Ich weiß nicht genau, wie viel Zeit seit meinem letzten törichten Versuch sozialer Kontaktaufnahme vergangen ist, aber die Anzahl der Tage modulo drei muss zwei ergeben, weil ich heute einen Burrito esse. Der Laden ist in Kindergartenrot und -gelb gestrichen, die Jukebox spielt mexikanischen Pop in unerträglicher Lautstärke, und die Beleuchtung macht alle noch hektischer als sonst. Ich gehe auf die Theke zu, und da, links an einem Tisch, sitzt Maya. Mein Herzschlag ist plötzlich im gesamten Restaurant zu hören. Sie hört aufmerksam einem blassen, gepiercten Mädchen zu, das laut redet und wild gestikuliert. Sieht Maya mich? Ich hefte den Blick an die gegenüberliegende Wand und laufe an ihr vorbei. Ich versuche, mein Tempo und meinen Gang ganz natürlich zu halten. Die Möglichkeiten verästeln sich: Entweder, sie hat mich gesehen, oder nicht. Wenn sie mich gesehen hat, hat sie dann auch gesehen, dass ich sie gesehen habe? Wenn sie gesehen hat, dass ich sie gesehen habe, denkt sie jetzt, ich hätte sie nicht erkannt? Oder kann es sein, dass sie mich nicht erkannt hat? Und dann auch noch: *Wie viel weiß sie über mich?*

Der Typ, der die Bestellungen annimmt, nennt mich *amigo.* Damit hat er erst vor einem Monat angefangen, und normalerweise gibt mir das ein gutes Gefühl, aber nicht heute.

Ich habe noch nie einschätzen können, wie viel Frauen sich untereinander erzählen. Ich habe immer angenommen, dass Informationen in der Frauenwelt ein Statussymbol wären, so dass alles, was man einer Frau erzählt, zur Schau gestellt wird wie ein Schmuckstück. Aber inzwischen glaube ich, es funktioniert eher wie Geld, mit Bedacht angelegt, um die beste Rendite zu erzielen. Wenn ich recht habe, weiß Maya nicht zwangsläufig von meinem, ja von was eigentlich, von meinem *ödipalen Problem.* Nehmen wir an, sie weiß es nicht. Nehmen wir an, sie glaubt, ich wäre einfach ein Typ, den sie auf einer Party kennengelernt hat. Ich setze mich zu ihr, und wir essen zusammen mit ihrer Freundin einen Burrito. Wenn Maya Lauren das nächste Mal trifft, sagt sie: *Rate mal, wen ich letztens bei* El Submarino *getroffen habe.* Wenn Lauren die Antwort hört, lächelt sie geheimnisvoll und fragt in einem Tonfall *Und, wie war's?*, der Maya fragen lässt: *Was denn? Was denn?*, bis Lauren nach angemessenem Zögern preisgibt, was ich ihr über meinen Orgasmus und die Stimme in meinem Kopf und *Ich liebe dich, Mom* erzählt habe, und dann kommen erst Schock und Ekel, und schließlich wird sich darüber lustig gemacht, und am Ende der Unterhaltung bin ich für sie zu einer Anekdote geworden: ein merkwürdiger, trauriger Kindmann, den sie irgendwo kennengelernt haben, der seine widerliche kleine Perversion hinter reflexartigem Flirten versteckt, und allein bei dieser Vorstellung könnte ich mich sofort umbringen.

Während ich darauf warte, dass mein Burrito zusammengestellt wird, starre ich die Kühlschränke voller Limonade und Bier an. Die Limonade wird aus Mexiko importiert, ist wahrscheinlich eher mit Rohrzucker versetzt als mit Maissirup und mit Aufklebern versehen, die den Verkauf in den USA untersagen. Schließlich ruft der Koch: »Vierundvierzig, *cuarenta y cuatro*!«, und ich greife nach dem Burrito und den Pommes und steuere auf die Tür zu. Es ist ziemlich schwierig, so zu tun, als hätte man jemanden nicht gesehen, ohne dass es so wirkt, als würde man ihn absichtlich ignorieren. Man kann nie wissen, wie gelungen die Täuschung ist. Du weißt nicht, ob sie wirklich nicht weiß, dass du da bist, oder ob sie dich sieht und glaubt, du siehst sie nicht, und lieber nicht auf sich aufmerksam macht, oder ob ihr beide in einem Theaterstück mitspielt, in dem ihr so tut, als würdet ihr den jeweils anderen nicht bemerken. Exakte Anhaltspunkte sind eigentlich unmöglich zu ermitteln, und infolge dieser Datenarmut habe ich das Gefühl, blind in einen Wirbelsturm zu fliegen. Natürlich könnte ich sie einfach ansprechen. Selbst wenn sie es wüsste. Ich könnte hallo sagen, mich ihrer Freundin vorstellen, mich einfach mit ihr unterhalten und abwarten, was passiert. Und wenn sie mir einen wissenden Blick zuwirft und sagt: *Ihr hattet letzte Woche viel Spaß, hab ich gehört*, könnte ich lächeln und sagen: *Ja, es war ziemlich witzig.* Meine Augen blicken starr geradeaus, und ich stehe zu aufrecht, es wirkt irgendwie unnatürlich und sieht wahrscheinlich auch ziemlich dämlich aus. Ich könnte mich einfach neben sie setzen. Stattdessen gehe ich an ihr vorbei, durch die Tür, hinaus auf den Gehweg und denke: *Geschafft.*

Zwei

> Wenn sie so schlau sind, warum steigen sie dann nicht dahinter, wie Beliebtheit funktioniert, und tricksen das System einfach aus wie einen Multiple-Choice-Test?
> *Paul Graham, Why Nerds Are Unpopular*

Nicky Boont und ich entwickelten ein Adventure-Game. Es bestand aus Textzeilen auf dem Bildschirm, die zum Beispiel lauteten: *Du befindest dich in einem Verlies voller Totenschädel. Eine Tür führt nach Norden, eine nach Süden.* Wir tüftelten zusammen die Pläne für die Untergrundarchitektur aus, schrieben adjektivstrotzende Beschreibungen von Höhlen und Waffen und Monstern und entwickelten eine pseudomythologische Hintergrundstory. Jeden Tag trafen wir uns in der Mittagspause im Computerraum der Schule, einer L-förmigen Besenkammer, die geräumt worden war, als der Bürobedarf in einen größeren Raum zog. Dort katalogisierten wir jedes einzelne Objekt – Waffen, Schlüssel, Zaubertränke –, das der Spieler im Verlies finden, sowie jede Aktion, die er ausführen konnte.

Als ich hereinkam, war Nickys Stuhl dem Commodore 128 ab- und der Tür zugewandt, die Beine hatte er professoral übereinandergeschlagen. Er sah aus wie ein Pilz mit seinem hellen, rundgeschnittenen Haar. »Wir brauchen einen Versteck-Befehl«, begrüßte er mich. Eigentlich hatten wir die Aktionen schon zwei Wochen zuvor abgeschlossen.

»Meinst du, sich selbst verstecken oder ein Objekt verstecken?«, fragte ich. Es ist schwierig, eine vollständige Syntax zu entwickeln, wenn man Vokabeln wie *transitiv* und *intransitiv* nicht kennt, aber das war nun mal das Projekt, das wir uns vorgenommen hatten.

»Beides natürlich«, antwortete Nicky in einem Tonfall, der belegte, dass er nur an eines gedacht hatte. »Das Versteck muss ein bestimmter Ort sein. Weil, man kann sich ja nicht in einem leeren Raum verstecken.«

Jeremy Glissan schnaubte, ohne von dem zweiten Computer im Raum aufzusehen. Jeremy war ein erfahrenerer Programmierer als wir und hatte einen leistungsstärkeren Computer zu Hause. Er half uns, indem er uns auf die dämlichsten unserer möglichen Patzer hinwies.

Mein Interesse an dem Spiel hatte sich einen Monat zuvor paradoxerweise gesteigert, als ich Mädchen für mich entdeckt hatte – *entdeckt* im Sinne von *festgestellt, dass sie eventuell im Besitz einer Art Zauberkraft waren.* Ich kannte Bronwen Oberfell im wahrsten Sinne des Wortes schon immer: Unsere Mütter waren Schwangerschaftsfreundinnen. Es passierte bei ihr zu Hause, wo es eine Garage gab, einen Abfallzerkleinerer in der Spüle und eine Treppe. Meine Mutter und Bronwens Mutter – Stacey – rauchten in der Küche, und Bronwen und ich saßen im Wohnzimmer, aßen Spaghetti und sahen *Fame – der Weg zum Ruhm.* Mit zwölf war es noch sehr einfach, mich glücklich zu machen: Ein Teller Spaghetti und eine Folge *Fame* reichten vollkommen aus. Während Bronwen auf den Fernseher sah, bemerkte ich zufällig ihr Profil. Ich dachte mir: *Das ist aber eine ziemlich kleine Nase.* Und dann: *Hey, eigentlich ist Bronwen ziemlich hübsch.* Und dann: *Oh, wow.* Und damit sollten ein Teller Spaghetti und eine Folge *Fame* nie wieder ausreichen, um mich glücklich zu machen.

In den Tagen nach dieser Offenbarung fing ich an, mir vorzustellen, wie ich Bronwen das Spiel zeigte. Ich setzte sie an meinen Computer und forderte sie auf, das unterirdische Grab von Morbius dem Rächer zu betreten. Über ihre Schulter sah ich zu, wie sie die simplen Befehle tippte, die sie in unsere Welt führten, und sich immer weiter nach vorn lehnte, bis ihre Nase fast den Bildschirm berührte. Ich beobachtete ihr Entsetzen, als die Skelettarmee auftauchte, ihre Frustration angesichts der sich rasant vermehrenden Furbles, ihre Entschlossenheit, den Schatz zu finden, der zusammen mit Morbius' Leiche begraben worden war. Kein Künstler hatte je ein dankbareres Publikum als Bronwen Oberfell gehabt, und kein Künstler war je befriedigter als ich, als Bronwen (die komischerweise nur einen Kettenbikini trug) mich wie zum ersten Mal und mit vor Bewunderung leuchtenden Augen ansah, nachdem sie ein Dutzend Feinde bezwungen, zunehmend knifflige Rätsel gelöst hatte, kunstvoll konstruierten Fallen entgangen war, die Mitte des Irrgartens von Mithraeth erreicht und das unschätzbar kostbare Juwel von Bora-El eingesammelt hatte.

Also: Was, wenn sie sich irgendwo auf dieser magischen Reise voller Gefahr und Liebe verstecken oder ein wertvolles Objekt verbergen musste? Wie sich herausstellte, gab es fürs Verstecken jede Menge Parameter. Größe zum Beispiel: Ein loser Mauerstein gab ein gutes Versteck für einen Schlüssel ab, nicht jedoch für einen Menschen. Das ganze Prozedere mal 134 – so viele weitere Verben gab es im *Grab-des-Morbius*-Lexikon – dafür ging dann das gesamte achte Schuljahr drauf. Nicht, dass wir unbeliebt gewesen wären, Nicky und ich, aber in der Objektklasse, der wir angehörten, war Beliebtheit einfach keine Eigenschaft.

Die Erde umkreiste weiterhin unermüdlich die Sonne, und die Middle School ging vorbei, um meine Geschlechtsteile sprossen die ersten Haare, und ich bastelte weiter an dem Spiel und päppelte den Gedanken, dass es mir Bronwens Liebe einbringen würde. Meinen wachsenden aber noch nicht voll funktionsfähigen Penis umklammert, wälzte ich abends im Bett diese Phantasie im Kopf hin und her, fügte dem Spiel Details hinzu und tüftelte an der Darstellung. Jede überraschende Wendung, jedes neue Rätsel, jeder neue Kniff musste an Bronwen Oberfell getestet werden. Manchmal wurde der Traum von einer Fehlermeldung unterbrochen, dann stand ich auf und überprüfte den Code erneut. Auf diese Weise konnte ich einige Fehler ausmerzen.

»Man darf dir also gratulieren«, sagte mein Dad bei einem meiner vierzehntäglichen Besuche. »Du hast es auf diese hartumkämpfte Junior Highschool geschafft.« Nach der Scheidung war er in ein winziges, möbliertes Apartment in der Nähe des Colleges gezogen, an dem er unterrichtete. Eigentlich sollte es nur eine Übergangslösung sein, aber inzwischen waren sechs Jahre vergangen, und er wohnte immer noch dort.

»Highschool, Dad«, korrigierte ich, während ich meinen Schlafsack auf der Kunstledercouch ausrollte. »Ich werde bald vierzehn.«

»Ganz sicher?«, fragte er. »Die haben mir einen Brief geschickt ...« Er fing an, einen Papierstapel auf seinem Schreibtisch durchzusehen, den mit den Gehaltsabrechnungen und Knöllchen vom Straßenverkehrsamt. »Da ist es ja: *Herzlichen Glückwunsch zur Aufnahme Ihres Kindes an der Dr. Martin Luther King Junior Highschool.*«

»Das heißt nicht, dass es eine Junior Highschool ist«, erklärte ich. »Es heißt, dass die Schule nach Dr. Martin Luther King jr. benannt wurde.«

»Du hast bestimmt recht«, sagte er. »Du musst ja inzwischen ganz schön schlau sein, wenn du den Aufnahmetest bestanden hast und so.« Er ging hinüber in die Nische, in der Kühlschrank und Herd standen und die mit Linoleum anstatt Teppich ausgelegt war. Als ich mit acht das Apartment meines Dads zum ersten Mal betrat, wurde mir klar, dass der Begriff *Küche* eher funktional als ontologisch ist, auch wenn ich das damals noch nicht so formuliert hätte. Er suchte aus den

Fertiggerichten im Tiefkühlfach eines für mich heraus: Hackbraten mit Kartoffelpüree, die Sorte, die ich sechs Jahre zuvor als Lieblingssorte angegeben hatte. Inzwischen kam mir Hackbraten mit Kartoffelpüree zu den Ohren raus, aber ich sagte nichts, so wie ich auch nie sagte, dass ich es hasste, bei meinem Dad zu sein. Das hätte Fragen aufgeworfen, die ich nicht aufwerfen wollte, zum Beispiel: *Wie unfähig war mein Vater wirklich?* und: *Genoss meine Mutter es vielleicht, mich jedes zweite Wochenende los zu sein?* Also aß ich meinen Hackbraten, obwohl ich inzwischen die einzelnen Geschmacksbestandteile und deren unterschiedliche Konsistenz identifizieren konnte – das körnige Fleisch, den Zucker, das gestockte Fett, das die Scheibe zusammenhielt – und mir die einzelnen Pülverchen und Lösungen immer in Einmachgläsern auf einem Regal im Labor vorstellen musste.

Im ersten Jahr nach der Scheidung hatte Dad hin und wieder mit viel Tamtam Ausflüge zu Unterliga-Baseballspielen oder ins Wissenschaftsmuseum organisiert. Es war ein Abilene-Paradox: Wir wären beide lieber zu Hause geblieben und unternahmen diese gequälten Ausflüge nur, weil wir glaubten, der jeweils andere habe Lust darauf. Aber schließlich kaufte er mir einen Nintendo, und wir verließen das Apartment nur noch selten.

Nach dem Essen war ich gerade mitten in einem besonders schwierigen Level von Arkanoid, als ich bemerkte, wie mein Dad sich in der Tür herumdrückte. Er wollte offensichtlich etwas loswerden, und mit meiner Konzentration war es vorbei. Als der Ball sich dreiteilte, machte ich den Anfängerfehler und versuchte, allen dreien zu folgen, statt die zwei mit der größten Phasenverschiebung auszuwählen und den dritten außer Acht zu lassen, und verlor mein letztes Leben.

Mit schüchternem, hoffnungsvollem Blick lehnte er im Türrahmen, als wollte er gleich jemanden zum Tanzen auffordern. Über die letzten paar Jahren hatte sein Körper die Form einer Birne angenommen; alle Substanz vom Kopf und den Schultern war auf die Hüften hinabgesunken.

»Willst du mal was sehen?«, fragte er.

Auf dem Wohnzimmertisch lag ein Haufen maschinengeschriebener Seiten, Bleistiftzeichnungen und juristischer Dokumente ausgebreitet. »Ich gründe eine Firma«, sagte er. In seiner Stimme schwang etwas mit, das ich nie zuvor gehört hatte. Stolz vielleicht.

Er wollte mir alles genau erklären, und ich ließ ihn. Er hatte sich für eines seiner Seminare Fallstudien aus der Getränkeindustrie angesehen und dabei ein Aha-Erlebnis gehabt: In einem Augenblick halluzinierten Allwissens sah er die komplette Struktur dieser Industrie vor sich wie einen Bienenstock im Querschnitt, und er erkannte Wurmlöcher und Unwirtschaftlichkeiten, die für normale Menschen unsichtbar waren. Jeder wusste, dass die großen Softdrinkhersteller nur Zuckerwasser verkauften und die vielgepriesene »Geheimrezeptur« von Coca-Cola ein Haufen Marketingquatsch war – in den letzten fünf Jahren hatten sie schrittweise den Rohrzucker durch fruchtzuckergeladenen Maissirup ersetzt (billiger dank hoher Importzölle für Zucker und Subventionen für Mais), und nicht einer der fünfzig Millionen Cola-Getreuen hatte den Unterschied bemerkt. Laut der gängigen Meinung kam es einzig und allein auf die Werbung an: *Markenführung* nannte man das jetzt. Man musste das Produkt mit Jugendlichkeit, Spaß und sexueller Erfüllung verbinden und den Konkurrenten im Umkehrschluss mit dem Tod. Aber ignorieren wir diesen neumodischen, wohlklingenden Überbau; konzentrieren wir uns auf die praktischen Grundlagen. Was *macht* die Getränkeindustrie eigentlich? Wie funktioniert dieses Geschäft? *Die transportieren Zuckerwasser quer durchs Land.* Die Produktionskosten sind eigentlich marginal: Hauptzutat ist das gute alte H_2O, billig und auf Abruf überall verfügbar – und trotzdem geben die Abfüller Millionen dafür aus, das Zeug in die Läden zu verfrachten.

»Pass auf: Man stellt ein Gerät in den Supermarkt, das einfaches Leitungswasser mit Sirup und Kohlensäure versetzt. Das Getränk wird am Verkaufsort hergestellt, wie in Restaurants. Man hat hinterher genau das gleiche Produkt, nur die Herstellungskosten sind über dreißig Prozent niedriger als bei den Großen!«

Er blickte sehnsüchtig ins Weite, das war es, wonach er sein Leben lang gesucht hatte: die eine große Chance, die Abkürzung, die niemand erkannt hatte.

»Du willst also eine Softdrinkfirma gründen?«, fragte ich.

»Wir fangen auf lokaler Ebene an«, erklärte er, »nutzen Denver als Versuchsmarkt. Sobald es sich hier durchsetzt, können wir Investoren anlocken, vielleicht sogar an die Börse gehen. Und dann heben wir das Ganze auf Landesebene.«

Ich stellte mir vor, wie Amerika seine Coca-Cola zur Seite stellte und stattdessen aus einer Dose trank, auf der das Gesicht meines Vaters prangte. *Barry-Cola,* stand darauf. Ich musste lachen.

Dad wirkte verletzt. »Das hier wird dir das College finanzieren«, sagte er, und es tat mir leid.

»Ich glaube, ich verstehe das noch nicht ganz«, log ich. »Wie willst du noch mal die Kosten senken?« Also erklärte er es mir von neuem.

Als Mom mich am Sonntagabend abholte, war sie mal wieder in einer dieser Stimmungen, in denen sie über Dad reden wollte. »Na, was habt ihr zwei gemacht?«, fragte sie mich. Ich sagte ihr nie die Wahrheit: nämlich, dass ich Arkanoid, Super Mario Brothers und Castlevania gespielt hatte und manchmal Excitebike, obwohl mir Excitebike eigentlich zu kindisch war, während Dad Golf im Fernsehen guckte, die Jalousien heruntergelassen, damit die Nachmittagssonne unseren jeweiligen Bildschirm nicht blendete. Irgendetwas daran, wie Männer sich in Abwesenheit von Frauen verhielten, löste schon damals ein Schamgefühl in mir aus.

»Das Übliche«, gab ich zurück.

Sie fuhr auf die Autobahn. Wenn sie sich im Straßenverkehr einfädeln muss, wird meine Mum immer hektisch; instinktiv will sie langsamer fahren, aber beim Reißverschlussverfahren ist das nicht besonders hilfreich. Als wir endlich sicher auf der Mittelspur angekommen waren, sah sie mich aus dem Augenwinkel an. »Also«, sagte sie, »gibt es da eine Freundin?« Sie versuchte, gelassen zu klingen. Ich glaubte zuerst, sie meine mich, teils, weil die Suche nach einer Freundin ein Problem darstellte, das ich bisher nur auf mich bezogen hatte, und teils, weil mein Dad mit einer Freundin nahezu unvorstellbar war.

»Ich glaube nicht, dass er Zeit für eine Freundin hat«, erwiderte ich.

»Ach, nein?«, fragte sie. »Was hält ihn denn so auf Trab?«

Ich wollte ihr nichts von der Softdrinksache erzählen. Ich wollte nicht, dass sie meinen Dad auslachte, wenn ich derjenige war, der jedes zweite Wochenende mit ihm verbringen musste. »Ich glaube, er schreibt die meiste Zeit irgendwelche Artikel«, log ich. Dad hatte ein einziges Mal einen Artikel in einer Zeitschrift für Managementtheorie veröffentlicht.

Das schien zu fruchten. Wir fuhren nach Hause, und ich fühlte mich besser. Trotzdem musste ich noch meine Hausaufgaben machen, die ich immer mit zu Dad nahm und dann liegenließ. Aber zumindest hatte ich hier mein eigenes Zimmer. Auf der anderen Seite der Wand lag meine Mum mit einem ihrer dicken Taschenbücher im Bett und hörte Kassetten mit ihrer Lieblingsmusik von den Carpenters, America oder Bread.

Weil sie mir das Gefühl von Familie geben wollte, hatte meine Mum dafür gesorgt, dass wir einmal im Monat mit den Oberfells essen gingen. Im Restaurant suchte ich mir immer den Platz aus, der am weitesten von Bronwen entfernt war, um mein Interesse an ihr zu verschleiern. Damit saß ich normalerweise neben ihrem Bruder Pete, einem blassen, ängstlichen Neunjährigen.

Bronwens Vater Gary erzählte von den Herausforderungen, vor denen er mit seiner Zahnarztpraxis stand. »Es gibt einfach zu viele Zahnärzte in der Gegend«, sagte er. »Ich weiß nicht, wie man so auskommen soll.« Gary hatte riesengroße Hände, allein ihm dabei zuzusehen, wie er den Cheeseburger zum Mund führte, war verstörend.

»Also, *wir* gehen bestimmt nicht zu einem anderen Zahnarzt«, sagte meine Mum. »Das sind zwei Gebisse, auf die du zählen kannst.«

»Die meisten sind Chinesen«, fuhr Gary fort. »Oder, ihr wisst schon, jedenfalls irgendwie orientalisch.«

»Habt ihr das mit den Babys in Kuwait gehört?«, fragte meine Mum, einer Assoziation folgend, der ich nicht weiter auf den Grund gehen wollte. »Wie sie aus den Brutkästen gerissen und zum Sterben auf dem Boden liegengelassen wurden? Das finde ich so schrecklich.«

Einen Augenblick lang aßen wir schweigend: ein Tisch in einem Fastfoodrestaurant in Denver, der den toten Babys von Kuwait Tribut zollte.

Schließlich beendete Stacey das Schweigen. »Was ist denn dein Lieblingsfach, Eric?«, fragte sie mich.

»Mathe«, antwortete ich.

»Eric spielt viel an seinem Computer«, sagte Mom.

»Wow!«, sagte Stacey. »Ein Computer?« Sie wies auf ihre Sprösslinge. »Die beiden haben nicht den blassesten Schimmer von Computern«, sagte sie. »Aber wir müssen uns wohl bald alle damit auskennen, stimmt's?«

Ich war mit der Computer-sind-die-Zukunft-Phrasendrescherei vertraut, auf die sie anspielte, und ich hoffte, es würde so kommen, aber ich glaubte nicht daran, weil niemand außer Nicky, seinem Dad und mir Computer überhaupt zu *mögen* schien.

»Ein Computer hat ganz bestimmt noch niemandem die Zähne repariert«, scherzte Gary.

»Erzähl ihnen doch mal, woran du arbeitest«, sagte Mom.

Das war kompliziert. Mein Plan, Bronwen zu verführen, verlor das überraschende Element, wenn ich jetzt, wo das Spiel erst halb fertig war, auch nur einen groben Überblick darüber gab. Aber nach all den Stunden, die ich damit verbracht hatte, mir ihre Reaktion auszumalen, das Juwel meiner Phantasie zu polieren, konnte ich der Gelegenheit, ihr Interesse zu wecken, nicht widerstehen.

»Wir entwickeln ein Abenteuerspiel«, sagte ich vor Aufregung viel zu laut. »Mein Freund Nicky und ich. Es heißt *Das Grab des Morbius.*« Ich riskierte einen Blick zu Bronwen, die Ketchup auf ihren Hashbrowns verteilte.

»Wow!«, sagte Stacey erneut. »Ein Computerspiel! Hört sich das nicht cool an, Pete?«

»Glaub schon«, sagte Pete. Bronwen stellte die Ketchup-Flasche ab und wandte sich ihrem Ei zu.

»Pete findet Computerspiele toll«, sagte Stacey. »Pac-Man mag er, und dieses andere ... Wie hieß das noch mal, Liebling?«

»Street Fighter«, sagte Pete.

»Street Fighter«, wiederholte Stacey. »Zu seinem Geburtstag waren wir auf der Bowlingbahn, und er wollte gar nicht mehr bowlen, sondern nur noch Street Fighter spielen.«

»Ich hatte den sechsthöchsten Highscore«, verkündete Pete stolz.

Das Gespräch lief in die falsche Richtung. »Unser Spiel ist aber gar kein Videospiel«, sagte ich und versuchte, nicht verärgert zu klingen. »Es ist ein Text-Adventure. Es gibt an, wo du bist und was du sehen kannst, und dann tippst du ein, was dein Spieler tun soll.«

»Das hört sich ja großartig an!«, rief Stacey. Sie war nett, aber vielleicht eher für jüngere Kinder geeignet. »Das würde ihm bestimmt gefallen! Willst du dir Erics Computerspiel nicht mal ansehen?«, fragte sie Pete.

»Warum nicht?«, sagte der.

»Toll!«, fand Stacey. »Er könnte doch am Samstag rüberkommen. Was meint ihr?«

Pete und ich sahen beide auf unsere Teller. Kein Gericht kühlt schneller ab als Pommes frites, und keines leidet mehr unter dem Erkalten. Browнen bestellte noch eine Cola.

Nach dem Essen gingen wir hinaus zum Kombi der Oberfells. Pete kletterte auf den Platz, den wir seit jeher

»ganz hinten« nannten. Ich saß auf dem Rücksitz in der Mitte, meine Mom auf der einen und Bronwen auf der anderen Seite; wenn wir rechts abbogen, wurde ich an sie gedrückt, und wenn wir links abbogen, wurde sie an mich gedrückt, ich konnte durch den Jackenstoff spüren, wie unsere Arme sich berührten. Ich setzte meine Bronwen-spielt-*Das-Grab-des-Morbius*-Phantasiespiele fort, aber jetzt musste ich ihren kleinen Bruder mit einrechnen. Was, wenn Pete nach Hause kam und ihr von dem Spiel vorschwärmte? *Es hat so viel Spaß gemacht! Da waren ganz viele Drachen und Monster …* Unwahrscheinlich: Petes übliches Gebaren war quasikatatonisch, und selbst wenn das Spiel ihn zu untypischen Begeisterungsausbrüchen veranlassen würde, war es schwierig, sich vorzustellen, dass das irgendeine Wirkung auf Bronwen haben könnte. Was würde Nicky wohl dazu sagen, dass ich zugestimmt hatte, unser Geheimprojekt einem Neunjährigen zu zeigen?

Was er sagte, war: »Du hast ihnen davon *erzählt*?! Warum zum Teufel hast du das gemacht?«

»Ich wollte es gar nicht«, verteidigte ich mich. Ich saß mit baumelnden Beinen auf einem Tisch. »Meine Mom hat davon angefangen.«

»Und woher wusste *sie* davon?«, fragte er, und ich fühlte mich ertappt. Ich hatte ihr täglich über unsere Fortschritte Bericht erstattet.

»Hör mal, ich wollte nicht, dass es so läuft«, sagte ich und versuchte, ruhiger zu klingen, als ich war. »Aber am Samstag kommt Pete zu mir, um es zu testen.«

Nickys Augen, die ohnehin schmal waren, verengten

sich zu Schlitzen. »Wir zeigen es also einfach irgendeinem … *Kind*?«, fragte er. »Bevor es überhaupt fertig ist?«

»Wir könnten es als Beta-Test laufen lassen«, schlug ich vor. »Dann können wir besser einschätzen, wie es wirkt.« Nach achtzehn Monaten des Tüftelns an verworrenen Strukturen, die niemand außer Nicky und mir je gesehen hatte, brauchte ich endlich ein Publikum, selbst wenn es nur aus Pete Oberfell bestand.

Der Computerraum lag in der Nähe eines Kreuzungspunktes im Rohrleitungssystem der Schule, so dass die Unterhaltungen dort immer von dumpfem Gurgeln und Rauschen untermalt wurden. Schließlich seufzte Nicky theatralisch. »Also gut«, sagte er.

»Tja, ähm, wir müssen den Code noch mal zusammenführen«, sagte ich. Meine Abschnitte des Programms mit denen von Nicky zu kombinieren war ein ermüdender Prozess.

»Ich bringe mein Zeug morgen mit«, sagte er. »Aber zusammenfügen musst du es alleine.«

Freitagabend war ich lange wach, trank kalte Cola und bastelte die beiden Abschnitte zusammen. Es war fast drei, als ich fertig war. Aufgedreht vom Koffein und mit einem halben Zuckerschock lag ich im Bett und war aufgeregt, dass ich tatsächlich jemanden *Das Grab des Morbius* spielen sehen würde. Ich landete wieder in einer ausgetretenen Denkspur: Wenn Stacey Pete herbrachte, wäre Bronwen auch dabei. *Ich dachte, ich könnte mitkommen,* würde sie mit neugierigem Glanz in den Augen sagen. Meine Hand schob sich mit einer ganz neuen Dringlichkeit in meine Schlafanzughose. Bronwen spielte *Das Grab,* sah mich an, küsste mich, und dann waren wir nackt auf meinem Bett, und mein Körper fühlte sich an, als würde ich weiter und weiter vordringen, ein Level nach dem anderen, weiter denn je. Bronwen war über mir und küsste mich, ich machte immer weiter, bis ich auf einmal von Licht erfüllt war und etwas Größeres und Besseres spürte als alles, was ich zuvor oder seitdem empfunden habe, es schien für immer andauern zu wollen. Und dann war da Sperma, das weggewischt werden musste, und ich fühlte mich seltsam und stolz und erschöpft.

Ich wurde davon geweckt, wie Mom den Fernseher im Wohnzimmer ausschaltete. Einen Augenblick später waren Stacey und Pete auch schon an der Tür. Wir aßen Hotdogs und Kartoffelchips zu Mittag, und dann wollte meine Mom sich mit Stacey ins Wohnzimmer setzen und rauchen und Weißwein trinken, also sagte sie: »Wollt ihr beiden jetzt Computer spielen?«

Ich nahm Pete mit in mein Zimmer und hatte kurz Panik, dass wir eine Spermapfütze in Form der Initialen seiner Schwester auf meinem Bett vorfinden würden. »Das Spiel ist noch nicht fertig«, sagte ich. »Und du wirst es wahrscheinlich ziemlich bescheuert finden – es hat keine Grafik, und es funktioniert ohne Joystick oder so was.«

»Okay«, sagte er, zu jung, um die richtige Reaktion

zu kennen, wenn jemand seine eigene Arbeit schlechtredete.

Ich lud die Datei, und wir warteten, während die Diskette im Laufwerk ratterte. Pete saß an der Tastatur und ließ die Beine baumeln. Dann standen auf dem Bildschirm nur noch die einleitenden Zeilen, die Nicky und ich vor über einem Jahr geschrieben hatten:

Vor vielen Jahrhunderten lebte ein furchterregender Kriegerkönig, bekannt als Seine Allmächtige Herrlichkeit Lord Morbius der Rächer. Nachdem er vier Kontinente geplündert und gebrandschatzt hatte, war Morbius endlich besiegt – doch vor seinem Niedergang vergrub er seinen sagenumwobenen Schatz in einem namenlosen Verlies. Generationen von Kriegern haben das Verlies auf der Suche nach dem Schatz von Morbius betreten … aber keiner von ihnen ist je zurückgekehrt.

Du stehst am Eingang zum Verlies. Trittst du ein?

Pete starrte stumm auf den langen Text. Es war klar, dass er ihn nicht las.

»Also, äh … Willst du das Verlies betreten?«, fragte ich. Seine Augen weiteten sich vor Angst. »Im Spiel, meine ich. Tipp einfach *JA.*«

Er wirkte immer noch misstrauisch, aber er hackte J-A mit dem Zeigefinger in die Tastatur. Ich drückte die Entertaste.

Als du den feuchten Tunnel betrittst, hörst du ein Krachen hinter dir. Ein Fallgitter hat sich geschlossen.

Pete fing an, die Worte laut vorzulesen, langsam, eins nach dem anderen. »Was ist ein Fa… ein Fall…?«

»Ein Fallgitter. So was wie ein Metallzaun, Pete«, erklärte ich. »Du bist also in dem Verlies und suchst den Schatz. Willst du weiter in das Verlies hineingehen?«

»Okay …«, sagte er.

»Dann tipp: *WEITER*«, sagte ich.

Er tippte die Buchstaben, drückte *Enter*, und ein neuer Text erschien auf dem Bildschirm. *»Du bist eine Schwuchtel«*, las er überraschend flüssig. *»Du lutschst gern Schwänze.«* Ich sah auf den Bildschirm, und da stand es wirklich, direkt unter Petes *WEITER: Du bist eine Schwuchtel! Du lutschst gern Schwänze!*

»Warte, das ist falsch«, rief ich.

Pete sah mich hasserfüllt an. »Ich bin keine Schwuchtel!«, rief er. »Du bist eine Schwuchtel! Und das Spiel ist blöd!« Er sprang von seinem Stuhl und rannte weinend aus dem Zimmer.

Als ich ins Wohnzimmer kam, hatte Pete Staceys Hüften umschlungen, und sie streichelte ihm den Kopf, den er an ihren Bauch drückte. »Ich weiß wirklich nicht, wie das passieren konnte«, sagte meine Mom. »Ich glaube, der Computer ist kaputt.«

»Wir gehen jetzt lieber«, meinte Stacey. »Margo, ich ruf dich später an. Und was dich anbelangt …«, sie sah mich mit eisigem Blick an, »… ich dachte, du wärst reifer.« Sie schlug die Haustür hinter sich zu, obwohl die eigentlich zu leicht war, als dass man sie gut hätte zuschlagen können.

Statt am nächsten Tag in den Computerraum zu gehen, stand ich auf dem Pausenhof herum und sah ein paar Jungs dabei zu, wie sie einen Ball herumkickten. Pullover auf dem Boden markierten die Tore, und eine Weile lang stellte ich mich daneben, für den Fall, dass mir jemand den Ball zuspielte und ich mit einsteigen konnte, aber um den Ball hatte sich eine Traube gebildet, die sich wie eine Wolke über das Feld bewegte, und Thomas Lagos, der im Tor stand, sagte zu mir, ich solle nicht so blöd im Weg rumstehen. Ich stand auf der Seitenlinie, als Nicky mich fand.

»Und, hat es funktioniert?«, fragte er.

»Und wie es funktioniert hat«, erwiderte ich. »Toll gemacht. Und jetzt verpiss dich.« Das Fluchen klang mickrig und verzweifelt.

»Schon gut, schon gut«, sagte Nicky beschwichtigend. »War doch nur ein Scherz.«

»Sehr witzig, Nicky«, sagte ich. »Jetzt denken alle, ich wäre ein Kinderschänder.«

»Dann haben sie also endlich die Wahrheit herausgefunden, was?«, zog er mich auf. Als ich nicht lachte, sagte er: »Du hättest unser Spiel eben nicht überall herumzeigen sollen. Jetzt sind wir quitt.«

»Wir sind erst quitt, wenn ich dein Haus abgefackelt habe«, erwiderte ich. Ich drehte mich um, ging zurück zum Schulgebäude und befahl mir, bloß nicht zurückzuschauen. Ich schaute trotzdem zurück. Nicky lächelte.

Das Einzige, was ich jetzt tun wollte, war Code zu schreiben. Es war das erste Mal, dass Codeschreiben für mich zum Trost wurde; vielleicht war es auch das erste

Mal, dass ich Trost brauchte, den meine Mutter mir nicht geben konnte. In den zehn Jahren, seitdem ich Nicky Boont, der ein Arsch war, aber auch mein einziger Freund, auf dem Schulhof stehenließ, habe ich noch immer nichts gefunden, das Angst so zuverlässig eindämmt wie Codeschreiben: Die verschiedenen Kombinationsmöglichkeiten und Verästelungen belegen allen verfügbaren Hirnspeicher, und die Syntax der Sprache lenkt deine nervösen Zuckungen in geregelte Bahnen und hält dich davon ab, in Panik auszubrechen.

Im Computerraum spielte Marc Uriel Schach, das einzige Computerspiel, das während der Unterrichtszeit erlaubt war, und Jeremy Glissan tippte wie wild an irgendetwas heikel Aussehendem herum, es waren also beide Geräte besetzt. Ich nahm ein paar Blätter Schmierpapier aus dem Papierfach und einen Bleistift von einem der Tische – ich mag es, Code auf Papier zu schreiben, man muss sich viel mehr konzentrieren –, aber ich wusste nicht, wo ich anfangen sollte. Ich hätte allein am *Grab des Morbius* weiterarbeiten können, aber ich wusste nicht, wozu. Ich sah hinüber zu Jeremy, dem Programmiergenie mit der flaumigen Oberlippe und den Ostblockklamotten und dem nicht vorhandenen Sozialleben. Zum ersten Mal bemerkte ich, wie viel außerhalb dieses Raumes passiert war, während Nicky und ich mit einem Fehler in unserem Programmstart gekämpft hatten. Ich sah, wie Bronwen Oberfell auf dem Flur der drei Blocks entfernten Highschool an den Schließfächern lehnte, mit einer Haarsträhne spielte und sich mit einem Zehntklässler über etwas unterhielt, das nichts mit dem rekursiven Abwärtslauf des Parsebaumes zu tun hatte oder bösen Hexenmeistern mit geheimer Verwundbarkeit für Bronzewaffen. Irgendwas über Musik oder Klamotten vielleicht? Oder wer eine Party schmiss, wer mit wem ausging? Andere Leute fanden Computer unzugänglich, dabei waren sie für mich vollkommen durchschaubar. Zum ersten Mal sah ich die Analogie: Manche Leute fanden das Sozialleben so einleuchtend wie ich Computer, und das waren nicht die Leute, die hier ohne Freunde in einem fensterlosen Raum saßen. Und so machte ich mich daran, das Freundinnen-Problem zu hacken.

Drei

> Sonst wirst du schnell feststellen, dass dir deine Hacker-Energie von Dingen wie Sex, Geld und sozialer Anerkennung entzogen wird.
>
> *Eric S. Raymond, How to Become a Hacker*

Das Grotsch-Gebäude thront über dem Mission District von San Francisco wie ein Relikt vergangener Zivilisation: einst Essiggurkenfabrik, heute steinernes Mahnmal einer Zeit, als man in der Stadt noch andere Dinge tat, als vor Bildschirmen zu hocken oder Kaffee zu servieren. Die Einwohner der Stadt mit ihrem Gespür für heitere Ironie mieten es für Fotoshootings und Hochzeiten. Diesen Monat beherbergt es eine Meute von Planern, Architekten und Urbanistik-Geeks – Studienfreunde von Justin, die dort eine Ausstellung mit dem Namen *BayTopia* organisiert haben. Cynthia hat mich überredet, sie zur Eröffnungsfeier zu begleiten. Die hohen Decken lassen die Unterhaltungen weiter weg wirken, als sie sind, und es riecht nach nassen Mänteln. Maya ist auch hier – angeblich.

In der Mitte des Raumes steht ein maßstabsgetreues Modell der Halbinsel, mit grob ausgeschnittenen Pappgebäuden auf sorgfältig ausgestaltetem Gelände. Es wurden farbenfrohe Phantasie-Elemente hineingebastelt: erhöhte Fahrradwege, die sich durch die Stadtteile ziehen, öffentliche Parks und Pools auf den Dächern der Hochhäuser. An den Wänden hängen bunte Darstellungen, die demographische Daten vermutlich aufschlussreich präsentieren, aber das Tageslicht, das durch die hohen Fenster fällt, ist nicht ganz die richtige Beleuchtung dafür. Justin unterhält sich mit einem blassen Mann, der ihm anscheinend etwas sehr intensiv erklärt. Viele der Männer sehen irgendwie nordisch aus, und die Frauen sind unverhältnismäßig klein. Und da ist Maya, sie spricht etwas abseits mit einer Frau in einer dicken Jacke. Obwohl ich mich instinktiv verstecken will, zwinge ich mich, ihren Blick aufzufangen und einen Moment des Wiedererkennens zu inszenieren, ich nicke ihr zu, das allgemeingültige Zeichen für *Alles klar?* Zuerst kann sie mich anscheinend nicht einordnen. Dann lächelt sie zurück, nur flüchtig, aber lange genug, dass ich befürchte, gleich explodieren zu müssen.

»Guck nicht hin«, sage ich zu Cynthia. »Hör zu, wir beide müssen die nächsten fünf bis zehn Minuten miteinander reden.«

»Aber ich will sie unbedingt sehen«, sagt Cynthia. »Ich weiß schon gar nicht mehr, wie sie aussieht.«

»Gleich. Unterhalte dich einfach freundlich, aber ohne zu flirten, mit mir.«

»Ich komme mir vor wie eine Spionin«, sagt sie. »Okay, plauder, plauder. *Ein Spion im Haus der Liebe.*

Woher kenne ich das? Hey, ich sollte Justin hallo sagen.«

»Dann habe ich ein Problem«, erkläre ich. »Wenn wir beide zu ihm gehen, werden wir zum Paar, das alles zusammen macht. Aber wenn du hingehst und ich nicht, dann stehe ich unbeholfen allein in der Gegend rum.«

»Na, das kann ja noch was werden mit dir«, seufzt sie.

»Schon gut, schon gut, sagen wir Justin hallo«, winke ich ab. Ich werfe einen Blick hinüber zu Maya, was ein Fehler ist, aber sie merkt nichts.

Cynthia zieht Justin von seinem Gesprächspartner weg und umarmt ihn. Ich stehe blöd daneben, während sie Neuigkeiten austauschen, und versuche so auszusehen, als würde ich mich an der Unterhaltung beteiligen. Schließlich wendet Justin sich mir zu. »Wie geht's, Eric?«, fragt er.

»Nicht viel«, antworte ich. Es sind immer die einfachen Fragen, die ich nicht hinkriege.

»Cool, Mann, cool«, sagt er. »Da drüben gibt's Wein und so was.«

Also mache ich mich auf den Weg zum Buffet, ein Weg, der mich direkt in Mayas Blickfeld laufen lässt. Der Boden ist aus poliertem Beton, sehr hart und unangenehm, wenn man länger darauf gehen oder stehen muss. Ich überwinde mich, ich sehe Maya direkt ins Gesicht, lächle und hoffe dabei, dass mein Lächeln genau das Gegenteil von dem aussagt, was wirklich in mir vorgeht. Man hört ständig *Das Wichtigste ist das Selbst-*

bewusstsein, aber das Warum wird nie erklärt, daher habe ich diese Binsenweisheit lange Zeit ignoriert. Warum sollte unter allen Eigenschaften das Selbstbewusstsein der Schlüssel zur Attraktivität sein? Die Antwort lautet: Asymmetrische Informationsvergabe verzerrt die sexuelle Selektion. Beim ersten Treffen weiß eine Frau nicht, ob du ein potentes, großzügiges Alphamännchen bist oder der Typ, der den ganzen Tag Bearbeitungskriege auf Wikipedia anzettelt. Aber du weißt es, und die Selbsteinschätzung, die du zur Schau trägst, ist ihr einziger Anhaltspunkt. Doch das Wissen über den Wert von Selbstbewusstsein allein hilft dir nicht dabei, welches aufzubauen – es steigert dein Selbstbewusstsein nur ins nächstliegende Extrem. Selbstbewusste Leute wissen um ihren Vorteil und werden noch selbstbewusster; unsichere Leute wissen um ihr Handicap und werden noch unsicherer. Es kann ein Engels- oder ein Teufelskreis sein, je nachdem, auf welcher Seite des Koordinatenursprungs man startet. Ich bin bei Maya und ihrer Gesprächspartnerin angekommen, und sie sieht mich mit diesem großartigen, unüberraschbaren Blick an, und schon bin ich wieder fest davon überzeugt, dass sie alles über mich weiß.

»Na, wie geht's?«, fragt sie. »Eric, stimmt's?« Dass sie sich an meinen Namen erinnert, muss ein gutes Zeichen sein. Es sei denn, sie erinnert sich daran, weil sie am Tag nach unserer ersten Begegnung mit Lauren telefoniert hat. *Ich liebe dich, Mom.* Meine Fresse!

»Genau«, bestätige ich. »Und du bist Maya.« Es hört sich an wie ein Tatsachenbericht.

»Alles gut bei dir?«, fragt sie. »Das hier ist die wunderbare Rebecca Grady.« Die wunderbare Rebecca Grady schenkt Maya ein sarkastisches Lächeln und macht einen kleinen Knicks. Sie ist tatsächlich recht wunderbar; sie sieht aus wie die Schauspielerin Helen Hunt, die zwar für eine Fernsehschauspielerin nur durchschnittlich hübsch ist, aber gemessen an normalen Menschen definitiv im 98er-Prozentbereich liegt. Schade für Rebecca Grady, dass Helen Hunt bekannt geworden ist, denn jetzt bemerkt man nicht mehr ihre Schönheit, sondern nur noch die Ähnlichkeit mit Helen Hunt. Wir stehen kurz schweigend in dieser unbehaglichen Dreiergruppe. Ich habe keine Maya-spezifischen Gesprächsthemen parat, also frage ich, wie ihr Wochenende bisher so läuft.

»Ich hab nur am Schreibtisch gesessen«, antwortet sie. »Heute komme ich zum ersten Mal seit Mittwoch aus dem Büro raus.«

Aha, wir fangen also mit einer Job-Unterhaltung an. »Was machst du denn beruflich?«, frage ich und richte meine Füße so aus, dass ich nur noch Maya ansehe, anstatt meine Aufmerksamkeit zwischen den beiden Frauen aufzuteilen. Ein bisschen unhöflich Rebecca Grady gegenüber, aber das verringert die Wahrscheinlichkeit, dass ich mit ihr nach Hause gehe und unbedachte Geständnisse ablege.

»Ich bin Reporterin«, antwortet Maya. Sie nennt eine der lokalen, alternativen Wochenzeitungen: linksgerichtete Politikthemen auf der Titelseite, Telefonsex-Hotlines im Anzeigenteil, Plattenrezensionen in der

Mitte. Vor einem Monat, als ich mich einsam und reich fühlte, habe ich eine dieser Sex-Hotlines gewählt und hatte sogar schon meine Kreditkartennummer eingetippt, aber als dann jemand ranging, war es mir doch zu peinlich, und ich legte auf.

»Welche Story hat dich denn so an den Schreibtisch gefesselt?«, frage ich.

»Eine große, langweilige Recherche«, erklärt sie. »Es geht um Frisco Tow, die Abschleppfirma. Bestechung, Korruption, das Übliche halt.«

»Du bist also eine Skandalreporterin, du wühlst im Dreck.«

»Genau. Ich wühle seit drei Wochen ununterbrochen im Dreck. Es wird langsam ziemlich unschön. Was ist mit dir? Du machst irgendwas Internetmäßiges, oder?«

O Gott, woher weiß sie das? »Ja, ich entwickle Software«, sage ich, weil ich alle anderen Synonyme ausprobiert habe; das hier klingt am wenigsten abschreckend. »Wie bist du denn zum Dreckwühlen gekommen? Warst du vorher freie Journalistin?« Die Tatsache, dass auch sie Rebecca Grady nicht ins Gespräch einbezieht, ist ein gutes Zeichen.

»Nein, ich wurde direkt vom College weg als Assistentin einer Verwaltungsassistentin angeheuert«, erklärt sie. »Die haben da einen ziemlichen Verschleiß. Hast du Informatik studiert oder so was?«

»Nein, ich, äh, ich war nicht auf dem College«, gestehe ich. »Ich hab mir eigentlich alles selbst beigebracht.« Diese Information kann positiv oder negativ verkauft werden, je nach Tonfall, Gesichtsausdruck und Körperhaltung. Scham wirkt nie anziehend, aber Stolz erhöht die Wahrscheinlichkeit, dass es so aussieht, als hätte ich außer von Computern von nichts eine Ahnung. Also ziele ich auf eine neutrale Darstellung ab, obwohl ich damit riskiere, so zu klingen, als müsste ich mich verteidigen.

»Hattest du keine Lust, oder konntest du es dir nicht leisten?«, fragt sie. Ich habe etwa hundert verschiedenen Leuten erzählt, dass ich nicht auf dem College war, und alle haben sich das Gleiche gefragt, aber sie ist die Erste, die mir diese Fragen tatsächlich stellt.

»Ich wollte unbedingt studieren«, sage ich. »Aber das ist … na ja, eine relativ lange Geschichte.«

Maya gibt mir mit einem Nicken das Zeichen fortzufahren. Rebecca Grady zeigt uns, dass es für sie im Leben mehr gibt als Versagen und Erniedrigung, und geht zum Buffet, um sich einen neuen Wein zu holen und Babykarotten in Hummus zu dippen. Ich bedanke mich fast bei ihr.

»Es war so weit alles klar«, fahre ich schließlich fort. »Ich hatte einen Studienplatz in Stanford. Aber dann verlor mein Dad sein gesamtes Vermögen, und meine Mom konnte sich die Studiengebühren nicht leisten. Also habe ich einen Computerjob angenommen und wollte mich an der University of Colorado einschreiben, aber dann hat mein Freund Bill mich gefragt, ob ich nicht herkommen und ein Startup mit ihm gründen wollte.«

»Verdammt«, sagt sie. »Das ist großartig.« Ich bin

nicht sicher, was genau davon großartig ist; sie meint vermutlich, dass die Geschichte spannender ist, als sie gedacht hat.

»Und was ist mit dir?«, frage ich. »Auf welchem College warst du?«

»Nichts da, wir reden noch nicht wieder über mich«, bestimmt sie, und ich fühle mich, als hätte ich einen Achtzig-Yard-Pass in einer landesweiten Fernsehausstrahlung gefangen. »Was macht dein Startup genau?«

»Wir haben einen Webservice eingerichtet, der das Kaufverhalten der Leute verfolgt und auswertet«, erkläre ich, »und dann haben wir das Ganze an eine größere Firma verkauft, damit sie es verheizen konnten.«

»Und welche Rolle hast du dabei gespielt?«

»Ich habe die Benutzeroberfläche entworfen«, sage ich. »Und auch ein bisschen was am Back-End gemacht. Reden wir jetzt wieder über dich?«

»Noch nicht. Wie hat dein Vater sein Geld verloren?«

»Er hat eine bescheuerte Firma gegründet, alles hineingesteckt, was er hatte, und es innerhalb von zwei Jahren durchgebracht.«

»Hattest du Angst, dass dir das Gleiche passiert?«

Panische Angst. »Ich habe versucht, aus seinen Fehlern zu lernen. Wir haben die Kosten so gering wie möglich gehalten. Keine Personalcafeteria, keine Flipperautomaten und kein Werbebudget. Außerdem war es nicht unser eigenes Geld, das wir ausgegeben haben.«

»Ziemlich schlau!«

»Danke. Wir sind jetzt offiziell fertig mit mir und wenden uns dir zu. Bist du gern Reporterin?«

»Ja, eigentlich schon. Oft hasse ich es, weil es einem immer wieder das Herz bricht, aber es ist das Richtige für mich. Ich stelle gern Fragen.«

»Darauf wär ich nie gekommen.« *Seht her! Ich necke sie!*

»Ich gehe einer Sache gern auf den Grund. So bin ich eben.«

Wahrscheinlich sollte ich lieber aufhören, bevor ich alles irgendwie ruiniere; ich bin fast so weit, dass ich sie auch ohne Vorwand nach ihrer E-Mail-Adresse fragen kann. Doch dann spüre ich einen dunklen Schatten über meiner Seele, und bevor ich irgendetwas mit meinen Sinnen wahrnehmen kann, merke ich, dass jemand von hinten an mich herangetreten ist und dass die Anwesenheit dieser Person sehr, sehr schlecht für mich ist. Ich drehe mich um fünfzehn Grad nach rechts, und mein Lächeln gefriert zu einer entsetzten Grimasse, es ist Lauren.

Auch diesmal ist sie angezogen, als würde sie zur Arbeit gehen, obwohl es Sonntag ist. Wir drei tauschen Nettigkeiten aus, und Lauren und ich fragen uns gegenseitig, wie es geht, als hätten wir irgendein Interesse am Wohlbefinden des anderen, aber es gibt keinerlei Anzeichen dafür, dass sie glücklicher darüber ist, mich zu sehen, als umgekehrt. Ich wünschte, Cynthia und ich hätten einen Signaltransmitter, den ich per Knopfdruck bedienen könnte, so dass sie jetzt herübergestürmt kommen und sagen würde: *Wir müssen unbe-*

dingt los, wenn wir noch pünktlich zu dieser anderen Sache kommen wollen. Die Aufgabe ist jetzt, herauszufinden, wie viele Informationen von der Frau rechts, vor der ich mich blamiert habe, zu der Frau links gewandert sind, in die ich verliebt bin.

»Woher kennt ihr zwei euch eigentlich?«, frage ich so beiläufig wie möglich, sprich: nicht sehr.

»Wir waren zusammen auf dem College«, erwidert Lauren.

»Lauren war meine Mentorin beim FR«, erklärt Maya lächelnd. »Dem Frauenreferat.«

»Siehst du, das habe ich alles verpasst«, sage ich zu Maya und nehme damit ein Thema von vorhin wieder auf, womit ich Lauren an den Gesprächsrand dränge. »Ich hatte nie eine Mentorin beim FR.«

»Warum? Weil du ein Mann bist?«, fragt Lauren.

»Äh, nein, weil ich nicht auf dem College war«, entgegne ich. »Ich habe mal eine Liste von Sachen gemacht, mit denen ich nichts anfangen kann, wenn jemand davon erzählt. Die *Mensa* ist so ein Beispiel. Und etwas, das sich *Diskussionsphase* nennt, für die nie jemand die Vorbereitungstexte gelesen hat.«

»Du scheinst aber einen ganz guten Überblick darüber zu haben«, tröstet mich Maya. »Du hast nicht viel verpasst.«

»Wirklich? Würdest du etwa nicht sagen: *Die Collegejahre waren die besten meines Lebens* oder *Gott, ich vermisse die ganze Zeit, die ich zum Lesen und Nichtstun und Theaterspielen hatte*? Viele Leute sagen nämlich solche Sachen.«

»Ich würde das schon unterschreiben«, sagt Lauren, »wenn es nicht so unsensibel rüberkommen würde.«

»Meine Collegezeit war nicht so«, sagt Maya, und für einen Moment erkenne ich Mitleid in Laurens Gesicht. Ich habe den Eindruck, ich sollte besser nicht nachhaken, also lasse ich es.

»Ich glaube, wir müssen langsam los«, sage ich und deute auf Cynthia am anderen Ende der Halle. Eine dünne Frau in Anzughosen führt sie durch die Ausstellung. »Aber, hey, war schön, euch wiederzusehen.« Ich werfe es ihnen hin, lasse sie daraus machen, was sie wollen, gehe rüber zu Cynthia und klammere mich an ihr fest wie an einer Rettungsinsel.

Als ich nach Hause komme, treffe ich die zwei Highschoolkids wieder in meinem Hauseingang an. Sie tragen die Art Sportbekleidung, die niemand zum Sport trägt, und sitzen auf der Treppe, er angelehnt an ihre Brust. Wie alle Teenager sehen sie merkwürdig aus. Sie hat olivfarbene Haut und einen spitzen Haaransatz, und die blauen Gummis in ihrer Zahnspange lassen ihren Mund wie den einer Marionette wirken. Seine Wangen sind von imposanten Pusteln übersät. Sie verbringen ihre Nachmittage berauscht von jugendlicher Liebe auf dieser Treppe.

In meiner Wohnung brauche ich weniger als eine Minute, um die Website von Mayas Zeitung und dort ihren Nachnamen zu finden. Marcom: glamourös alliterierend wie Greta Garbo oder Lois Lane. Ihre Storys fallen in die Kategorie Enthüllungsjournalismus, wie sie es beschrieben hat, und sind mit dem reflexartig zynischen Unterton der alternativen Presse gespickt. Lokalpolitik habe ich mein Leben lang gemieden – das Steckenpferd der Idealisten und windigen Geschäftsleute –, aber jetzt, wo ich Mayas Artikel lese, kommt mir meine Unachtsamkeit kindisch und unernst vor, wie eine Missachtung meiner Bürgerpflichten. Ich denke kurz darüber nach, ihr Gesamtwerk zu lesen und einen Fragenkatalog für zukünftige Gespräche auszuarbeiten, aber das wäre übertrieben. Stattdessen durchsuche ich das Archiv nach etwas Intimem, einer ungerechtfertigten Meinung oder einem Satz in der ersten Person, aber entweder durch heftiges Redigieren oder einen Instinkt für Privatsphäre sind ihre Texte eine unpersönliche Festung elegant präsentierter Recherche. Am Ende jedes Artikels steht der Link zu ihrer E-Mail-Adresse bei der Zeitung, die ich vorsichtshalber im Adressbuch meines Mailprogramms speichere.

Dort belasse ich sie unberührt bis Donnerstagabend, als ich mich eigentlich für das Abendessen mit meinem Vater fertig machen muss. Ich trage das Hemd, das am offensichtlichsten teuer ist und aus einer Seide so glatt und glänzend, dass sie wie ein einziges Klischee wirkt. Seit mein Vater mich das letzte Mal gesehen hat, habe ich mir eine Erwachsenengarderobe zugelegt, und das soll er merken, aber irgendein archaisches Schuld- oder Angstgefühl lässt mich vor dem Spiegel versteinern und das Hemd überdenken. Um mich von diesem Dilemma abzulenken, schalte ich meinen Laptop ein, der auf dem Bett liegt und mit seinem Gewicht einen Krater in die Daunendecke drückt. Jetzt ist genau der richtige Zeitpunkt, ihr zu schreiben. Der Tag nach unserer Unterhaltung wäre zu ungeduldig rübergekommen, drei Tage hätten zu offensichtlich von Interesse gekündet.

Wir waren gerade mit mir fertig und wurden unterbrochen, bevor wir auf dich zu sprechen kommen konnten. Bezieht sich auf einen gemeinsamen Scherz; spielt vorsichtig auf die peinliche Lauren-Geschichte an; lädt zu einer Antwort ein. *Also, bitte nenne mir drei Dinge, die ich nicht über dich weiß und auf die ich nie kommen würde.* Effekthascherisch, klar, aber darum geht es ja: der offensichtliche erste Schritt, die Abwesenheit jeglicher pseudoplatonischer Rechtfertigung für die Kontaktaufnahme – das vermittelt Wagemut und Entschlossenheit, als wäre ich im Besitz eines angeborenen Selbstbewusstseins, das Tricks und Kniffe überflüssig macht. Wenn sie kein Interesse hat, wird sie nicht antworten, was enttäuschend, aber nicht demütigend wäre. Enttäuschung liegt innerhalb meines Risikotoleranzprofils. Ich habe keine Ahnung, wie die Leute Sex haben konnten, bevor es E-Mails gab. Ich drücke Steuerung-Shift-D und schicke mein jüngstes Zuneigungsgesuch in die Welt hinaus, dann knöpfe ich mein teures Hemd zu und bestelle ein Taxi, das mich zu dem Treffen mit meinem Vater bringt.

Er hat ein absurdes Fusion-Restaurant ausgesucht, von dem er wahrscheinlich in einer Zeitschrift gelesen hat. Ich entdecke ihn im Golfhemd an der Bar, wo er sich unbehaglich umsieht und etwas trinkt, das hier wohl einem Budweiser am nächsten kommt. Als er mich sieht, wirkt er erleichtert, sein Handschlag ist sanft und herzlich.

»Na, wie geht's?«, fragt er. »Schön, dich zu sehen!« Sein Haar und seine Haut sind deutlich grauer geworden, und statt seinen ausladenden Bauch über den Gürtel hängen zu lassen, hat er die Hose bis zum Bauchnabel hochgezogen.

»Ja, finde ich auch«, sage ich.

Er schaut zum Eingang, schafft es aber nicht, die Aufmerksamkeit der Empfangsdame zu erregen. »Ich sage mal eben Bescheid, dass wir jetzt alle da sind«, sagt er. Als er *wir alle* sagt, frage ich mich, ob er noch jemanden mitgebracht hat. Zu meinem siebzehnten Geburtstag lud er mich in ein Steakhaus ein, wo sich – zu meiner Überraschung – eine nervöse Frau mittleren Alters zu uns gesellte, eine Archivarin vom College, mit der er offenbar ausging.

Aber die Empfangsdame führt uns durch das überfüllte Restaurant zu einem kleinen Zweiertisch in einer langen Reihe an der Rückwand des Restaurants. Alle anderen Tische sind belegt. Auf der Bank an der Wand sitzen Frauen jeweils einem männlichen Gegenpart gegenüber. Die Wände sind mit gebürstetem Metall verkleidet, die Gesprächsfetzen in doppelter und dreifacher Lautstärke zurückwerfen.

Die Empfangsdame schiebt unseren Tisch zur Seite, um den Weg zur Bank freizugeben, aber die Gäste sitzen dicht an dicht, so dass der Typ neben uns aufstehen und seinen Stuhl zur Seite schieben muss, damit mein Dad sich durchquetschen kann. Als er sich auf der gepolsterten Sitzfläche niederlässt, touchiert er mit den Hüften die Frauen auf beiden Seiten.

»Also«, sagt er, als er endlich sitzt. »Mr. Dotcom-Startup! Das Wunderkind in Person!« Ich sitze da und lasse es über mich ergehen. »Du kannst mir bestimmt noch was beibringen.«

»Keine Ahnung«, erwidere ich.

»Erzähl mal, wie war das so?«, fordert er mich auf. »Bestimmt ganz schön aufregend, oder?«

Sechzehn Stunden am Tag Code zu schreiben und zum Laufen zu bringen war tatsächlich aufregend gewesen, aber diese Art von Aufregung ist für Außenstehende nur schwer nachvollziehbar. »Es war vor allem viel Arbeit«, entgegne ich. »Aber wir konnten uns die Zeit frei einteilen und Jeans tragen und so viel Cola trinken, wie wir wollten.«

Das scheint seinen Erwartungen zu entsprechen. »Warum seid ihr nicht an die Börse gegangen?«, fragt er.

»Wir haben darüber nachgedacht«, erkläre ich. »Aber man hat uns ein gutes Angebot gemacht, und wir fanden, das Produkt hätte für eine größere Firma mehr Wert als für sich allein.«

Er wischt diese Einschätzung mit dem Handrücken weg. »Die zerstören doch nur die Kultur, die euer Startup so dynamisch gemacht hat!«, verkündet er.

Ich glaube, er weiß nicht einmal, was unsere Software überhaupt macht. »Ja, du hast wahrscheinlich recht«, sage ich.

Der Kellner kommt an unseren Tisch, stellt sich als Roy vor und geht in die Hocke, um die Tageskarte mit wohltönendem Bariton vorzutragen, auf den er sich zu Recht etwas einbildet. Mein Dad muss sich vorbeugen, um ihn über den irrwitzigen Lärm hinweg verstehen zu können. Wir bestellen, Roy verschwindet, und es entsteht eine kleine Pause, in der mein Dad nervös lächelt.

»Also hör mal zu, ich habe ein Angebot für dich«, sagt er mit dem befremdlichen Enthusiasmus eines Vertreters, der sich vor dem Verkaufsgespräch Mut gemacht hat.

»Was soll das für ein Angebot sein, Dad?«, frage ich und bringe die Bogenschützen und Kessel mit siedendem Öl auf den Festungsmauern meines Herzens in Stellung.

»Ich erzähle es dir gleich«, tut er geheimnisvoll. Er greift nach seiner Aktentasche und lehnt sich dabei gegen die Frau zu seiner Rechten, eine Brünette mit verwittertem Gesicht. »Wir müssen zuerst deine Verschwiegenheit sicherstellen.« Er schaut sich um, ob ihn jemand gehört hat, und holt dann zwei zusammengetackerte Seiten hervor – eine vorgefertigte Geheimhaltungserklärung aus dem Internet. Er zieht einen dicken Füller aus der Tasche und hält ihn mir hin. Warum muss mein Vater von allen Männern auf der Welt der sein, der mir in einem Restaurant grinsend mit einem Füller vor der Nase herumwedelt? Ich will den Zettel nicht unterschreiben; ich will von meinem Vater nicht ins Vertrauen gezogen werden. Ich suche auf dem Wisch nach einer Ausrede abzulehnen, vielleicht eine Klausel, die meinem Dad die Rechte für alles, was ich jemals gemacht habe, auf alle Zeiten einräumt. Aber es ist nur eine Geheimhaltungserklärung. Ich nehme seinen Füller, bringe mit Mühe die Tinte zum Laufen und kritzele meinen Namen darunter. Als ich sie ihm reiche, fühle ich mich, als hätte ich gerade etwas Bedeutsameres als eine Verschwiegenheitsverpflichtung unterzeichnet.

»Also, worum machst du so ein großes Geheimnis, Dad?«, frage ich.

»Nun, ich gründe meine eigene Internetfirma!«, sagt er lächelnd, als wäre diese tolle Neuigkeit selbsterklärend und allgemeingültig. Die Nähe der Leute an den Nachbartischen wird mir überbewusst.

»Schön«, sage ich, ich gebe mein Bestes. »Was macht denn deine Firma?«

»Wir werden Musikanlagen übers Internet verkaufen!«, antwortet er begeistert. »Was hältst du davon? Musikanlagen! Davon hab ich richtig Ahnung!« Ich nicke bloß. »Verstehst du? Weil es das im Internet noch nicht gibt«, erklärt mein Dad. »Wenn man Bücher online kaufen will, geht man zu Amazon. Wenn man Spielzeug kaufen will, geht man zu Toys.com. Aber wenn man Stereoanlagen kaufen will, wo geht man dann hin? Nirgendwohin. Und dort werden wir dann sein!«

»Cool«, sage ich. »Herzlichen Glückwunsch, Dad. Das ist echt toll.«

»Es ist wirklich toll«, bekräftigt er. »Es *wird* toll. Und deswegen bin ich hier.« Er macht eine dramatische Pause – er gefällt sich in dieser Rolle – und streckt die Hand mit der Handfläche nach oben aus. »Ich will, dass du dabei bist!«

Ich weiß beim besten Willen nicht, was ich dazu sagen soll. Mein Dad bleibt ein paar Sekunden lang mit ausgestreckter Hand in Position, bis ich merke, dass Roy mit der Vorspeise hinter uns steht. »So, bitte schön«, sagt er, als er die gebratenen Nudeln vor meinem Dad abstellt. Dad, dessen großer Moment dahin ist, starrt ausdruckslos auf seinen Teller, während Roy meinen Thai-Rindfleischsalat serviert.

»Hört sich echt interessant an«, versuche ich ihn hinzuhalten. »Wie weit seid ihr denn?«

»Wir sind noch in der Anfangsphase«, erwidert er und rührt sein Essen untypischerweise nicht an. »Wir stellen gerade ein Team zusammen, ein richtig gutes Team. Danach suchen wir nach Finanzierungsmöglichkeiten, und dann fangen wir mit der Entwicklung an. Und dabei sehe ich dich als Schlüsselfigur.« Er lehnt sich über seine Nudeln und sagt in vertraulichem Ton: »Wie hört sich Chief Technical Officer an?«

Ich konzentriere mich darauf, Rindfleisch, Zwiebel und Salat zusammen auf meine Gabel zu spießen. »Ich suche eigentlich gerade keinen Job, Dad«, sage ich vorsichtig.

»Ich werbe dich ab!«, erwidert er fröhlich. »Hey, ich bin doch kein fünfundzwanzigjähriger Betriebswirtschaftler. Ich bin derjenige, der denen beibringt, was sie wissen, und ich weiß besser darüber Bescheid als die meisten von ihnen. Ich baue hier eine echte Firma auf, eine ernstzunehmende Firma.« Endlich nimmt er mit den Stäbchen einen dicken Batzen Nudeln auf und befördert ihn in seinen Mund. »Aber du musst mir die Website entwerfen, sonst kriege ich die Sache nicht in Gang. Ich könnte natürlich auch einen Berater einstellen – hast du eigentlich eine Ahnung, was die kosten? –, aber ich will, dass es in der Familie bleibt, verstehst du? Ich will –«

Mir kommt ein Gedanke. »Dad«, frage ich, »hast du überhaupt schon einen Domain-Namen?«

»Einen was?«

»Einen Domain-Namen«, wiederhole ich langsam. »Eine Internetadresse. So was wie, äh, *stereo-punkt-com* oder *audio-equipment-punkt-net.*«

»Nein, in der Phase sind wir noch nicht«, sagt er kauend. »Siehst du, ich wüsste gar nicht, wie man das macht! Deswegen brauchen wir dich für unser Team! *Stereo-punkt-com* finde ich gut. Das kann man sich besser merken.«

Die Frau neben Dad unterdrückt ein Lächeln. Als ich zu ihr rübersehe, schaut sie weg.

»Dad«, frage ich, »wer ist eigentlich *wir*?«

»Was meinst du?«, fragt er zurück.

»Es heißt die ganze Zeit: *Wir gründen eine Firma, wir machen eine Million Dollar, indem wir dies und das verkaufen.*« Ich bemühe mich, meine Stimme unter Kontrolle zu halten. »Wer ist dieses *wir*? Wer macht dabei mit?«

Dad schaut mich an, als würde er mich zum ersten Mal sehen und als wäre er nicht zufrieden mit dem, was er sieht. »Ich hatte gehofft, *du* würdest mitmachen«, sagt er.

Es entsteht eine Pause, und ich weiß, dass Roy gleich zurück sein wird, um die Vorspeisenteller abzuräumen und meinen Wolfsbarsch zu servieren, aber ich kann hier keine Sekunde länger sitzen bleiben.

»Ich muss los, Dad«, sage ich. »Tut mir leid.« Ich könnte noch mehr sagen, Sätze mit Worten wie *Unterhalt, Studiengebühren* und *Arschloch,* aber als mir die einfallen, bin ich längst draußen auf der Straße.

Am nächsten Tag habe ich ein schlechtes Gewissen. Mein Dad ist zerbrechlich, er wird von Kaninchendraht und unerfüllbaren Träumen zusammengehalten, und ich habe den empfindlichen Aufbau gerade mit einem Ginsu-Messer aufgeschlitzt und in den Wind gehängt. Aber er hat meine Mom und mich damals sitzenlassen, und jetzt bin ich erwachsen und kann ihn sitzenlassen. Keine Antwort von Maya. Um kurz nach fünf, als es Zeit ist, das Licht anzumachen, rufe ich meine Mom an und trage die Ereignisse des letzten Abends als Komödie vor. Ich verschweige ihr den Part mit dem Sitzenlassen, weil Konfrontationen meiner Mom Angst machen.

»Wenn normale Männer fünfzig werden, lassen sie sich Haare transplantieren oder kaufen sich einen

Sportwagen«, sagt sie. »Aber Barry muss eine Internetfirma gründen.«

»Ich weiß, Mom«, sage ich. »Was soll man da machen?«

»Nicht Barry Muller heiraten.«

»Die Frauen Amerikas scheinen deinem Rat zu folgen«, sage ich und hüstele. Die Anti-Dad-Verschwörung wird mir jedes Mal nach ein paar Minuten unangenehm. »Wie läuft's denn bei dir, Mom? Geht's dir gut?«

»Ja, alles in Ordnung«, antwortet sie. »Ich nehme einen Tag nach dem anderen.« Das bedeutet wohl, dass sie noch immer weg von den Schmerzmitteln ist. »Eric, danke für alles. Und es tut mir wirklich leid, was ich für Sachen gesagt habe.« Mom hat sich für diese »Sachen« schon mindestens viermal bei mir entschuldigt, und ich habe keine Ahnung, was sie meint. Ich bin froh, dass sie clean ist, aber ich wünschte, unsere Unterhaltungen würden nicht immer automatisch bei Schritt neun des Zwölf-Schritte-Programms landen.

Wir kommen zum Ende und legen auf, ich schalte das Licht wieder aus und starre in den dunkler werdenden Himmel und auf die funkelnde Brücke. Jetzt, wo mein Dad hier ist, fühlt es sich anders an, auf die Stadt zu sehen – als wäre ein Teil von mir wieder in Besitz genommen. Und dann piept mein Computer, und der Name *Maya Marcom* erscheint ganz oben in meinen Nachrichten, im Vorschaufenster die Worte:

1. *Ich habe einen Jagdschein.*
2. *Ich bin lieber in der Wüste als in den Bergen oder am Strand.*
3. *Das verrate ich dir nicht.*

Folgendes wird passieren: Ich werde ihr eine weitere E-Mail schicken, in der ich diese Informationen als Ausgangspunkt für eine zarte Bindung verwenden werde, dann schickt sie mir wieder eine, der Vertrautheitsgrad steigert sich langsam, und dann wird unser Austausch darin gipfeln, dass ich eine Verabredung vorschlage, vorgeblich, um Themen zu besprechen, die in diesem Dialog aufgekommen sind, aber eigentlich geht es darum gar nicht. (Wer die erste E-Mail geschickt hat, nimmt die Sache beim dritten Zug in die Hand.) Der kokette E-Mail-Austausch ist der Augenblick, in dem Aussehen und Selbstvertrauen kurzzeitig in den Hintergrund treten und Witz, gutem Augenmaß und korrekter Zeichensetzung den Vortritt lassen. Schwierig wird der nächste Schritt.

Ich habe ein Treffen unter der Woche in einer Bar vorgeschlagen. Der Feierabenddrink setzt sie nicht so unter Druck – er verschafft ihr die Möglichkeit, nach ein, zwei Stunden abzuhauen –, ist aber mit einfachen Mitteln ausbaubar. Man kann jederzeit fragen: *Hast du auch Lust, was essen zu gehen?* Als wäre Essen ein Hobby, das sie vielleicht zufällig teilt. Meine standardmäßige Kulisse für eine erste Verabredung ist eine ruhige Bar namens Lazarus auf der Valencia Street, nur einen Block entfernt von einem mittelpreisigen neokubanischen Restaurant, das Desserts anbietet, deren Namen Unzüchtigkeit heraufbeschwören: sündhafte Schokoladentarte, unbefleckter Vanilletraum an Pfirsich-Coulis. Das ist die bestmögliche Umsetzung der Vorgaben.

Ich komme ein paar Minuten zu spät, weil ich annehme, dass auch sie ein paar Minuten zu spät kommen wird. Die Bar ist eine Pseudospelunke, dekoriert mit großen Vierzigerjahre-Blechschildern, die für Limonade und Zigarettenmarken werben, die es schon lange nicht mehr gibt. Es sind nur etwa ein Dutzend Leute in drei oder vier platonischen Feierabendgruppen da. Ich entdecke Freya, die Barkeeperin: Ich hatte mit ihr mal eine recht flirtlastige Unterhaltung darüber, dass sie nach einer nordischen Göttin benannt ist. Der Name Freya ist ein Geschenk der Eltern an jeden Typen, der mit ihr anbandeln will, jedenfalls, wenn er einigermaßen bewandert in Mythologie ist.

»Was gibt's Neues?«, fragt sie und zapft mir ein Bier.

Ich krame in meinem Hirn nach einer Neuigkeit, die für eine fast Fremde interessant wäre. »Ich habe mir letzte Woche einen Hund angeschafft«, sage ich dann, was wunderbar funktioniert – es provoziert ein paar augenfällige Folgefragen und stellt mich gleichzeitig als männlich und fürsorglich dar –, bis auf die Tatsache, dass es gelogen ist.

»Schön«, sagt sie. »Welche Rasse?«, und schon sind

wir mittendrin. Das Lügen schärft meinen Verstand, und ich fühle mich bereit, jegliche Situation zu meistern, jeden Gegner auszuspielen, bis Maya hereinkommt und mich anlächelt, da packt mich die alte Angst, aus der Bar geworfen zu werden, weil ich unter einundzwanzig bin.

Ich begrüße sie ohne Körperkontakt, denn die derzeit möglichen Begrüßungen mit Körperkontakt wären ein Händedruck, ein Luftkuss oder eine Oberkörperumarmung, aber nichts davon ist ein guter Anfang für eine Verabredung. Stattdessen ziehe ich einen Barhocker für sie heran und tue so, als würde ich so tun, als wäre diese Zurschaustellung von Höflichkeit ironisch gemeint. Maya bestellt einen Gin Tonic, den gleichen Drink, den ich ihr auf der Party machen sollte. Ihre subtile Anspielung auf unsere Vorgeschichte lässt mich lächeln, bis mir aufgeht, dass sie wahrscheinlich immer Gin Tonic trinkt. Freya zieht sich professionell zurück, und ich atme auf, weil es kompliziert würde, wenn die Sache mit dem Hund zur Sprache käme.

»Kommst du direkt von der Arbeit?«, frage ich Maya.

»Ja, ich bin gerade fertig geworden«, sagt sie. Drei endlose Sekunden lang scheint es, als würde keinem von uns noch etwas einfallen, als würden wir unsere Drinks schweigend leeren müssen und dann nach Hause gehen. »Was ist mit dir? Hast du überhaupt geregelte Arbeitszeiten, oder bist du jetzt dein eigener Boss?«

»Ich teile mir meine Zeit ziemlich frei ein«, sage ich. Ich erkläre nicht, womit ich diese Zeit verbringe. Seit dem Verkauf habe ich gelernt, wie viel tote Zeit ein Tag haben kann. Irgendwann werde ich ihr erzählen müssen, dass ich reich bin, aber ich weiß noch nicht, wann: zu früh, und ich bin ein Angeber, zu spät, und ich habe etwas zu verbergen.

Ich will ihr eine Frage stellen, die sie nicht schon tausendmal gehört hat – sonst greift sie einfach auf eine vorgefertigte Antwort zurück, und wir spulen ein vorgefertigtes Drehbuch ab. Natürlich kann ich ihr auch keine Vorstellungsgesprächsfrage stellen, wie: *Wer würde bei einem Kampf in einem neutralen, gallertartigen Medium gewinnen – der Bär oder der Hai?*, dann würde sie mich für einen Volltrottel halten.

»Was ist die beste Story, die du bisher geschrieben hast?«, frage ich stattdessen. Es funktioniert: Sie muss darüber nachdenken, und es gibt eine öffentliche und eine private Antwort, was immer gut ist. Sie erzählt mir von der Story, mit der sie Preise gewonnen hat, die sie an Herausgeber schickt, wenn sie etwas in deren Zeitschriften veröffentlichen will – eine zweimonatige Recherche der zwielichtigen Geschäfte um einen lukrativen Waterfront-Entwicklungsauftrag, in die der ehrgeizige Sohn eines Schuhmagnaten, ein Berater des Bürgermeisters und der Partner dieses Beraters, der als Bezirksstaatsanwalt kandidierte, verwickelt waren. (Selbst ich hatte davon etwas mitbekommen, als die Sache ans Licht kam: Es machte Schlagzeilen im *Chronicle,* und es gab einige Rausschmisse.) Aber dann erzählt sie mir von der Geschichte, die ihr am meisten bedeutet hat, die sie sich ins Gedächtnis ruft, wenn sie schlecht drauf ist: eine Story über den Priester einer katholischen Kirche in Ingleside, der ein paar scheußliche Sachen über gleichgeschlechtliche Ehen gesagt hatte, und über die Aktivisten, die daraufhin als Nonnen verkleidet vor der Kirche protestierten.

»Eigentlich sollte es eine schnelle Nummer werden«, erklärt sie. »Ein paar O-Töne von jeder Seite, ein Foto von den exzentrischen Transvestiten-Nonnen. Aber schließlich habe ich drei Tage lang mit Leuten in der Gemeinde gesprochen, habe zugesehen, wie sie Suppe an Obdachlose verteilten, die Gottesdienste besucht und versucht zu verstehen, was es für sie bedeutete, dass diese Typen in Nonnenkostümen jeden Tag vor ihrer Kirche standen. Als ich das gemacht hatte, musste ich natürlich auch Zeit mit den Nonnen verbringen, und das waren die coolsten, witzigsten, ehrlichsten Menschen, die ich je getroffen habe. Die meisten waren katholisch erzogen worden und hatten darunter unendlich gelitten. Ich war so nervös, als ich den Artikel schrieb, weil die Leute auf beiden Seiten sich mir so geöffnet hatten, mir einen Einblick in ihr Leben gewährt hatten, da wollte ich allen gerecht werden, aber sie hassten sich nun mal.«

»Was ist daraus geworden?«

»Ich hab mich da total reingesteigert«, antwortet sie. »Bis zur letzten Sekunde fügte ich Dinge hinzu und nahm welche raus, zählte die zitierten Worte von jeder Seite und versuchte, beiden gleich viele zu geben. Es ist wohl ein bisschen mit mir durchgegangen. Als der Artikel veröffentlicht wurde, kam ich morgens in die Redaktion, und es waren zwei Nachrichten für mich da. Ich bin immer ganz kribbelig, wenn eine meiner Storys rauskommt, und habe panische Angst davor, meine Nachrichten zu lesen, weil die normalerweise von Leuten sind, die mich verklagen wollen. Aber an diesem Tag waren zwei Nachrichten da. Eine war von dem Priester, die andere vom Anführer der Protestler, und in beiden stand im Prinzip: *Danke.*«

»Grandios!«, sage ich, weil es wirklich grandios ist und weil ich total in sie verknallt und froh bin, dass ich ihr sagen kann, dass sie grandios ist, indem ich vorgebe, über ihren Artikel zu reden.

»Und wie ist das bei dir?«, fragt sie. »Steigerst du dich auch manchmal so in deine Arbeit rein? Hast du so was wie ein Lieblingsprogramm, das du geschrieben hast?«

Die Antwort auf beide Fragen lautet: ja. Aber die Freude am Hacken erschließt sich anderen Leuten einfach nicht. Wenn sie wie die meisten Leute ist, sind Computer ihr fremd. Geheimnisvolle elektronische Totems, die der Pflege durch eine Schamanenkaste mürrischer Gnome bedürfen, die im Keller ihres Bürogebäudes leben.

»Ich vertiefe mich ziemlich in die Arbeit«, sage ich. »Und was ich für das Startup gemacht habe, die Benutzeroberfläche, die ich entworfen habe, darauf bin ich stolz. Ich meine, ich finde, es ist eine ziemlich gute Lösung für ein paar spezielle Probleme. Aber sich darüber zu unterhalten ist wahrscheinlich langweilig für jemanden, der nicht programmiert.«

»Du machst dir viele Gedanken darüber, wie du die Leute auf deine Seite bringen kannst«, stellt sie fest.

»Was meinst du damit?«

»Was wäre das Schlimmste, das passieren könnte, wenn du meine Frage beantworten würdest? Ich glaube nicht, dass ich mich langweilen würde. Aber was würde passieren, wenn ich mich im schlimmsten Falle eine Minute langweile? Wäre das ein Weltuntergang?«

Darüber muss ich nachdenken. »Na ja, aber ich will dich nicht langweilen. Ich meine …« Es ist kompliziert, weil der Grund, aus dem ich sie nicht langweilen will, der ist, dass ich will, dass sie mich mag, und das kann ich natürlich nicht direkt zu ihr sagen.

»Ich weiß, dass du mich nicht langweilen möchtest, weil du willst, dass ich dich mag«, sagt sie. *Moment.* »Aber weißt du was, ich werde selbst entscheiden, ob ich dich mag oder nicht, genauso, wie du selbst entscheidest, ob du mich magst. Jedenfalls funktioniert das hier nicht wie mit einer Fernsehsendung. Ich mag Leute doch nicht nur, weil sie mich nie langweilen. Also, warum erzählst du mir nicht davon, und wenn ich es nicht verstehe, unterbreche ich dich und frage nach, das mache ich den ganzen Tag. Und wenn ich mich doch langweile, versuche ich es zu verbergen, bis wir zu einem anderen Thema übergehen. Okay?«

Sie leert ihren Drink, stellt das Glas ab und sieht mich an. Ich sehe sie an, und sie sieht mich an, und es passiert diese Sache, bei der man sich gegenseitig ansieht und merkt: *Hey, so läuft das.* Ich warte ab, bis sich der Sturm gelegt hat, und dann steige ich ein.

Ich versuche, ihr zu beschreiben, wie es ist, tief in ein richtig vertracktes Problem einzutauchen: alle Details in den Kopf zu laden, die Beziehungen zwischen abstrakten Konzepten zu sehen, als wären sie Teil einer Landschaft. Ich erzähle ihr von den Hackmarathons in meiner Teenagerzeit und den verzweifelten Anfangstagen von Relevant One, bei denen ich zwanzig Stunden am Stück daran arbeitete, ein Programm komplexer und leistungsfähiger zu gestalten, aber auch eleganter, schöner. (Es fühlt sich gewagt an, das Wort *schön* zu benutzen, aber es gibt keinen anderen Ausdruck dafür.) Ich versuche, das Gefühl zu vermitteln, das ich habe, wenn ich in den Hackmodus verfalle, wenn das Rauschen und Rattern des Bewusstseins leiser wird, die Deckschicht sich lüftet und einem tieferen, echteren Selbst erlaubt aufzutauchen. *Wir sind am meisten wir selbst, wenn wir in etwas Höherem aufgehen,* ist ein Paradox, das auf dem Grund jeder mystischen Praktik liegt, Programmieren ist da nicht ausgenommen. Die Erfahrung von logischem Denken als metaphysische Transzendenz wurde schon bei älteren Berufungen wie Schach oder Mathematik festgestellt. Ein Mathematiker, der auf eine findige Lösung kommt, oder ein Großmeister, dem eine vernichtende Zugmöglichkeit ins Auge fällt, spielt die Abfolge vielleicht hinterher auch noch einmal genussvoll im Kopf durch, es ist, als ob man eine Passage aus einem Mozart-Konzert summt. Ich empfinde das Gleiche, wenn ich ein gut konstruiertes Stück Code lese oder schreibe: Die Logik ist so kunstvoll, dass sie von Kunst nicht mehr zu unterscheiden ist.

Während ich das alles in Worte fasse, hört Maya aufmerksam zu, macht »Aha« und schließt hin und wieder die Augen und nickt dabei, als würde sie einen Gedanken verdauen und gleichzeitig eine Art geistige Notiz machen. Falls sie sich langweilt, versteckt sie es verdammt gut.

»Danke«, sagt sie am Ende. »Jetzt weiß ich etwas Wichtiges über dich.«

»Kein Problem«, sage ich. Ich bin solcherlei Bestätigung nicht gewohnt.

»Läuft ziemlich gut mit uns, oder?«, fragt sie. Erst weiß ich nicht, was sie meint, doch dann verstehe ich es und will sie ganz dringend küssen.

»Ich glaube schon, ja«, sage ich. »Ha! Ich habe noch nie versucht, ein Date zu bewerten, während es noch im Gange war.« Indem ich das Wort *Date* ausspreche, versuche ich, mit ihrer Unverfrorenheit mitzuhalten.

»Das ist doch ohnehin alles total gekünstelt«, sagt sie und stützt den Kopf in die Hand. »Wir wissen beide, was das hier ist, nur drüber reden dürfen wir nicht.«

»Du hast absolut recht«, sage ich. »Ich bin dabei. Hör zu, wenn wir die Sache so angehen: Du hast mich gerade an eine Anekdote erinnert. Würdest du an dieser Stelle gern eine Anekdote hören, oder wäre es dir lieber, wenn wir die Unterhaltung in einer anderen Richtung fortsetzen?«

»Eine Anekdote wäre hervorragend«, sagt sie. »Lass mich noch einen Drink bestellen, und dann kannst du sie mir erzählen. Ist sie witzig?«

»Oh, die Frage kann ich dir leider nicht beantworten«, sage ich. »Eine Anekdote mit den Worten *Das ist eine richtig witzige Anekdote* einzuleiten wäre ein grober Verstoß gegen solide Anekdotentechnik.« Wir müssen beide grinsen.

»Stimmt«, sagt sie und hält ihr Glas in Freyas Richtung. Freya wirft mir einen fragenden Blick zu, und ich nicke bestätigend.

»Diese Anekdote fällt in die Kategorie weltschlimmste Dates«, sage ich, als Freya uns beiden gleichzeitig in einer fließenden Bewegung frische Drinks hinstellt und die alten Gläser abräumt. »Sie ist aber nicht mir passiert, sondern meiner Mom.«

»Bevor deine Eltern geheiratet haben?«

»Nachdem sie sich haben scheiden lassen«, erkläre ich. »Ich kann mich daran erinnern.«

»Verstehe«, sagt sie. »Okay, los.«

»Die Scheidung war ungefähr zwei Jahre her«, beginne ich. »Meine Mom wollte unbedingt jemanden kennenlernen, aber bei der Arbeit fand sie niemanden, und die Partnervermittlungen nutzten damals noch den Postweg und waren hauptsächlich auf die ganz Verzweifelten ausgerichtet. Also bat sie ihre Arbeitskolleginnen, sie zu verkuppeln, und eines Tages kam ihre Kollegin Doreen mit den Worten an: *O mein Gott, ich habe den perfekten Mann für dich gefunden!*

Meine Mom ist ziemlich klein, und sie sagt, jedes Mal, wenn jemand behauptet, er hätte *den perfekten Mann* für sie, meine er damit *klein und geschieden.* Sie trifft sich mit dem Typen zum Abendessen, und es bestätigt sich, dass dies die einzigen beiden Eigenschaften sind, die ihn für meine Mutter geeignet scheinen lassen. Und die Sache mit der Größe passt auch nur aus seiner Perspektive, weil sie nicht mal auf kleine Männer steht; sie steht auf große Männer, wie jeder andere auch.« Wegen der extremen Durchschnittlichkeit meiner Größe darf ich das sagen. »Sie hat mal erzählt, dass kleine Männer beleidigt sind, wenn sie nicht mit ihnen ausgehen will. Als wäre es ihre Pflicht, noch mehr kleine Menschen mit ihnen zu zeugen, damit die Unfähigkeit, hohe Regale zu erreichen, auch der nächsten Generation erhalten bleibt.

Jedenfalls: Der Typ ist offenbar vollkommen unsympathisch. Er fährt sie nach dem Date nach Hause und lädt sich selbst auf einen Kaffee ein – er sagt wortwörtlich: *Kann ich noch auf einen Kaffee mit reinkommen?* Es ist ein unglaublich schwieriger Moment für meine Mom, weil sie auf der einen Seite so gut wie jeder fernsehende Erwachsene weiß, wofür *Kaffee* ein Euphemismus ist, aber sie will eben nicht unhöflich sein – sie ist ein sehr höflicher Mensch –, und es wäre unhöflich, jemandem eine Tasse Kaffee zu verwehren, der einem gerade das Abendessen bezahlt hat. Es ist, als wäre sie in dem semantischen Spalt zwischen wörtlichem und übertragenem Sinn des Wortes *Kaffee* gefangen. Sie hat einfach nicht das Vokabular, um nein zu sagen – es kommt in ihrem Sozialverhaltensrepertoire nicht vor. Sie gehen also ins Haus, und meine Mom setzt Kaffee auf und nimmt absichtlich den Sessel statt den Platz neben dem Typen auf dem Sofa, und dann sitzen sie da und warten darauf, dass der Kaffee durchläuft. Und als sie gerade aufsteht, um den Kaffee einzugießen, fährt mein Dad vor und steigt im Unterhemd aus dem Auto.«

»Nein!«, ruft Maya.

»Dazu muss man wissen, dass meine Mom nach der Scheidung noch eine ganze Weile die Wäsche für meinen Dad gemacht hat.«

»Hör auf!«

»Ich schwöre bei Gott.«

»Nachdem sie sich haben *scheiden* lassen?«

»Sie ist eben leichte Beute«, sage ich. »Er zog in eine Wohnung ohne Waschmaschine und Trockner und brachte seine Wäsche mit, wenn er mich sonntagabends nach Hause brachte. Sie hat es nur ein paar Mal gemacht, bevor sie ihm sagte, er solle sich verdammt noch mal selbst darum kümmern.« Jahre später fand ich heraus, dass im Keller des Hauses, in dem mein Dad wohnte, Waschmaschine und Trockner vorhanden waren, aber das erzähle ich nicht, weil es hier nicht um meinen Vater und seine Charakterschwächen geht. »Meine Mom fragt also gerade den Typen, wie er seinen Kaffee trinkt, als mein Dad im Unterhemd hereinplatzt – du weißt schon, so richtig in Feinripp. Er hat Tomatensoße auf sein Hemd gekleckert und nichts mehr zum Anziehen für das Seminar, das er am nächsten Tag geben muss.« Ich habe mir diese Erklärung ausgedacht – in Wirklichkeit habe ich keine Ahnung, warum mein Dad seine Wäsche holen wollte und nicht bis Sonntag warten konnte, wenn er ohnehin vorbeikommen musste. Trug er wirklich nur ein Unterhemd? So erinnere ich mich jedenfalls daran, aber es kann sein, dass ich dieses Detail hinzugefügt habe, als ich die Geschichte früher schon mal erzählte. Ich finde, so oder so verleiht es der Szene mehr Farbe. Er hatte meine Mom wohl angerufen, und sie hatte ihm gesagt, er solle sich selbst aufschließen und die Wäsche mitnehmen, die sie für ihn in einem Plastikwäschekorb zusammengelegt hatte. Also schließt mein Dad auf, und dieser Typ sieht ihn in seinem Feinrippunterhemd durch die Tür kommen und fragt: *Was zur Hölle ist hier los?*

Mein Dad – das sollte ich dazu sagen – ist kein harter Kerl, aber er ist ziemlich dick, und der Typ hätte wahrscheinlich am Stück in seinen Magen gepasst. Er geht rüber, um sich vorzustellen, aber der Typ sieht nur meine Mom an und ruft: *Ich weiß nicht, was ihr hier für ein abgedrehtes Arrangement habt, aber ich will dabei nicht mitmachen!* Und schon ist er durch die Tür.«

Maya lacht über die Pointe, aber sie scheint zu merken, dass die Geschichte eigentlich nicht nur lustig ist. Sie fragt einen Haufen Sachen über meine Eltern, die sich auf zwei Fragen reduzieren lassen: *Ist er wirklich so naiv?* und: *Lässt sie wirklich alles mit sich machen?* Meine Antworten deuten auf etwas hin, von dem ich will, dass sie es weiß: Ich allein bin dafür verantwortlich, was aus mir geworden ist. Ich hatte niemanden, von dem ich lernen konnte. Vielleicht habe ich deswegen überhaupt mit der Geschichte angefangen.

Als sie keine Fragen mehr hat, fängt sie selbst mit

einer Anekdote an. »Also gut, ich hab auch noch eine«, sagt sie. »Bereit?«

»Ich bin so was von bereit«, sage ich.

Der Rest des Abends gleitet dahin wie auf Schienen. Irgendwann trinken wir aus und erweitern mühelos zum Abendessen. (»Gehen wir noch was essen?«, frage ich. »Was hast du denn gedacht?«, ist ihre Antwort, und wir nicken uns in gegenseitigem Einverständnis zu.) Als die Empfangsdame uns im Restaurant zu unserem Tisch führt, lege ich meine Hand leicht auf Mayas Rücken, um ihr den Vortritt zu lassen, und dieser zaghafte erste Versuch von Körperkontakt klappt wie geschmiert. Es ist voller als in der Bar, aber unser Tisch steht in einer Ecke, und die Wände sind mit schweren Samtvorhängen verkleidet. Wir setzen uns, und Maya geht direkt in den Zweikampf, vielleicht als Reaktion auf meine Verwegenheit mit der Hand auf dem Rücken.

»Also, warst du mit Lauren im Bett?«, fragt sie.

»Ja«, sage ich. »War ich.« Ich kriege das hin.

»Und dann wolltest du die Sache nicht weiterverfolgen?«

»Eher nicht. Ich glaube, wir haben es beide nicht als etwas angesehen, das man weiterverfolgen wollte. Ist sie … Hat sie dir davon erzählt?«

»Nicht direkt«, sagt sie. »Ich meine, ich kenne nicht alle schlüpfrigen Einzelheiten.« Sie grinst nicht anzüglich, als sie das sagt.

Als die Vorspeisenteller abgeräumt sind, entschuldige ich mich kurz, gehe selbstbewusst zu den Toiletten, schließe die Tür hinter mir ab, und die Anspannung weicht aus meinen Muskeln, ich rolle den Kopf abwechselnd gegen und mit dem Uhrzeigersinn, und die Liebeshormone schwappen mir zusammen mit dem Alkohol durchs Gehirn. Im Schutz der weinroten Toilette, die mit Fotos von amerikanischen Wagen mit Heckspoilern und verfallenden neokolonialen Palästen dekoriert ist, lasse ich erstaunt die vergangenen zweieinhalb Stunden an mir vorbeiziehen. Woher weiß ich nur, wie man das macht, und: Werde ich es noch können, wenn ich zum Tisch zurückkomme? Der Kellner wird jeden Augenblick meine englisch gebratenen Steakstreifen mit Zwiebeln und Kartoffeln bringen. Eiweiß und Salz sind genau das, was mein Körper gerade braucht; wie aufmerksam, wie vorausschauend von meinem Vergangenheits-Ich! Beim Pinkeln schaue ich in den Spiegel an der linken Wand und erkenne mich fast nicht wieder: Ein Lächeln hebt meine Züge in ihre harmonischsten Positionen, und meine sonst blassen Wangen sind gerötet von Bier und Zufriedenheit. Ich reiße ein paar Blätter Klopapier ab, tupfe mir damit den Glanz von der Stirn und ziele dabei weiter sorgfältig in die Schüssel.

Eine Stunde später versuchen wir herauszufinden, was als Nächstes passieren wird. Ein Teil von mir ist überzeugt, dass es nie einen besseren Zeitpunkt geben wird, um Sex zu haben; ein anderer Teil will unbedingt schnell abhauen, bevor ich alles ruiniere. Aber die Entscheidung liegt natürlich nicht bei mir.

»Also«, sagen wir gleichzeitig draußen vor dem Restaurant. Dann sagt sie: »Ich sollte mich auf den Weg machen«, und lächelt ihr schönes Lächeln. »Bring mich doch noch zu meinem Auto.«

Wir passieren die ganze Palette an Fußgängern, aus denen die florierende Straßenkultur des Mission District besteht: Yuppies, die gerade vom Essen kommen, jugendliche Latinos und obdachlose Alkoholiker. Ein bärtiger Bettler mit purpurfarbener Haut murmelt etwas in unsere Richtung, und eine Art selbstmörderischer Überschwang bringt mich in Versuchung, demonstrativ zwanzig Dollar in seinen Styroporbecher zu werfen, aber ich tue es nicht, weil meine Superkräfte heute sogar meine eigene Persönlichkeit besiegen können.

Wir sind an ihrem Wagen angekommen. Ein roter Acura, ziemlich alt, irgendwie runtergekommen und vollkommen gewöhnlich, aber er gehört ihr und ist deswegen von einem Zauber erfüllt. Ich versuche, ihn mir einzuprägen, als wäre er der Schlüssel zu einem Geheimnis. »Da wären wir dann also«, sagt sie, und ich wende mich ihr zu. Mein Herz klopft, unsere Blicke treffen sich, und die ganze Welt fließt durch einen Trichter und alles wird als Täuschung enthüllt – bis auf uns.

Wir bewegen uns nicht. Wir verharren lange genug, um uns den Augenblick ins Hirn zu brennen, damit wir uns in jeder der unendlich vielen möglichen Zukünfte daran erinnern können, wie der andere aussah, kurz bevor wir uns küssten, als wir nicht die leiseste Ahnung von den Problemen hatten, die auf uns zukommen würden.

Vier

Mit Erstaunen stellten die Macher der ersten Digitalcomputer fest, dass die Programme, die sie dafür geschrieben hatten, mehrheitlich nicht funktionierten.

Rodney Brooks, LISP – Programmieren in Common Lisp

In meinem neuen Klassenraum standen fünf mal fünf Tische, und irgendwo in diesem Raster gab es den gesellschaftlich optimalen Platz. Da meine Mutter nicht genau wusste, wie lang die Fahrt zur MLK dauern würde, war sie auf Nummer sicher gegangen, und jetzt waren bis auf drei Stühle noch alle Plätze frei. Die Wahl der drei Ersten deutete auf gänzlich gegensätzliche Absichten hin: Zwei Mädchen in verspielten Pullis saßen in der ersten Reihe in der Mitte, der Junge in der letzten Reihe lehnte mit dem Stuhl an der Wand, die Augen hatte er geschlossen. Seine Frisur war zweigeteilt, über den Ohren zottelig und darunter kurzgeschoren. Ich dachte darüber nach, mich zu ihm in die letzte Reihe zu setzen und vielleicht seine lässige Haltung nachzuahmen, aber damit hätte ich zu viel Aufmerksamkeit auf mich gezogen, also entschied ich mich für den Platz genau in der Mitte. Zufrieden mit meiner Wahl setzte ich mich, genoss die Symmetrie der Zeilen und Spalten um mich herum, bewunderte die perfekten Diagonalen, die sich von meinem Platz aus in jede Ecke des Raumes erstreckten. Doch plötzlich war meine Zufriedenheit dahin: Die Mitte war der auffälligste, der vorbedachteste Platz von allen. Ich schnappte mir meinen Rucksack und setzte mich eine Reihe nach hinten und einen Platz nach links. Ich war zufrieden mit dieser unverfänglichen Position, aber ich fürchtete, dass der Junge mit dem Haarschnitt meinen Tausch beobachtet und den Entscheidungsprozess durchschaut hatte. Hatte ich meine Berechnung bei dem Versuch, sie zu verbergen, offengelegt? Ich drehte mich um und sah ihn an, unsere Blicke trafen sich – damit hatte ich mich verraten.

Wir saßen mindestens zehn Minuten schweigend da, bis weitere Schüler eintrafen, viele in Dreier- und Vierergruppen, die eine Fahrgemeinschaft gebildet oder sich draußen verabredet hatten. Ich versuchte mir einzureden, dass sie genauso ängstlich waren wie ich, obwohl sie sich so locker einen Platz aussuchten, sich unterhielten, einander etwas zuriefen. Solche Eindrücke sind von Natur aus verzerrt: Wir sehen andere von außen, glatte Oberfläche und gepflegtes Äußeres, und uns selbst immer nur von innen, mit allen subjektiven Wahrnehmungen und Zusammenhängen und Körperflüssigkeiten.

Die Klasse teilte sich automatisch in Gruppen, die sich schon aus der Middle School kannten. Die Einzige, die ich von der Wilson wiedererkannte, war April

Melkonian, aber die schien keine Ahnung zu haben, wer ich war. Angeblich durfte Jason Kroll im letzten Schuljahr eine Minute lang ihre Brüste anfassen, weil er ihr das Naturtagebuch für Bio geschrieben hatte. Alles, was ich von dem Mädchen vor mir sehen konnte, war eine Flut von braunem Haar, die von einem blauen Veloursband zurückgehalten wurde. Zu meiner Rechten erzählten zwei asiatische Jungen einem asiatischen Mädchen von ihrem Besuch in Wet City und wie viel Spaß sie dort gehabt hatten. Wet City war ein Erlebnisbad in der Nähe. Der Platz links von mir war noch unbesetzt.

Und dann kam Bill Fleig herein. Noch bevor ich seinen Namen kannte, wusste ich, dass er sich neben mich setzen und mein Leben für die gesamte Highschool-Zeit bestimmen würde, vielleicht sogar noch länger – und so kam es.

Er war abnormal groß für einen Vierzehnjährigen und hatte einen so heftigen Überbiss, dass sein Unterkiefer auf halbem Weg zur Oberlippe aufzuhören schien. Er blickte sich prüfend im Klassenraum um, entdeckte den freien Platz und kam herüber. Er musste sich quasi in der Taille falten, um in den Stuhl zu passen, und dann wusste er anscheinend nicht, wohin mit seinen Armen; am Ende legte er sie auf der Tischplatte zusammen. Ich sah auf den Boden und fummelte an meinem Mäppchen herum, um Augenkontakt zu vermeiden, was sich als verhängnisvoller Fehler erwies, weil er so meinen Taschenrechner sehen konnte.

»Ist das ein TI80 von Texas Instruments?«, fragte er, und ich musste bejahen.

»Ich hatte auch mal so einen«, sagte er. »Aber dann habe ich den hier zum Geburtstag bekommen. Der kann Graphen zeichnen.« Er hielt mir seinen Taschenrechner vor den Augen aller anderen hin. Ich nahm ihn wie einen stinkenden Fisch, musterte ihn rasch und gab ihn zurück. »Ich bin Bill Fleig«, sagte er wie ein Erwachsener. »Hast du einen Computer?«

»Ja«, antwortete ich und hoffte, außer Bill Fleig würde das niemand hören. Das Mädchen vor mir – das mit den Haaren – drehte sich um, und ich fürchtete, sie würde mich gleich einen Loser nennen. Sie hatte eine große Nase und Wangen, die aussahen, als wären sie mit Watte ausgestopft, aber sie war ein Mädchen.

Zu meiner Erleichterung wandte sie sich an Bill Fleig: »Man soll keinen Taschenrechner benutzen«, sagte sie. »Sonst verlässt man sich immer darauf und kann hinterher nichts mehr im Kopf rechnen.«

Bill Fleig hatte das wohl schon öfter gehört. »Ich habe ihn immer dabei, damit ich nie ohne ihn rechnen muss«, war seine Antwort. Ich war entsetzt, aber irgendwie nicht überrascht, dass dieses Gespräch in meiner Nähe stattfand, ich bekam langsam das Gefühl, ich würde unsichtbare, ansteckende Nerd-Strahlen aussenden.

»Was, wenn du mit dem Flugzeug auf einer einsamen Insel abstürzt?«, fragte das Mädchen.

»Im Flugzeug hätte ihn doch wohl dabei, oder?«, erwiderte Bill Fleig.

»Vielleicht hast du vergessen, ihn einzupacken«, sagte das Mädchen. »Oder die Batterie ist alle.«

»Wenn ich irgendwo hinfliegen müsste, hätte ich Ersatzbatterien dabei«, entgegnete Bill Fleig. Er sprach atemlos, überartikuliert, als fiele es seinen Lippen und seiner Zunge schwer, mit den Worten mitzuhalten.

»Egal wie viele Batterien du hast«, sagte sie, »irgendwann sind sie alle leer, und du kannst nichts mehr ausrechnen.«

Ich konnte mich nicht zurückhalten. »Was soll er denn bitte auf einer einsamen Insel rechnen?«, fragte ich zu laut. Der Asiate neben mir sah zu uns herüber, um herauszufinden, was los war.

»Vielleicht muss ich den Dachwinkel für einen Unterschlupf berechnen«, schlug Bill Fleig vor. »Oder dividieren, um das Essen gerecht auf die Leute zu verteilen, die mit mir auf der Insel sind.«

»Vielleicht muss er berechnen, wo er eine Sonnenuhr aufbaut«, führte das Mädchen an.

»Eine Sonnenuhr bräuchte ich nicht«, sagte Bill Fleig und zeigte uns die klobige Digitaluhr an seinem Handgelenk.

»Man soll keine Digitaluhr benutzen«, sagte das Mädchen. »Sonst vergisst man nachher, wie man eine richtige Uhr liest.«

Zum Glück kam in diesem Augenblick die Lehrerin herein. Sie war dick, und ich hoffte, dass sie das zu einer Frohnatur machte; mir gefiel die Vorstellung, eine fröhliche dicke Frau als Lehrerin zu haben. »Mal herhören, Leute«, rief sie lauter als nötig, weil wir ohnehin leiser geworden waren, als sie den Klassenraum betreten hatte. Sie hörte sich nicht fröhlich an. Sie kontrollierte die Anwesenheit, und ich verspürte die leise Nervosität, die einen überkommt, wenn die Anwesenheitsliste zum ersten Mal vorgelesen wird und man nicht weiß, wer vor einem im Alphabet kommt, und man Angst hat, seinen Namen zu verpassen oder zu energisch zu antworten oder gar nicht erst auf der Liste zu stehen. Aber sie las meinen Namen vor, und ich antwortete richtig und hatte dieses Gefühl von Stolz und Zugehörigkeit, das man bekommt, wenn die Anwesenheitsliste das erste Mal vorgelesen worden ist. Auf dem Weg zur Eröffnungsversammlung musterte ich die Leute um mich herum, und mir wurde bewusst, dass keiner von ihnen mich je zuvor gesehen hatte. Ich spürte, wie sich eine merkwürdige Aufregung in mir zusammenbraute. So mussten sich blinde Passagiere fühlen, wenn sie die Küste unter sich kleiner werden sahen: Meine Persönlichkeit konnte sich in alle Richtungen entwickeln.

Offenbar waren wir die letzte Klasse, die in der Aula ankam. Die versammelte Schülerschaft brachte sich nach den Sommerferien auf den neusten Stand, jeder rief seinem Nachbarn, den Leuten hinter sich oder jemand anderem über mehrere Reihen hinweg etwas zu: *Omeingott!* und *Was geht bei dir?* Als ich auf die Menge herabblickte, war ich von der endlosen Vielfalt an Mädchen verblüfft und überwältigt: Mädchen, die auf niedlich machten, andere, die auf sexy machten, und welche, die auf normal machten. Footballspielerinnen in Shorts und Sweatshirt und zukünftige Anglistikstudentinnen in Laura-Ashley-Röcken. Mädchen mit großen Brüsten, die sie verstecken wollten, und Mädchen mit großen Brüsten, die sie stolz vor sich her trugen. Christlich erzogene Mädchen in Strickjacken, nerdige Mädchen in Overalls und Rockermädchen in schwarzen T-Shirts mit aufwendigen Heavy-Metal-Sujets. Gruppen von hübschen Mädchen, Gruppen von beinahe hübschen Mädchen, die hässlichen einzeln oder in Zweierpaaren. Eine unfassbar reichhaltige und komplexe Artenvielfalt. Ich erstarrte, aber die Leute, die hinter mir hereinströmten, drängten vorwärts, so dass ich stolperte und beinahe hinfiel.

Ich fing mit der Datenerfassung an. Wenn man die Überschneidungen abzog, gab es in meiner Klasse und meinen sieben Kursen sechsundvierzig verschiedene Mädchen. Ich horchte bei der Anwesenheitskontrolle auf ihre Namen und notierte sie zusammen mit einem kurzen Vermerk über ihr Aussehen in einem Notizbuch, damit ich mir merken konnte, wer wer war. Als ich alle Namen beisammen hatte, begann ich auszusortieren. Ich war nicht wählerisch. Auf die am wenigsten attraktiven Mädchen wandte ich einen einfachen Test an: Würde ich mich lieber mit ihnen einlassen oder von der Highschool abgehen, ohne jemals eine Freundin gehabt zu haben? Damit waren sieben Mädchen raus, und Rita Bambrick, die einen Kopf hatte wie die Statuen von der Osterinsel, stand auf der Kippe.

Übrig blieben neununddreißig Mädchen, die ich

fortan beobachtete: ihre Freunde, Interessen, Cliquen, Freizeitaktivitäten. Nach zwei Wochen Feldforschung hatte ich eine ziemlich gründliche Ethnographie der weiblichen Population meines Jahrgangs erstellt. Ich identifizierte die Grüppchen, die Paare, die Einzelgänger, die Mädchen mit einem festen Freund, die, die viele Verabredungen hatten, und die, die sich lieber auf die Schule konzentrierten. Ich bewertete sie anhand einiger wesentlicher Merkmale: Lerneifer, Sportlichkeit, Geselligkeit, sexuelle Reife (am einen Ende des Spektrums war Erica Watterson, die für ihre häufigen Partnerwechsel bekannt war; am anderen Ende Pamela Beal, die von Pferden besessen war) und sozialer Status. Ich war sicher, dass die Daten mir nützen konnten und dass ich, wenn ich erst genug gesammelt hätte, wüsste, was ich damit machen sollte.

Als ich in der zweiten Woche aus dem Geschichtsraum kam, tauchte Tara Pulowski an meiner Seite auf. »Wie geht's, Eric?«, fragte sie. Ich war ganz aus dem Häuschen, weil sie meinen Namen kannte. Meine linke Hand fühlte reflexartig nach dem Reißverschluss an meinem Rucksack. Darin befand sich das Ringbuch, in dem Taras Name neben den Worten »lockiges, braunes Haar« und den Symbolen für *hübsch* und *reich* stand.

»Wie findest du den Kurs?«, fragte sie. Ich suchte verzweifelt nach der richtigen Antwort, bis sie mir zu Hilfe kam und sagte: »Ich glaube, er ist ganz okay, aber die Hausaufgaben sind viel zu viel.«

»Ja«, erwiderte ich. Wir gingen zur Cafeteria und unterhielten uns!

»Wo wohnst du eigentlich, Eric?«, fragte sie.

»In Sheridan«, antwortete ich.

»Schön«, sagte sie und winkte Becky Busch, ohne aus dem Tritt zu geraten. »Ich kandidiere übrigens für die Schülervertretung.«

»Ach«, sagte ich.

»Die Wahl ist in acht Tagen«, erklärte sie. »O Mann!« Sie wedelte mit den Händen als Gebärde für Aufregung.

»Wow«, sagte ich. Es musste eine bessere Antwort geben, aber ich konnte mir einfach nicht vorstellen, wie sie lauten oder wie irgendjemand in der kurzen Zeit darauf kommen sollte.

Inzwischen waren wir in der Cafeteria angekommen. Es sah so aus, als würden wir zusammen essen, und ich hoffte, dass mir vielleicht bis zum Ende des Mittagessens etwas Intelligenteres als *Ach* und *Wow* eingefallen wäre. »Wo willst du sitzen?«, fragte ich. Ich hatte kurz vergessen zu atmen, daher war meine Stimme nur ein Krächzen. Tara suchte den Raum ab, und ihre Miene erhellte sich, als sie Michelle Kessel und Louise Treadwell bei den großen Fenstern sitzen sah.

»Also, drück mir die Daumen für die Wahl, Eric!«, rief sie und eilte lächelnd und winkend davon. Ich stellte mich in die Schlange für Lasagne, setzte mich dann allein an einen Tisch und holte meinen Notizblock heraus. Neben Taras Namen malte ich ein kleines Sternchen, das anzeigte, dass ich mit ihr geredet hatte.

Natürlich wählte ich sie. Sie wurde ehrenvolle Dritte, hinter Dean Hoestetler, der sich die Stimmen der

Nachmittags-AGs gesichert hatte, indem er ihnen Pizza geschickt hatte, und Heidi Weir, die unglaublich dick war und eine Zahnspange mit Außenbogen tragen musste und zum Opfer einer sarkastischen Vorschlags-kampagne geworden war.

Von da an wuchsen meine Notizen über Tara fast über die ganze Seite. Nach ihrer Niederlage an der Wahlurne startete sie ein ebenso energisches Manöver mit dem Ziel, Michelle Kessels beste Freundin zu werden. Fast zwei Wochen lang war sie pausenlos mit Michelle und Louise zusammen – in der Cafeteria, im Unterricht, auf der Mädchentoilette –, aber Taras Platz in der Gruppe war nie gesichert. Sie war ernsthafter als die beiden anderen, und ihr fehlte die Exklusivität: Während ihrer gescheiterten politischen Karriere hatte sie zu viele Bekanntschaften gemacht.

Und dann waren Taras Augen eines Tages in Bio verquollen und rot, und sie saß nicht mehr bei Michelle und Louise und starrte nur noch vor sich hin. Mr. McCallum nahm sie dran, und als sie die richtige Antwort gab – »Um die Oberfläche zu vergrößern?« –, bekamen Michelle und Louise einen Lachanfall, dessen Lautstärke knapp unterhalb des nicht mehr akzeptierten Geräuschpegels in der Klasse lag. Am Ende der Stunde gingen Michelle und Louise ohne sie und steckten die Köpfe zusammen. Tara ließ sich Zeit beim Zusammenpacken und ging allein hinaus, mit durchgedrücktem Rücken, wie eine Internatsschülerin, die ein Buch auf dem Kopf balancierte. Ich ging hinterher und schloss zu ihr auf.

»Geht's dir gut?«, fragte ich. Sie sah mit einem so verletzten Ausdruck weg, dass ich zum ersten Mal, seit Bronwen Oberfell mich in die Fremdartigkeit und die Schrecken der Liebe eingeführt hatte, in der Lage war, ohne Nervosität mit einem Mädchen zu reden.

»Ja, geht schon«, sagte sie. »Mir geht's super.« Sie schraubte sich ein Lächeln ins Gesicht, das wie von einer kraftvollen Hydraulik angetrieben wirkte, aber als ihre Mundwinkel den Scheitelpunkt der Parabel erreichten, fiel die ganze Konstruktion in sich zusammen, und sie fing an zu schluchzen. Ich hatte noch nie ein Mädchen weinen sehen. Aber meine Mutter hatte ich viele, viele Male weinen sehen, oft genug, um zu wissen, dass Tara Pulowskis Tränen ein Leitstern waren. In unerforschtem Gebiet konnte ich sie als Navigationshilfe benutzen.

»Ist schon okay«, sagte ich. »Du kannst es mir ruhig erzählen.« Ich spürte einen Kitzel von Ernsthaftigkeit, während ich sprach, als wären die Gefühle, die ich in der Vergangenheit gehabt hatte, Kinderspielzeug und Taras Kummer der erste Vorbote des Erwachsenseins. Wir standen am Schwarzen Brett, an dem Flyer für Musicalproben und Treffen der Italienisch-AG hingen. Schüler strömten an uns vorbei und um uns herum, ihre Stimmen und Schritte hallten von den Ziegelwänden wider.

»Warum sind Menschen nur so gemein?«, fragte sie, ich musste mich vorbeugen, um sie verstehen zu können. »Ich meine, wie kann man sich jemandem so nah fühlen und dann auf einmal herausfinden, dass man denjenigen gar nicht richtig gekannt hat?«

Ich hatte keine Ahnung, was die richtige Antwort war, aber es sah so aus, als wäre an dieser Stelle Weisheit gefragt, also gab ich mein Bestes mit den Mitteln, die mir zur Verfügung standen. »Manchmal sind Menschen richtig gemein«, sagte ich. »Manche Leute interessieren sich für niemanden außer sich selbst und sind nur auf ihren eigenen Vorteil bedacht.«

Sie nickte mit großen Augen. Sie wartete darauf, was ich als Nächstes sagen würde, jetzt musste ich in ein höheres Register wechseln. »Aber manchmal, wenn Menschen gemein sind, zeigt das nur, dass sie Angst haben«, erklärte ich. Ich weiß nicht, woher ich das hatte. Wahrscheinlich aus dem Fernsehen.

Sie nahm meine Worte demütig auf, als wären sie sehr wertvoll. »Ich möchte mich gern noch länger mit dir unterhalten«, sagte sie, und in meinem Inneren machte etwas einen Luftsprung und reckte die Faust zum Himmel. »Aber ich muss jetzt zu Mathe.«

»Wir könnten uns nach der Schule treffen«, schlug ich vor. Mir kam gar nicht in den Sinn, dass meine Mom auf mich warten würde.

Sie schwieg eine Minute – ob sie mein Angebot abwog oder in ihrem Elend versunken war, konnte ich nicht sagen. Schließlich bestimmte sie: »Wir treffen uns am Seiteneingang bei den Mülltonnen.« Dort konnte uns niemand beobachten, was entweder bedeutete, dass sie ein vertrauliches, intimes Treffen suchte oder nicht mit mir gesehen werden wollte.

Als ich ankam, wartete sie schon. Wir ließen die Schule hinter uns und gingen auf dem begrünten Gehweg die breite, geschwungene Randall Street hinunter. Ein Pendlervorort ist um 15.45 Uhr unter der Woche eine Geisterstadt. Wir steuerten den kleinen Spielplatz an, der zwei Blocks entfernt lag. Die Klettergerüste und Schaukeln waren wie neu, die Familien, die hier wohnten, hatten ihre eigenen Spielgeräte im Garten.

»Also, was ist passiert?«, fragte ich.

»Auf meiner alten Schule war das nicht so«, fing sie an. »Auf meiner alten Schule waren die Leute ... Es gab nicht diesen *Druck.* Hier hat man so einen Riesendruck, mit den ... den richtigen Leuten befreundet zu sein und so. Ich ...«, sie brach ab und sah zu Boden, »ich bin immer auf ›Mein kleines Pony‹ abgefahren, ja? Ich meine, ich weiß, dass es dämlich ist, aber egal.« Ich lächelte, wie um zu sagen: *Ist schon in Ordnung, ich kenne mich mit peinlichen Kindheitsvorlieben aus.* »Ich hatte sechzehn ›Kleine Ponys‹, und ich habe sie geliebt.«

»Sechzehn?«, fragte ich und überlegte, was man denn bitte schön mit sechzehn Plastikponys anfangen sollte. Tara wirkte verletzt, und ich bereute meine Reaktion sofort.

»Ja, ich weiß, es ist total dämlich«, sagte sie. »Egal. Lass gut sein.« Sie machte dicht.

»Nein, ich meine doch nur, ich hatte nie ›Kleine Ponys‹, weil ich ein Junge bin«, erklärte ich. »Darum weiß ich nicht, was man mit sechzehn davon anfängt. Hatten sie alle unterschiedliche Namen und so?«

»Sie hatten alle unterschiedliche *Persönlichkeiten*«, ereiferte sie sich. »Und sie wollten zu unterschiedlichen Zeiten gefüttert werden.«

Ich wusste nicht, was ich dazu sagen sollte, also sagte ich lieber gar nichts. Wir waren auf dem Spielplatz angekommen und liefen durch den Sand zu den Schaukeln, die Art, die aus einem schwarzen Stück Hartgummi zwischen zwei Metallketten besteht. Wir setzten uns nebeneinander auf zwei davon und zogen die Knie an, bis wir leicht hin und her schwangen.

»Wie auch immer, ich weiß, es ist total blöd und alles, aber ich habe sie immer noch in meinem Zimmer«, erklärte sie weiter. »Und dann war diese Pyjamaparty bei mir und … Ich kann nicht drüber reden.«

Sie war im Begriff, etwas zu offenbaren, das unter Mädchen geschah, es konnte wichtig sein. »Du kannst es mir ruhig erzählen«, sagte ich.

»Michelle, Louise und Emily waren bei mir zu Hause«, fuhr sie fort. In meinem Notizbuch gab es zwei Emilys, aber keine von beiden hatte etwas mit Michelle, Louise oder Tara zu tun. »Und ich habe mich so gefreut, dass sie da waren, weil es das erste Mal war, dass sie zu mir nach Hause kamen, deshalb war ich total aufgeregt, aber ich hab mich eben auch gefreut. Meine Mom musste versprechen, nicht ins Zimmer zu kommen und so. Wir unterhielten uns darüber, in wen wir verliebt waren, und auf einmal behauptete Michelle, sie wüsste, in wen ich verliebt wäre, und ich rief: *Hör doch auf, weißt du nicht!*, und sie sagte: *Doch, doch, ich weiß es,* und ich war total verunsichert, weil ich dachte, sie wüsste, dass ich in Leo Garson verliebt bin.« Diese Information ließ sie ganz beiläufig fallen, es fühlte sich an, als würde jemand in einer Menschenmenge an mir vorbeidrängen und mir ein Messer in den Bauch rammen. »Und dann meinte sie: *Und derjenige, in den Tara verliebt ist, ist hier mit uns im Raum!* Mir war klar, dass sie log, aber auf einmal wurde mir echt unheimlich zumute – was, wenn Leo wirklich im Schrank saß, verstehst du, was, wenn sie ihn reingeschmuggelt hatten, um mich zu blamieren? Und dann meinte Louise: *Er ist im Schrank, und ich hole ihn jetzt raus!* Ich war total panisch – ich meine, ich habe natürlich versucht, ruhig zu bleiben, und gesagt: *So 'n Quatsch, kann ja gar nicht sein,* aber ich hatte totale Panik. Und dann ging sie an den Schrank und holte Sparkler heraus, das war echt mein Lieblingspony. Und dann meinte sie: *In den hier ist Tara verliebt, und sie ... sie macht es jede Nacht mit ihm!* Obwohl Sparkler ein Mädchen ist – alle meine ›Kleinen Ponys‹ sind Mädchen. Und ich meinte: *Red keinen Unsinn, wie soll man es denn mit einem ›Kleinen Pony‹ machen?*, und sie meinten: *Klar geht das, nämlich so,* und dann fingen sie an, richtig eklige Sachen zu sagen. Ich kann es nicht mal aussprechen, so ekelhaft war es. Das hat mich ganz krank gemacht, es macht mich ja schon krank, nur darüber zu reden.«

Sie schaute jetzt in die andere Richtung, die Ketten ihrer Schaukel waren ineinander verdreht. Ein paar lose Haarsträhnen waren ihr ins Gesicht gefallen, und durch sie hindurch beobachtete sie das Klettergerüst und die Wippe wie aus großer, tragischer Entfernung.

»Und jetzt fangen sie jedes Mal an zu kichern, wenn sie mich sehen«, erklärte sie. »In Sozialkunde haben sie mir ein Bild zugesteckt – es war grauenvoll.«

Ich war ein wenig schockiert von den frühreifen Themen, die sich in unsere Unterhaltung geschlichen hatten. Ich wusste nicht, wie ein Mädchen es mit einem Plastikspielzeug »machen« sollte, obwohl ich unter Zwang wohl geraten hätte, dass es darauf hinauslief, es in ihre Scheide einzuführen. Und ich war immer noch erschüttert von der Offenbarung über Leo Garson, der in meiner Klasse und dafür bekannt war, dass er einen geistig Behinderten spielte, den er den zurückgebliebenen Ross nannte. Ich hatte nicht mit einem Liebesgeständnis von Tara gerechnet. Aber ich hatte gehofft, wenigstens so weit auf dem Spielfeld zu stehen, dass sie mir nicht nebenbei eröffnete, in jemand anderen verliebt zu sein.

»Das hört sich schrecklich an«, sagte ich.

»Sie *sind* schrecklich«, bekräftigte sie. »Die sind so gemein.«

»Warum willst du denn dann mit ihnen befreundet sein?«

Sie sah mich mitleidig an. »*Jeder* will mit ihnen befreundet sein«, sagte sie.

»Ich will nicht mit ihnen befreundet sein«, verkündete ich in aller Aufrichtigkeit. Die abgründigen Bemerkungen über ›Mein kleines Pony‹ hatten mir Angst gemacht.

»Das ist schön für dich«, sagte sie traurig. »Du hast … Du kümmerst dich um deine eigenen Sachen.« Welche Sachen meinte sie? »Aber ich bin nicht so. Ich wünschte, ich könnte einfach sagen: *Weißt du was, Michelle, wenn du mit* Louise *befreundet sein willst, dann kann ich leider nicht deine Freundin sein.* Aber wenn ich es auf die harte Tour versuchen würde, würde sie das gar nicht interessieren, sie würde einfach sagen: *Okay, gut, egal.* Ich meine, was soll ich denn jetzt machen? Wieder mit Cheryl Palatino und Emma Price befreundet sein? Deren Freundin kann ich immer sein, die wollen doch mit jedem befreundet sein. Warum sollte ich mit denen rumhängen wollen? Also bleibe ich allein.« Resignation huschte über ihr Gesicht. Ich fand es ziemlich traurig, dass es niemand anderen auf der ganzen Welt gab, wenn Michelle Kessel nicht mit einem befreundet sein wollte.

»Ich sollte wieder zurückgehen«, sagte sie plötzlich. »Ich hab jetzt eigentlich Jahrbuch-AG.«

Wir machten uns also auf den Rückweg. »Du bist was ganz Besonderes, weißt du das?«, bemerkte sie. »Du bist ein richtig guter Zuhörer. Ein richtig guter Mensch.«

»Danke«, sagte ich und hatte das Gefühl, mir würden gleich Flügel wachsen, mit denen ich über die Schule fliegen könnte, über Denver hinweg und in die Berge. Dann waren wir an der Ecke des Parkplatzes hinter dem Schulgebäude angekommen, und Tara nahm die Diagonale. Ich sah zu, wie sie auf die Hintertür zuging und hin und wieder einem abfahrenden Auto voller Schüler winkte. Ich ging auf der Randall Street weiter, am Parkplatz und dem Schulgebäude vorbei, zu den Eingangsstufen, wo meine Mutter seit einer halben Stunde auf mich wartete.

»Was hast du dir denn dabei gedacht?«, schimpfte

sie, als ich in den Wagen stieg. »Wo zum Teufel hast du dich rumgetrieben?«

»Ich habe noch mit jemandem geredet«, sagte ich und fühlte mich dabei sehr im Recht. »Ich habe mit einem Mädchen geredet, das total aufgelöst war und mit mir sprechen musste.« Ich hielt das für eine gute Rechtfertigung.

Meine Mom seufzte laut und drehte den Schlüssel im Zündschloss. Ich hatte den Eindruck, dass sie um einiges wütender gewesen wäre, wenn sie nicht so müde gewesen wäre. Wir fuhren schweigend nach Hause. Ich ging in mein Zimmer und holte das Notizbuch hervor. Auf Taras Seite schrieb ich: *Wunderschön und tiefgründig. Ein durch und durch guter Mensch. In LG verliebt – was Ernstes? Zu empfindlich für den sozialen Alltag – will eine tiefere Bindung eingehen.* Unter Michelles Namen, wo bereits stand: *Viel Make-up* und *Beliebt,* schrieb ich: *Nutzt andere aus.* Bei Louise schrieb ich: *Gemein.*

Während der meisten Schulstunden teilte ich mein Gehirn auf: Eine Hälfte verfolgte den Unterricht, die andere überarbeitete und erweiterte die Mädchendatenbank. Die einzige Ausnahme war der Vertiefungskurs in Mathe, ein Schnelldurchgang durch Geometrie, Trigonometrie und Algebra, der für begabte Neuntklässler angeboten wurde. Nur zwei der Mädchen aus diesem Kurs standen in meinem Notizbuch, und der Stoff verlangte meine volle Aufmerksamkeit. Der Lehrer, Mr. Gestetner, war ein zerzauster Mann mit Talent fürs Erklären – nach seinem Unterricht fühlte man sich eindeutig schlauer als vorher. Schüler wissen Lehrer zu schätzen, die guten Unterricht machen, aber unterrichten ist schwierig, deshalb versuchen es viele einfach damit, nur nett zu sein.

Gestetner ließ alle paar Wochen Tests schreiben. Die Schüler, die dabei schlecht abschnitten, mussten zu Hause Zusatzaufgaben machen. Als wir nach einem solchen Test den Raum verließen, hörte ich Graham Neales Stimme hinter mir. Graham war der Junge mit dem mehrstufigen Haarschnitt. In Mathe saß er in der letzten Reihe und meldete sich nie, obwohl er, wenn Gestetner ihn drannahm, immer und ohne ersichtliche Mühe die richtige Antwort wusste.

»Das war heftig«, sagte er über meine Schulter.

»Mhm«, sagte ich und ging langsamer, damit er zu mir aufholen konnte. Eigentlich hatten mir die Aufgaben richtig Spaß gemacht.

»Die ganzen Tests in diesem Kurs sind echt ein beschissener Witz«, beschwerte sich Graham und artikulierte das vorletzte Wort mit primitivem Genuss.

»Echt«, sagte ich. »Voll ätzend.« Ich bemühte mich, Wörter wie *ätzend* öfter zu benutzen. Dann hörte ich eine krächzende Stimme meinen Namen rufen, und Bill Fleig eilte hinter uns aus dem Klassenzimmer. Aus einer Distanz von inzwischen mehr als zehn Jahren ist klar, woran er mich als Gleichgesinnten erkannt hatte: die langweiligen Klamotten; mein ständiger Ausdruck entrückter Konzentration; der undefinierbare Haarschnitt – man konnte die Strähnen, die in weichen, flachen Kurven über meine Ohren standen, mit quadratischen Gleichungen beschreiben. Aber damals machte es den Eindruck, als hätte er mich vollkommen willkürlich ausgesucht, um mich mit ins Verderben zu reißen.

»Kannst du Pascal?«, fragte er. Er sprang immer direkt zum Kern einer Unterhaltung und behandelte Begrüßungen und Höflichkeitsfloskeln als bloßes Hintergrundrauschen.

»Äh, nein«, antwortete ich, weil Graham dabei war.

»Ich habe gerade mit Mr. Gestetner gesprochen«, sagte Bill. »Er hat gesagt, wenn ich noch jemanden finde, der mitmacht, gibt er nachmittags einen Pascal-Kurs.«

Dieses Angebot hatte einen gewissen Reiz. Die Begrenzungen von Basic frustrierten mich, und ich brannte darauf, Anspruchsvolleres zu programmieren. Aber mich mit Bill zusammenzutun oder auch nur in aller Öffentlichkeit Interesse an Computern zu zeigen wäre ein verhängnisvoller Fehler gewesen.

»Pascal ist behindert«, sagte ich, stolz darauf, meine Nerd-Reflexe unterdrückt zu haben. Doch plötzlich sah mich Graham verwirrt an, und ich bemerkte meinen Fehler. Ich hätte sagen sollen: *Was soll denn bitte schön Pascal sein?* Stattdessen hatte ich mich als jemanden geoutet, der Meinungen zu Programmiersprachen hatte.

»Heißt das, du willst nicht mitmachen?«, fragte Bill.

»Wenn ich niemand anderen finde, gibt Gestetner den Kurs nicht.« Graham ging weiter zu seinem Schließfach.

»Heul doch«, sagte ich und ließ Bill stehen. Ich fühlte mich gedemütigt, nahm meinen Mantel und meine Bücher und machte mich auf den Weg zum Eingang, wo mich meine Mom abholen würde. Plastiktüten und Ringbuchblätter segelten im Wind. Ich wartete auf der obersten Stufe ganz links, wo sie immer nach mir suchte, und während ich die Autos beobachtete, ging mir etwas auf: Sie wurden alle von Schülern gefahren. Im gleichen Moment hielt auf der Straße unser hellblauer Nissan, und sie lehnte sich über den Beifahrersitz und winkte mir zu. Da stand ich also, das einzige Kind an der ganzen Highschool, das von seiner Mom abgeholt wurde. Als ich einstieg, kam es mir vor, als würde eine erwachsene Version von mir dabei zusehen, jemand, der wüsste, was zu tun ist, und protestieren: *Das ist ja ein Kind! Das kleine Kind tut so, als wäre es ich!*

Als ich auf die MLK kam, hatte meine Mom kurzfristig und mit großem bürokratischen Aufwand ihre Arbeitszeiten als Sprechstundenhilfe an meinen Stundenplan angepasst. Wir hatten damit gerechnet, dass ich andere Schüler aus Sheridan kennenlernen und sich eine Fahrgemeinschaft ergeben würde. Aber bisher hatte ich niemanden kennengelernt, und wenn, wäre ich wahrscheinlich nicht hingegangen und hätte gesagt: *Hey, du wohnst auch in Sheridan? Sollen wir eine Fahrgemeinschaft gründen?* Die meisten Älteren fuhren selbst oder wurden von Freunden mitgenommen; die

Jüngeren nahmen den Bus. Aber die kamen auch nicht aus Sheridan, wo die Busse nicht hinfuhren.

Im Auto war es warm. »Hi, Süßer«, sagte meine Mom. Sie fuhr los und summte zum Radio. Am Ende der Straße mussten wir anhalten, als eine Schülerschar vor uns die Straße überquerte, darunter auch Abigail Slott.

»Und, wie war die Schule?«

»Gut«, sagte ich und rutschte tief im Sitz nach unten, in der Hoffnung, ich würde nicht gesehen werden.

»Ich wollte heute Abend einen Thunfischauflauf machen«, sagte meine Mom. »Und *L.A. Law* gucken.« Wir mochten die Sendung, aber heute war mir nicht danach zumute. Ich hatte den Syllogismus des Erwachsenwerdens entdeckt: *Deine Mom liebt dich. Deine Mom ist biologisch dazu verpflichtet, dich zu lieben, selbst wenn du ein absoluter Loser bist. Deswegen ist ihre Liebe vollkommen bedeutungslos, und wahrscheinlich bist du auch noch ein absoluter Loser.*

»Super, Mom«, erwiderte ich. »Das hört sich super an. Ähm, ich muss dir was sagen.«

Sie schaltete sofort in den Besorgnismodus, den hatte sie besser drauf als jeden anderen. »Was ist denn los, Liebling?«, fragte sie.

»Ich will nicht mehr von dir abgeholt werden.« Ich sah sie nicht an, aber auf einmal war alles anders, und ich wusste, dass ich sie sehr verletzt hatte.

»Ich … Niemand sonst wird von seiner Mom abgeholt, verstehst du?«, versuchte ich zu erklären. Langes Schweigen.

Schließlich fragte sie mit ausdrucksloser Stimme: »Wie kommen die anderen denn dann zur Schule?«

»Sie werden mitgenommen«, sagte ich. »Oder sie nehmen den Bus.«

»Ich habe immer gesagt, dass du bei jemandem mitfahren kannst«, verteidigte sie sich. »Darum ging es doch die ganze Zeit. Und wenn es einen Bus gäbe, wäre ich überglücklich, wenn du den nehmen würdest, das kannst du mir glauben.« Ich schwieg. »Meinst du, mir macht es Spaß, jeden Morgen und jeden Nachmittag fünfundvierzig Minuten zusätzlich im Auto zu verbringen?«

Ich schwieg weiter. Auch deshalb, weil ich tatsächlich davon ausgegangen war, es mache ihr Spaß. Sie schien sich immer so zu freuen, mich zu sehen. Und ich hatte das Gefühl, es gefiel ihr, wie wir zusammen nach Hause fuhren und dabei Musik hörten, nur wir zwei. Ich wusste nicht, ob sie es nie gemocht hatte oder ob sie jetzt absichtlich übertrieb, weil ich sie verletzt hatte. Den Rest der Strecke dudelte nur noch das Radio vor sich hin: *More Than Words, Justify My Love* und Werbung für Matratzenhändler in der Nähe. Natürlich hatte ich gar keine Möglichkeit, alleine zur Schule zu kommen.

Meine Mutter parkte das Auto, und ich folgte ihr wie ein Schatten ins Haus. In der Küche ließ sie ihre Handtasche auf die Arbeitsplatte fallen und holte, noch im Mantel, Konservendosen aus den Schränken. Ich schlich an ihr vorbei in mein Zimmer, wo ich mir die Schuhe auszog und mich mit angezogenen Beinen aufs

Bett setzte. Lange ging ich in Gedanken unsere Unterhaltung durch, mit verschiedenen Ausgängen. Manchmal sagte ich: *Danke, dass du mich fährst, Mom, ich weiß das echt zu schätzen,* manchmal sagte sie: *Dann müssen wir eben näher an die Busroute ziehen.* Nachdem ich beide Versionen mehrfach durchgespielt hatte, gab ich auf und griff nach meinem Rucksack. Ich hatte ein paar neue Informationen, die ich in mein Notizbuch eintragen musste. Danielle Orr hatte hallo zu mir gesagt, und Rebecca Castillo schien Steve Papp für Dave Breuer sitzengelassen zu haben, definitiv ein guter Tausch. Ich zog den Reißverschluss meines Rucksacks auf und kramte darin: Ordner, Chemiebuch, mein Exemplar von *Fremder in einer fremden Welt.* Ich fand das Notizbuch nicht sofort, aber das war nicht ungewöhnlich, weil es kleiner und schmaler war als die meisten anderen meiner Schulbücher. Ich ging den Inhalt erneut durch, diesmal systematischer, und spürte bereits, wie sich unter mir der Abgrund der Panik auftat. Ich zog die Bücher und Ordner einzeln aus dem Rucksack und schüttelte jedes am Buchrücken aus, damit alles, was sich zwischen den Seiten versteckte, aufs Bett fallen konnte. Ich steckte die Arme bis zu den Achseln hinein, tastete das Nyloninnere ab, steckte den Kopf hinein und sog den gummiartigen Geruch durch die Nase. Ich öffnete die kleine aufgesetzte Tasche, obwohl das Notizbuch dort überhaupt nicht hineingepasst hätte, und holte Portemonnaie, Taschenrechner, den Haustürschlüssel, den ich für den Notfall immer dabeihatte, zwei schwarze Kulis, einen grünen Textmarker, zwei Jolly-Rancher-Bonbons, ein Jolly-Rancher-Bonbonpapier und ein Zehncentstück hervor. Ich verharrte reglos und sah mir den Haufen auf meinem Bett an. Nichts davon war ein Notizbuch. *Es ist bestimmt in meinem Schließfach in der Schule,* dachte ich. *Und wenn nicht, kann ich mich immer noch umbringen.*

Es war nicht in meinem Schließfach. Ich räumte es komplett leer – Bücher, Hefter, zwei Pullis, korrigierte Hausaufgaben – und nahm jedes Teil genauestens unter die Lupe, ehe ich es auf dem Linoleumfußboden mit Schachbrettmuster zu einem Stapel aufhäufte, den Ron Nathorp, dessen Schließfach neben meinem lag, mit der Hacke umstieß. Der Gang war voller rempelnder, lärmender Schüler, und jedes Mal, wenn jemand an mir vorbeiging, erwartete ich zu hören: *Danielle findet also Guns N' Roses gut, hm?* oder *Was ist mit Vicki Gordons Titten?* oder *Du bist echt so was von uncool!*

Ich versuchte, jeden Schritt zurückzuverfolgen, den ich seit der letzten Mittagspause gemacht hatte, als ich im Schutz einer Toilettenkabine im dritten Stock ein Faktum über Karen Longnecker und Julia Mossman eingetragen hatte. (Viele der Beobachtungen in dem Buch beschrieben überraschenderweise die Freundschaften unter den Mädchen.) Ich meinte, mich daran zu erinnern, wie ich es danach wieder zurück in den Rucksack gepackt hatte, aber unter solchen Umständen ist es unmöglich zu sagen, ob man sich an diesen speziellen Augenblick erinnert oder einfach Erinnerungen von ähnlichen Situationen hernimmt. Ich war sicher, dass der Rucksack nicht von allein hatte aufgehen können: Er war ziemlich robust, und der Reißverschluss war von YKK, was bekanntermaßen ein Qualitätsmerkmal für Reißverschlüsse ist.

Als ich in den Klassenraum kam, saß in meiner Kehle etwas Großes und Fleischiges, aber zum Glück achtete niemand auf mich. In Englisch in der dritten Stunde stellte ich fest, dass ich es schaffte, minutenweise nicht an mein Notizbuch zu denken, aber dann landete ich doch wieder bei Gwen Vries oder Nancy Chang und verspürte den Drang, etwas in mein Buch zu schreiben, und fühlte erneut die dumpfe Vorahnung einer bevorstehenden Katastrophe.

Die Stunde war zu Ende, und wir reihten uns in den Strom hinunter zur Cafeteria ein. Jede Treppe machte auf dem Zwischenpodest kehrt; auf dem Weg vom vierten Stock in die Cafeteria wechselte man somit achtmal die Richtung. In den Pausen herrschte hier das reine Chaos, da wir uns nicht so weit selbst organisieren konnten, auf der einen Seite hoch und auf der anderen Seite runter zu gehen, so dass es auf jedem der vierzehnstufigen Treppenabschnitte so aussah, als würden zwei mittelalterliche Heere an einem Steilhang aufeinanderstoßen. Der Weg zum Mittagessen war der schlimmste: Die ganze Schule raste die Treppen hinunter und sammelte auf jedem Absatz Verstärkung ein. Die letzten beiden Treppenabschnitte wurde man einfach mitgerissen, es war, als würde man schweben. Ein oder zwei Leute kämpften sich immer wie Kletterer in einer Lawine nach oben.

Als ich in der Cafeteria ankam, sah ich mich nach einem Sitzplatz um. Automatisch suchte ich nach den vier oder fünf Mädchen, die im schrumpfenden Mittelpunkt meiner Forschung standen. Ginny Oyler saß bei Leah Toomeys Clique, das war neu. Und an Michelles und Taras Tisch gab es ungewöhnlich viel Gelächter. Michelle saß mit dem Rücken zu mir; sie schien Tara, Louise, Becky Busch und Lisa Buonano etwas vorzulesen. Ich fragte mich, was wohl so lustig war. Taras Blick fiel auf mich. Sie hörte sofort auf zu lachen und machte hektische Schweigegebärden, drückte die Luft mit den Händen nach unten. Die Cafeteria kam mir auf einmal sehr groß und sehr laut vor. Es musste doch irgendeine Möglichkeit geben, einen der Schritte, die zu diesem Ereignis geführt hatten, rückgängig zu machen, dachte ich, aber natürlich gab es die nicht. Michelle drehte sich auf ihrem Stuhl um und suchte den Raum ab, schließlich nickte sie fast unmerklich in meine Richtung, und der ganze Tisch brach in schallendes Gelächter aus. Nur Tara starrte mit einem Ausdruck in ihr Mittagessen, den ich nicht deuten konnte.

Das Klo im Keller der Schule wurde nur selten benutzt. Die schwere Luft dort unten roch nach feuchtem Zement, und von den riesigen Heizungskesseln nebenan gewärmt, saß ich in einer Kabine und versuchte, mir meine Ausführungen über die neununddreißig Neuntklässlerinnen in Erinnerung zu rufen – nicht, um die Informationen zu bewahren, denn das war nach Michelle Kessels Vorlesestunde in der gestrigen Mittagspause nicht mehr nötig, sondern um sie mir aus deren Perspektive vorzustellen. Was würde beispielsweise Becky Busch sagen, wenn sie erfuhr, dass ich unter ihren Namen geschrieben hatte: *Lächelt nie* und *Meint, dass Bäume keine Lebewesen sind, weil sie nicht laufen können*? Oder Nancy Chang, deren einziger Eintrag war: *Riecht gut.* In aller Öffentlichkeit wäre sie natürlich angewidert, aber gefiel es ihr vielleicht insgeheim? Ich zählte die neununddreißig Mädchen an den Fingern ab und prüfte meine nutzlosen Notizen. Bei jedem einzelnen Eintrag verharrte ich einen Moment und hoffte, die Blamage herauswringen zu können. Für kurze Zeit konnte ich mich damit ablenken, die Gebilde zu untersuchen, die die abblätternde Farbe auf der Holzwand der Kabine entstehen ließ, unter dem Blaugrau lag eine Schicht Tannengrün. In sechzehn Minuten fing Bio mit Michelle, Louise und Tara an. Gestern hatte ich Bio geschwänzt. Ich konnte auch heute schwänzen, ein Unterrichtsverweigerer werden, von der Schule fliegen und an einer anderen Schule noch mal ganz von vorn anfangen. Aber was ich getan hatte, würde mich bis dorthin verfolgen. Als Paul Driesdale an die Wilson kam, wusste jeder, dass er von seiner alten Schule geflogen war, weil er einem anderen Jungen in den Schniedel gebissen hatte. Ob das überhaupt stimmte? Ich versuchte, mich daran zu erinnern, wie ich gestern in die Schule gekommen war. Bevor ich mein Leben ruiniert hatte. Vor Sehnsucht danach fing ich beinahe an zu weinen. Dann klingelte es, und reflexartig stand ich auf und ging in die heimtückische Welt hinaus.

Ich hielt den Blick gesenkt wie ein Spion, als ich in einer Menschentraube die fünf Stockwerke zum Biolabor hinaufstieg, und war zum ersten Mal froh, nicht groß zu sein. Ich öffnete die Tür, und alle drehten die Köpfe, um zu sehen, ob es Mr. McCallum war. Michelle Kessels Sternsingerstimme füllte die entstandene Stille mit den Worten: »Hey Eric, schön, dass du mich für eine Ausnutzerin hältst!«

Es herrschte allgemeine Verwirrung – welche Verbindung gab es wohl zwischen Michelle und dem schüchternen, käsigen Jungen mit den komischen Klamotten? Ich setzte mich in die letzte Reihe, als wäre nichts gewesen. Schließlich fragte Angela Martin, die nett war, aber auch ein bisschen begriffsstutzig, wovon Michelle rede, und gab ihr damit die Möglichkeit, in ihrem Rucksack zu kramen und zu sagen: »Guckt euch das an!« Ich starrte auf das gesprungene Furnier meiner Tischplatte, in das Zirkelnadeln und Schweizer Taschenmesser längst vergessene Initialen, geometrische Kritzeleien und das Wort ZEPPELIN eingraviert hatten.

»Zieht euch das mal rein, Leute!«, rief sie. »Das hier ist Erics geheimes Notizbuch.«

»Oooch«, machte Angela, als hätte Michelle einen sterbenden Vogel hochgehalten. »Gib es ihm lieber zurück.«

»Wart's ab«, sagte Michelle. Sie blätterte durch die Seiten. Ich wusste, was jetzt kam, aber sie brauchte länger als erwartet, um den Eintrag zu finden. Wo blieb Mr. McCallum? *»Angela Martin«*, las Michelle. *»Dünn. Vegetarierin. In Matt McGahan verliebt.«* Gelächter, Gejohle. Angela schlug sich vor Erstaunen die Hand vor den Mund. Diese Geste kannte ich bisher nur aus dem Fernsehen. *»Spielt Flöte im Orchester. Hat mich gefragt, wie lange es noch bis zur nächsten Stunde ist. Scheint nett zu sein. Ist in der Umwelt-AG.«*

Abigail Slott rief voller Entzücken: »O mein Gott, ist nicht wahr!«

»Was soll das sein?«, fragte mich Sean Lippard.

»Moment, Moment, Moment«, sagte Michelle. »Das ist noch nicht alles!« Sie sah sich im Klassenzimmer um. »Ach ja, Abigail ist auch drin. Moment.« Ich versuchte, mich zu erinnern, was ich über Abigail Slott geschrieben hatte. Michelle blätterte von vorn nach hinten durch das Buch, sie hatte also nicht bemerkt, dass ich die Einträge nach Nachnamen sortiert hatte.

»Da ist sie ja«, vermeldete Michelle. *»Abigail Slott: Schöne Haare. Sarkastisch. Spielt Volleyball. Sichtbare BH-Träger. Kommentiert oft Gerüche. Ist vor allem mit Jungs befreundet – Sean L., Steve Olssen (fester Freund?). Macht mir manchmal Angst. Ignoriert mich.«*

Ich klinkte mich aus, reduzierte den Klassenraum auf eine bedeutungsleere Reihenfolge von Sinneseindrücken – Lichtwellen verschiedener Frequenzen, die auf meine Netzhäute trafen, Schallwellen, die Luftmoleküle in Schwingung versetzten. *Wenn Michelle*

Kessel mich im Wald lächerlich macht, macht sie dann ein Geräusch? Es funktionierte für ein paar Sekunden, bis das verschwommene Rot und Gelb links von mir zu Molly Clarke wurde, die nie zuvor mit mir gesprochen hatte und die mich jetzt von oben bis unten musterte, als wäre ich geheimnisvoll und bedrohlich wie ein Leopard oder ein Nudist. »Wofür hast du das *gemacht*?«, fragte sie.

»Ach, Molly, willst du deins hören?«, fragte Michelle.

»Was hast du über mich geschrieben?«, fragte Molly. Ich fing an, mit dem Bein zu wippen und den Takt in Vierergruppen und Sechzehnersätzen zu zählen.

»Deins ist kurz«, sagte Michelle. *»Molly Clarke: Ruhig, schüchtern. War in den Ferien in Japan – interessiert sich für Japan.«* Aus irgendeinem Grund hatte ich angenommen, es sei nützlich, das zu wissen.

»Hat er wirklich geschrieben, dass du andere ausnutzt?«, fragte Allison Ketcham, die es wegen ihres merkwürdigen, pockennarbigen Gesichts und dem Kraushaar, das aus ihrem Haargummi herausplatzte, nicht in mein Notizbuch geschafft hatte.

»Hat er, wollt ihr meins hören?«, fragte Michelle. »Also: *Michelle Kessel – schlau, hübsch. Lange Beine* –«, hier machte sie eine dramatische Pause, *»oder nur kurze Röcke?«* Es folgte lautes Gelächter, womöglich mehr, als ihr lieb war. *»Hat gern das Sagen. Lächelt selten. Viel Make-up. Beliebt. Nutzt andere aus.«* Sie betonte den letzten Satz, als zerquetsche sie Ungeziefer. Den nächsten Eintrag ließ sie aus: *Hat dauernd eine andere* *beste Freundin: Beth Gillman / Vicky Gordon / Liz Anderman / Louise Treadwell.* Unsere Blicke trafen sich, und ich merkte, dass sie sich nicht einfach über mich lustig machte – ich hatte mir einen Feind gemacht.

Zu Louise flüsterte sie so laut, dass es jeder hören konnte: »Darf ich deins vorlesen?« Jetzt würde das Publikum nicht mehr erlauben, dass sie Louises Eintrag überging.

»Louise Treadwell«, las Michelle. *»Hübsch, blond (gefärbt?), sexy Klamotten. Irgendwie dämlich.«* Sie sprach den letzten Satz besonders deutlich aus und sah mir dabei direkt ins Gesicht. *»Gibt ihre Hausaufgaben immer zu spät ab, sagt, sie hätte sie zu Hause vergessen. Gemein.« Hängt dauernd mit Michelle zusammen*, ließ sie aus.

»Ich glaube, das waren jetzt alle aus dem Kurs«, sagte Michelle. Sie hatte den Eintrag zu Tara ausgelassen, in dem ich festgehalten hatte, wie sie und Louise Taras unschuldige Liebe zu ihren ›Kleinen Ponys‹ befleckt hatten. »Wollt ihr noch ein paar von den anderen hören? Wollt ihr zum Beispiel Vicki Gordon hören?«

Mitten in diese Ansprache platzte Mr. McCallum. Im Raum wurde es still – McCee war kein Lehrer, mit dem man sich anlegen wollte –, aber Michelle blätterte schon durch die Seiten. Er stand einen Augenblick hinter ihr und riss ihr das Notizbuch dann aus den Händen.

Michelle blieb ganz ruhig. »Tut mir leid, Mr. McCallum«, sagte sie und streckte das Kinn vor wie ein winziger Boxprofi. »Aber das gehört mir nicht, das Buch gehört Eric Muller.« Ich bewunderte das Geschick, mit dem sie eine Verwechslung mit Eric Auerbach ausschloss.

McCallum seufzte – er hatte noch nicht einmal mit dem Unterricht angefangen, und schon musste er sich um solchen Unsinn kümmern. Er schwang das Buch, als wollte er es mir zuwerfen, dann öffnete er es auf einer zufälligen Seite. Ein paar Sekunden später sah er Abigail Slott an und fing an zu glucksen.

»Mr. McCallum«, sagte Michelle und zeigte flüchtig auf. »Da stehen richtig eklige Sachen drin. Manche Mädchen finden das echt geschmacklos.«

McCallum sah mich mit hochgezogener Augenbraue an. Dann hielt er das Buch mit zwei Fingern an einer Ecke, als wäre es ein Kätzchen, das er einem Schwarm Piranhas vorwerfen wollte, und ließ es auf Michelles Tisch fallen.

»Pack das weg!«, befahl er ihr schroff. »Jetzt zur Photosynthese.«

Soweit ich es beurteilen konnte, ließ Michelle das Buch nie herumgehen. (Es gab schließlich Passagen, die sie nicht öffentlich machen wollte.) Daher wurde es zu einem Phantasieobjekt für die ganze Schule, aufregender, als das Original je hätte sein können. Neben den Charakterisierungen der Mädchen hatte ich eigentlich nur banales Zeug aufgeschrieben: wer mit wem redete, wer beim Essen wo saß, wer im Unterricht tuschelte. Aber in der Vorstellung der anderen wurde es zu einem geistesgestörten Epos der Perversion und Begierde. In den nächsten drei Wochen wurde ich gebeten, Folgendes zu bestätigen: dass ich eine Liste von Mädchen gemacht hatte, mit denen ich Sex haben wollte; dass ich die Mädchen zu Hause am Fenster beobachtet und Nacktfotos von ihnen gemacht hatte; dass ich versuchte hatte, Angela Martin unter Drogen zu setzen, und mich ihr in der Cafeteria aufzwingen wollte; dass ich meine Masturbationsausscheidungen gesammelt und katalogisiert hatte und den Mädchen am Valentinstag die jeweilige Portion in einem Plastikbeutel schenken wollte. Ich dementierte jedes Gerücht mit dem peinlich berührten Blick, der einem Schuldeingeständnis zum Verwechseln ähnlich sieht.

Die Tortur wurde unterbrochen von ereignislosen Ferien, in denen ich mir die ganze Zeit Gedanken machte. Ich verbrachte sie in meinem Zimmer, wo ich ein Programmiererhandbuch durcharbeitete und Comics las, in denen es um Mutanten mit Superkräften ging, gesegnet mit genetischen Geschenken, die weit über das Erbgut ihrer Eltern hinausgingen und die von den Ängstlichen und Engstirnigen ausgestoßen wurden. Beim Weihnachtsessen mit Truthahnkoteletts und Fertigfüllung aus der Tüte verkündete mein Vater, dass er sein gesamtes Vermögen und sein komplettes Einkommen in die Softdrinkfirma stecken wolle, Scheidungsvereinbarung hin oder her, und dass die Einnahmen aus dem Unternehmen ihn bald in die Lage versetzen würden, seine Verpflichtungen doppelt und dreifach zu erfüllen, und die fehlende Unterstützung meiner Mutter der Grund gewesen sei, aus dem er uns überhaupt erst verlassen habe, und dass anscheinend nicht einmal die Scheidung ihn von ihrer Nörgelei und Negativität habe befreien können. Er beendete seine Rede mit dem befriedigten Ausdruck eines Mannes, der sich etwas von der Seele geredet hat, dann nahm er sich eine zweite Portion Instantkartoffelpüree. Er blieb bis nach dem Dessert.

Zu Silvester waren Mom und ich zur Party der Oberfells eingeladen: Überall standen Erwachsene herum, tranken Alkohol, hörten Bruce Hornsby and the Range und unterhielten sich über Erwachsenenthemen. Bronwen war auf einer Highschoolparty und knutschte wahrscheinlich gerade mit irgendwem. »Stacey fragt Bronwen, ob du mitkommen kannst«, hatte meine Mom am Nachmittag gesagt, aber aus gegebenem Anlass wusste ich das zu verhindern. So wanderte ich zwischen Trauben schwatzender Erwachsener hin und her, trank Pepsi und versuchte, meiner Mutter und ihren mitleidigen Blicken auszuweichen. Schließlich machte ich mich auf die Suche nach einem ruhigen Plätzchen, an dem ich die *X-Men*-Hefte 129 bis 138 noch einmal lesen konnte, in denen Marvel Girl allmächtig wird und verrückt vor Begierde ein ganzes Planetensystem zerstört.

Pete war in seinem Zimmer, das man an den Aufklebern auf der Tür erkennen konnte: *Die total kaputten Kids,* Skateboardmarken, Turtles. Er kniete mit einem lockenköpfigen Freund auf dem Boden, wo sie umringt waren von ausgeklügelt arrangierten G.I. Joes. Pete war größer, als ich ihn in Erinnerung hatte, und das gab mir das Gefühl, mich langsamer zu entwickeln, aber ich war froh, ihn zu sehen. Endlich ein Mensch, der ein Fünkchen Respekt vor mir hatte, wenn auch nur, weil ich älter war.

»Was macht ihr zwei?«, fragte ich. Ich konnte einen Abend mit zwei Zehnjährigen und G.I. Joes vor mir selbst als Wohltätigkeitsarbeit rechtfertigen. Er antwortete nicht.

»COBRA-Drei an Red-Leader-Zwei«, sagte sein Freund. »Bereit machen für Mission ›Gefährliche Bombe‹.«

»Hypergeschwader aktiviert«, sagte Pete.

»Okay, cool«, sagte ich und verzog mich wieder auf den Flur, wo ein großer Mann in einer blauen Jacke sagte: »Und der Typ meint, wegen der Bodenzusammensetzung wird allein das *Ausheben* zwanzig Riesen kosten, und dann noch mal fünf bis zehn, ehe irgendwer darin schwimmen kann.« Gegenüber von Petes Zimmer lag eine weitere, ungeschmückte Tür: die von Bronwen. Ich konnte unmöglich nicht hineingehen.

Was passiert eigentlich im Zimmer eines Mädchens? Mit welchen chemischen Vorgängen wird darin ein Kinderkörper bebrütet, um Brüste und Eierstöcke und Schönheit zu entwickeln? Das ist eine Menge Arbeit, wahrscheinlich sind diese Zimmer deswegen auch immer so übermäßig dekoriert, als wären all das die Zutaten für einen Zaubertrank. Über Bronwens Bett war ein Himmel aus grobem Tüll gespannt, wie ein hauchdünner violetter Nebel. Jeder Zentimeter der gegenüberliegenden Wand war mit Bildern bedeckt: von Stars und Models, Freundinnen in Badeanzügen und Abendkleidern. Es gab eine Collage aus Bildern von Bronwen und einem sehr dünnen, dunkelhaarigen Mädchen, und darunter stand wie in einem Erpresserbrief der Schriftzug BRONWEN UND KATIE, außerdem hingen überall ausgeschnittene Werbeslogans und Sprüche: WARUM KANN ICH NICHT ALLES HABEN, WAS ICH WILL? und WAS ZÄHLT, SIND JUNGS! Ich suchte nach echten Jungs, aber bis auf Tom Cruise und die Beatles waren die äußerst dünn gesät.

Ich konnte kaum glauben, wie viele Schmuckkästchen, Nagellacke, Handspiegel und Lippenstifte auf der Kommode und dem Nachttisch lagen. In dem kleinen angrenzenden Badezimmer warf ich einen Blick auf die Shampoos, Badeöle und Cremes, öffnete den Spiegelschrank, um die Kontaktlinsenflüssigkeit, Wattestäbchen und Tampons zu begutachten. Alles roch nach Früchten und Blumen. Wenn ich im letzten Jahr an Bronwen gedacht hatte, hatte ich mich jedes Mal zu Tode geschämt, was jegliches andere Gefühl zunichtemachte. Aber hier, umgeben von den Requisiten, mit denen sie sich selbst erfand, rührte sich etwas Zartes in mir. Ich kam mir vor, als wäre ich während eines Bühnenauftritts in der Garderobe. Im Kleiderschrank entdeckte ich das Schuhkarussell, hübsche Kleider und Jacken. Ich zog die oberste Schublade der Kommode auf, und obwohl ich eine Vermutung hatte, was sich darin befand, war ich doch überrascht von der Fülle an Unterwäsche, erstaunlich viel nicht einfach in Weiß.

Sie besaß Unterwäsche in Rot und Grau, ich sah auch eine Menge Lila. Wie Rot musste auch das Lila eine geheime Bedeutung haben. Ich fand nur wenige BHs – die brauchte sie eigentlich gar nicht. Ich lauschte an der Tür nach Schritten, aber über die Partygeräusche hinweg konnte ich ohnehin nichts hören. Ich zog die Höschen einzeln aus der Schublade hervor, inspizierte den Baumwollstoff und die weichen Zwickel und versuchte, Bronwens Körperform aus dem Schnitt abzuleiten. Ich fühlte mich wie der Wissenschaftler, der die Hauptrolle in einem Abenteuerfilm spielt und nachts allein in der Bibliothek die in Leder gebundenen Wälzer nach den benötigten Hinweisen durchkämmt. Doch das Höschen, nach dem ich eigentlich suchte, würde ich nicht in der Schublade finden. Es war das, das Bronwen anhatte, während sie mit ihren Freunden lachte, aus dem Flachmann trank, den ihr eine Ältere hinhielt, sich kurz vor Mitternacht neben einen Jungen stellte, während ich hier mit ihrer Unterwäsche, ihren Leggings und ihren süß duftenden Cremes saß, dem Beiwerk, aus dem sie die unfassbare Traumvorstellung ihrer Weiblichkeit schuf. Obwohl ich weit entfernt von jeglicher Umsetzung war, war ich der Wahrheit näher denn je. In diesem Augenblick öffnete Pete Oberfell die Tür und fragte: »Was machst du da?«

»Nichts!«, sagte ich viel zu laut. »Nichts, ich sehe mich nur um.« Ich versuchte, mir Bronwens Höschen in die Hosentasche zu stopfen, aber es verhedderte sich und baumelte heraus.

Pete sah mich mit zusammengekniffenen Augen an.

Der Freund versuchte über seine Schulter zu erkennen, was los war.

»Seid ihr fertig mit G.I.-Joe-Spielen?«, fragte ich.

»Wir sind mittendrin«, sagte er misstrauisch.

»Super!«, sagte ich. »Ich war nur hier drin, weil ich aufs Klo musste. Das ist da drüben, oder?«

»Ja«, bestätigte Pete.

»Danke«, sagte ich, eilte ins Badezimmer und ließ Bronwens Unterwäscheschublade offen.

Wir gingen direkt nachdem wir im Fernsehen verfolgt hatten, wie die Kugel am Times Square heruntergelassen worden war. Meine Mom hatte ein bisschen was getrunken, und obwohl sie einiges vertrug, hatte sie nun Schwierigkeiten, den Wagen aufzuschließen. »Und?«, fragte sie, als wir losfuhren. »Hast du dich gut amüsiert?«

»Ja, klar«, antwortete ich.

»Eric«, sagte sie wie aus heiterem Himmel. »Wünschst du dir manchmal, du hättest Freunde?«

Ich hatte immer geglaubt, meine Mutter bemerke meine Einsamkeit nicht und dass es, indem ich meine Zeit zwischen Schule, Zuhause und meinem Dad aufteilte, so aussah, als führte ich ein erfülltes und vielbeschäftigtes Leben. Aber wir lebten in einem winzigen Bungalow, in dem ich gerade die gesamten Winterferien damit verbracht hatte, mir C beizubringen und Chris Claremonts *X-Men*-Reihe von vorn bis hinten durchzulesen.

»Manchmal schon«, sagte ich. »Aber ich programmiere auch ziemlich gerne.«

»Ich weiß«, sagte sie. »Und das ist toll. Aber …« Hinter uns ertönte ein Martinshorn, und sie fuhr rechts ran, um das Polizeiauto überholen zu lassen. Das Blaulicht färbte ihre Hände auf dem Lenkrad rot und blau. Als sie den Schulterblick machte und wieder ausscherte, sagte sie: »Du kommst mir dabei nur nicht sonderlich glücklich vor.«

Graham Neale sah mich an meinem Tisch im Klassenraum sitzen und kam zu mir herüber. »Hi Eric«, sagte er. »Hattest du schöne Ferien?« Es war das Erste, was jemand zu mir sagte, seit wir heute Morgen nach den Ferien wieder in die Schule gekommen waren. Er legte mir eine Hand auf die Schulter und drückte sie. Ich wusste, dass es eine Falle war, und trotzdem ging mir das Herz ein Stück weit auf.

»Ja, ziemlich«, sagte ich und sah vom Stuhl aus zu ihm auf.

»Cool, cool«, sagte er. »Ich wollte dich mal was fragen, ja?«

»Okay«, sagte ich.

»Wie ist das eigentlich, so ein Loser zu sein?«

»Echt witzig«, sagte ich und versuchte, mich loszumachen. Aber Grahams Hand ließ sich nicht abschütteln.

»Ich hab dich was gefragt«, sagte er und klang beleidigt. »Wie ist das so?« Er wollte sehen, wie ich mich unter dieser unbeantwortbaren Suggestivfrage wand.

Ich starrte an ihm vorbei zur Tür, zum Feuerlöscher, dem Fluchtwegplan, bis Mrs. Blankenship mit einem Stapel *Wer die Nachtigall stört* hereinkam.

Sobald die Stunde zu Ende war, hastete ich aus dem Klassenraum und hinunter in den Keller, ich sehnte mich nach der warmen, abgestandenen Luft der Toiletten. Die Mittagspause würde ich mit den Comics herumkriegen, die ich heute Morgen eingepackt hatte: hunderte Seiten mutantenfeindlicher Vorurteile, grauenerregender möglicher Zukünfte und Telepathiekämpfe gegen gedankenlenkende Sadisten zwischen zwei laminierten Buchdeckeln aus Pappe. Als ich jedoch unten ankam, wurde die Tür mit dem uralten, hölzernen JUNGEN-Schild von einem gelben Hütchen offengehalten, und eine füllige Mexikanerin im Arbeitskittel schwang einen Wischmopp über den Boden. Über mir hörte ich die Schritte und das Stimmengewirr, die ganze Schule, die über unseren Köpfen zum Mittagessen strömte. Den verwahrlosten Gang weiter hinunter, vorbei an dem riesigen Raum, in dem Kantinenmitarbeiter gewaltige Spülmaschinen mit Tellern fütterten, lag der Computerraum. Ich hatte mich an das Versprechen gehalten, das ich mir auf der Wilson gegeben hatte, daher war ich nie dort gewesen. Aber jetzt hatten sich die Vorzeichen geändert. Eine Freundin war nirgendwo in Sichtweite, und es war besser, als *Computernerd* abgestempelt zu werden, als *der Junge, der sich in der Pause auf dem Klo versteckt* zu sein.

Ich warf einen Blick durch das schmale Fenster in der Tür. Guy Learmont, der winzig und in meinem

Spanischkurs war, schaute einem Jungen, den ich nicht kannte, über die Schulter. Er spielte *Toxic Ravine.* In den Monaten bevor ich an die MLK kam, hatte ich mir das Innere des Gebäudes, die anderen Schüler, das Erwachsenenleben ausgemalt, das ich hier endlich führen konnte. Diese Phantasie – ungenau in den räumlichen Details, aber lebhaft und konkret, was die Gefühle betraf – hatte sich in der Sekunde verflüchtigt, in der ich die echte Schule zum ersten Mal betrat. Doch in ihrer Substanz hatte sie unbeschadet überlebt, als hätte ich sie in einer luftdichten Partition meines Gehirns aufbewahrt, und jetzt kehrte sie mit einem Schwall Sehnsucht zurück, Sehnsucht nach einer Welt, die niemals existieren würde. Ich trauerte ihr eine Sekunde lang nach, dann verabschiedete ich mich davon und drückte die Tür zum Computerraum auf.

»Scheiße, es ist Muller!«, rief Guy Learmont, als ich hereinkam. Zu Anfang des Schuljahres hatte Learmont den Fehler gemacht, Jerry Osteen zu vertrauen, und jetzt wusste die ganze Schule, dass er nur ein Ei hatte. Bill Fleig, der sich an einem Computer in der Ecke die Finger wundtippte, sah nicht auf.

Wände, Rohrleitungen und Deckenleuchten waren so dick mit blendend weißer Farbe überzogen, dass der ganze Raum nach Alkali roch. Es gab sieben freie Computer, jeder mit zwölfmal so viel Arbeitsspeicher wie der Packard Bell in meinem Zimmer zu Hause. Der Computer von Learmonts Freund gab fröhliche Musik aus, und hin und wieder ertönte ein *I'm hungry!* Über Bill Fleigs Bildschirm liefen dicke Codestränge.

»Das wird ein Testgenerator«, erklärte Bill, obwohl ich nicht danach gefragt hatte. »In Gestetners Kursen haben die Leute immer geschummelt, Hausaufgaben abgeschrieben und so, darum hat er mich gebeten, ein Programm zu schreiben, das für jeden einen anderen Test generiert. Es verändert die Mengenangaben und ordnet die Fragen nach dem Zufallsprinzip, und dann erzeugt es einen Lösungsschlüssel für jeden Test.«

»Und das kann Gestetner nicht selbst?«, fragte ich.

»Doch, kann er«, sagte Bill. »Aber irgendwas muss er mich ja machen lassen, wenn er mir Zusatzpunkte fürs College geben will, weil ich C++ kann.« Dann hörte er auf zu tippen und drehte sich zu mir um. »Stimmt es, dass du über die Mädchen Buch geführt hast?« Wenn die Geschichte sich bis zu Bill herumgesprochen hatte, der Extrapunkte dafür bekam, dass er schummelsichere Tests für einen Mathelehrer programmierte, wusste die ganze Schule Bescheid.

»Fick dich«, sagte ich. Bill beobachtete diesen Gefühlsausbruch neugierig. »Ja, okay. Es ist wahr. Ich hatte ein Notizbuch.«

»Ich hab mich nur gefragt, ob es stimmt«, sagte Bill. »Ich kann mir vorstellen, warum du das gemacht hast.«

Feindseligkeit regte sich in mir: Natürlich war der einzige Mensch an der ganzen Schule, der Mitleid mit mir hatte, Bill Fleig. Der mit dem Überbiss und dem monströsen Taschenrechner. »Ich bin echt froh, dass du hinter mir stehst«, sagte ich.

Dumpfes Trampeln drang durch die Decke, die Mittagspause war vorbei. Bill speicherte sein Programm auf einer Diskette, Learmont und sein Freund beendeten ihr Spiel, und ich folgte ihnen nach draußen. Auf dem Weg zu Geschichte rief jemand auf dem Flur im ersten Stock meinen Namen und fing an zu jubeln. Es verbreitete sich wie ein Lauffeuer, und schnell hatten Dutzende Schüler ihren Schließfächern den Rücken zugewandt und angefangen zu klatschen, als wäre ich der Held bei einer Parade. Es gab keinen Grund, die Menge feierte nur ihre Fähigkeit zu spontaner Massenironie. Ich versuchte mitzuspielen, hob die Hand, um die Anerkennung zu würdigen, bis mich jemand schubste und ich hinfiel und mir auf dem Linoleum die Hände verbrannte.

Am nächsten Tag ging ich wieder in den Computerraum, wo Bill mir zeigte, wie der Testgenerator funktionierte. Dann verkündete er, dass er ein Tabellenkalkulationsprogramm erstellen wolle. »Alle paar Jahre gibt's ein neues und zerschmettert das vorherige«, erklärte er. »*VisiCalc* wurde von *Lotus 1-2-3* untergebuttert, *Lotus* wurde von *Excel* gefressen, und jetzt schlage ich *Excel*.«

Ich sah mir seine Entwürfe an: Er hatte ein paar pfiffige Ideen für Makrofunktionen, die Excel erst in drei oder vier Jahren bekommen sollte, aber dabei nicht an den Benutzer gedacht. Ich machte ein paar zaghafte Verbesserungsvorschläge und achtete darauf, die Arbeit zu würdigen, die er hineingesteckt hatte. Wie die meisten Leute, die sich ihrer Begabung bewusst sind, nimmt Bill fundierte Kritik bereitwillig an, und schließlich verbrachte ich ein paar Tage damit, eine Benutzeroberfläche für ihn zu entwerfen, ich zeichnete sie im Unterricht und abends zu Hause auf Papier. Mir war schon damals klar, dass dies der einzige Bereich war, in dem ich Bills Arbeit verbessern konnte. Viele Softwareprogramme machen es dem Benutzer schwer, und wenn er das bemerkt, nimmt er das Programm als Feind wahr. Aber wenn der Entwickler nicht nur die Absichten des Benutzers, sondern auch sein Verhalten und seine Erwartungen antizipieren kann, gibt er ihm das Gefühl, die Software bemühe sich um ihn, nehme Rücksicht auf seine Bedürfnisse – liebe ihn. Und dann verliebt er sich in die Software. Ich glaube, jegliche Liebe zur Technik beruht auf diesem Gegenseitigkeitsprinzip.

Außer dem Nutzungsmodell entwarf ich den größten Teil des Front-End für das Tabellenkalkulationsprogramm und sah dabei zu, wie Bill es aufbaute. So bekam ich mit, wie gut Bill Fleig war. Wenn er mit einem Fehler konfrontiert war, scrollte er nicht durch den Programmtext und folgte einem Variablenpfad, sondern starrte stur geradeaus, nickte und spulte hunderte Codezeilen im Kopf ab, als wäre der einzige Prozessor, den er brauchte, seine Großhirnrinde. Auf dem Tiefpunkt meines Lebens hatte ich einen Freund gefunden, mit dem ich unbekanntes Terrain erkunden konnte, obwohl ich mir weder den Freund noch das Terrain freiwillig ausgesucht hätte.

(Acht Monate später hatten wir das Programm fertiggestellt. Bill schickte Demos an Softwarefirmen, die alle meinten, der Tabellenkalkulationsmarkt sei übersättigt. Aber zufällig weiß ich, dass eine Kopie unserer Demo es auch nach Redmond schaffte. Das war ungefähr zwei Jahre bevor Funktionen, die wir entworfen hatten, in Excel auftauchten – nur die Benutzeroberfläche hatten sie völlig verhunzt.)

Außerhalb des Computerraumes hatte sich nichts geändert. Der Applaus wurde zum Tagesordnungspunkt und wich dann einer Variante, in der mir die Leute auf den Rücken schlugen, wenn ich an ihnen vorbeiging. Als würden sie mir gratulieren, nur schmerzhafter und mit ironischem Hintergedanken. Jeder hat in seiner Schulzeit so etwas erlebt, aber in der Erwachsenenwelt gibt es nicht viel, was dem gleichkommt, daher ist die Grausamkeit des Heranwachsens für die meisten nur ein halb erinnerter Traum, ein verschwommener, turbulenter Zirkus, ohne Assoziationauslöser in der Gegenwart.

Immerhin wurde das Notizbuch während dieser Zeit nicht mehr allzu häufig erwähnt – andere Themen waren inzwischen Schulgespräch geworden. (Es gab Ausnahmen: Einmal fragte Barry Cushman auf der Treppe: »Hey Eric, steht Monica auch in deinem Notizbuch?«, und Monica Hintz rief: »Halt's Maul, du Idiot!«, und schubste ihn gegen die Wand, aber sie lächelte dabei, und ich begriff, dass so Flirten funktionieren musste.) Wir waren in der neunten Klasse, die Abschlussklasse von 1996 brauchte einen Außenseiter, und ich hatte mich als Freiwilliger gemeldet.

Ich verbrachte die Wochenenden in meinem Zimmer, hockte tippend am Computer und wünschte mir mehr RAM und ein paar Freunde. Um mich herum fingen die Leute an, miteinander zu schlafen und darüber zu reden, und ich investierte mehr und mehr Zeit und Energie, mir Sex vorzustellen, Mutmaßungen darüber anzustellen, wie es wohl wäre, und mich gleichzeitig zu fragen, ob ich das wohl jemals herausfinden würde.

Fünf

> Wenn ich die Kontrolle verliere, bricht die animalische Seite in mir so ungezügelt durch, dass ich meine Menschlichkeit vielleicht nie mehr wiedererlange.
>
> *Wolverine, X-Men 147*

Meine zweite Verabredung mit Maya findet tagsüber statt. Wir sitzen nebeneinander auf Gartenstühlen auf dem Dach meines Hauses, schauen auf die anderen Dächer hinab und trinken Wein aus der Flasche. Der Kies knirscht unter unseren Turnschuhen. Auf dem heiklen Territorium potentieller Ernüchterung nach dem ersten Kuss halten wir den Schwung unserer vorherigen Gespräche mühelos aufrecht, bis ich sie frage, was ihre Eltern beruflich machen.

»Also … mein Vater ist Kunsthändler«, sagt sie mit den Händen in den Jackenärmeln. »Und meine Mom ist gestorben, als ich sechs war.«

Die Imperative an dieser Stelle sind vielfältig und widersprüchlich: Ich will sie nicht dazu zwingen, sich vor mir zu entblößen, und den Nachmittag mit Trauer verderben, aber es darf auch nicht so wirken, als könnte ich mit Schicksalsschlägen nicht umgehen. »Wie ist sie gestorben?«

»Sie hatte Krebs«, erklärt Maya und setzt die Weinflasche in den Kies. »Zwei Sorten Krebs. Ihr Lungenkrebs wurde schon behandelt, als der Magenkrebs entdeckt wurde.«

»Erinnerst du dich an sie?«

»Ich habe irgendwie ein ganz starkes Gefühl von … *Mom.* Aber wenn ich darüber nachdenke, wie sie ausgesehen hat, kommen mir nur Fotos in den Sinn.«

Der Duft von gerösteten Kaffeebohnen weht über uns hinweg, ein Geruch, der keinerlei Ähnlichkeit mit dem Geschmack von Kaffee hat. Ich wage etwas. »Wo warst du, als du erfahren hast, dass sie tot ist?«

»Ich war in meinem Zimmer«, erzählt sie. »Ich spielte mit meinem Etch-A-Sketch, und dann kam mein Dad herein und sagte mir, dass sie tot war. Er weinte gar nicht, und ich fragte: *Warum weinst du nicht?* Darauf antwortete er: *Ich habe geweint, Schätzchen. Ich habe eine halbe Stunde lang geweint.* Er hatte gewartet – er wollte sich erst beruhigen. Ich war so wütend. Ich hatte wie eine Schwachsinnige auf meiner Zaubertafel gemalt, während meine Mom starb. Ich schrie ihn immer wieder an: *Warum hast du mir nichts gesagt?!*«

Danach haben wir beide das Gefühl, eine knifflige Situation gemeistert zu haben. Wenig später gehen wir ins Haus, reiben uns die kalten Hände und fallen einander küssend aufs Bett. Wir drücken uns gegenseitig an den Handgelenken aufs Bett; ringen wie Kinder; reiben uns aneinander wie Teenager. Und dann fange ich an, ihre Bluse aufzuknöpfen, aber sie gibt mir mit einem

Kopfschütteln das Zeichen aufzuhören. Wir küssen uns noch eine Weile, aber irgendwie ist uns die Dringlichkeit abhandengekommen, und wenig später liegen wir beide auf dem Rücken und starren die Deckenbalken an.

»Hast du was dagegen, wenn wir mit dem Sex-Ding noch ein bisschen warten?«, fragt sie. Eigentlich ist es keine Frage.

»Ja, klar, kein Problem«, sage ich. »Wir gehen es langsam an.« Sie lächelt, und wir küssen uns. Irgendwie ist es schlimmer als vorher, aber irgendwie auch viel besser. Ich will natürlich mit ihr schlafen – aus nachvollziehbaren Gründen, und um die Sache unter Dach und Fach zu bringen. Aber noch mehr will ich verhindern, dass ich das hier ruiniere.

In den nächsten Wochen treffen wir uns fast jeden Abend, und ich fühle mich, als wäre ich in einer anderen Welt mit anderen Regeln gelandet. Ich komme nach und nach dahinter, wie Mayas Alltag funktioniert, obwohl man natürlich nie überblicken kann, wie groß der Einfluss des Beobachtenden auf das beobachtete Phänomen ist. Ich frage sie nach ihrer Vergangenheit aus, die sie als eine Aneinanderreihung von Phasen beschreibt, in denen sie jeweils kurz haltgemacht hat wie in einem Bahnhof. Die Alkoholexzesse fingen mit fünfzehn an und waren wieder vorbei, als sie aufs College ging. Sie stellt es als Reaktion auf die schwierige Beziehung zu ihrem Vater dar, über den sie nicht viel erzählt. Mit dem College kam auch der radikale Aktivismus. Seit sie nach San Francisco gezogen ist, hat sie der berufliche Ehrgeiz gepackt, obwohl in ihrem Fall nicht Geld, sondern Ansehen das Ziel ist, die Währung aller Journalisten. Im letzten Jahr war sie einmal pro Monat bei einem lokalen Radiosender auf Sendung. Bei der Zeitung überschreitet sie jede Deadline, aber sie kommt immer ungestraft davon, weil sie ein Star ist. Unter ihren Kollegen regt sich deswegen Feindseligkeit, vor allem beim Schlussredakteur, der wegen ihrem Manuskript Überstunden machen muss. Sie fühlt sich schlecht deswegen, aber Angst hat sie nicht, denn solange sie die guten Storys ranschafft, wird ihr niemand kündigen, nur weil der Schlussredakteur wegen ihr warten muss. Abends kommt sie zu mir, und wir essen zusammen und knutschen und schlafen zusammen ein, und diese zwei Stunden machen alles wieder gut, was mir jemals passiert ist.

Ich wohnte noch im gleichen Vorstadtbungalow, in dem ich aufgewachsen war, und arbeitete für eine Überweisungsgesellschaft im Zentrum von Denver, als Bill Fleig mich davon überzeugte, nach San Francisco zu ziehen, drei Jahre in einem verschimmelten Apartment im Tenderloin zu verbringen und 18,4 Millionen Dollar zu verdienen, was ebenso gut auch hätte ausbleiben können. Seine Argumentation stand auf zwei Sockeln, einem praktischen und einem moralischen: dass seine Idee zu einem webbasierten Datenprofilerstellungssystem mich reich machen könnte; und dass wir damit den

Informationsfluss über individuelle Verbraucherpräferenzen in Schwung bringen würden, was ein wichtiger Beitrag zum Wohle der Menschheit wäre. Letzteres konnte er mir nie weismachen.

Wir arbeiteten so lange an diesem Programm, dass wir uns darin besser auskannten als in der Straße vor unserem Apartment. Wir machten uns Sorgen über Fehler im Code, die Belastung der Server, ob die Datenbanken skalieren würden. Wir machten uns Sorgen über Mitbewerber, Benutzer, Geldgeber. Dass wir uns jede Sekunde eines jeden Tages Sorgen machten, war nicht genug, um die Liste der Dinge zu erschöpfen, die uns zerstören konnten, deshalb machten wir uns sogar Sorgen darum, dass wir uns nicht genug Sorgen machten. In meinem sozialen Universum existierte nur noch Bill Fleig. Manchmal dachte ich auf abstrakte Weise an Frauen, als Problem, das es zu lösen galt, aber ich hatte bereits genug Probleme. Die Summe, die Bills Vater in unsere Firma investiert hatte, schrumpfte unaufhaltsam, der Nasdaq ging auf Talfahrt, und der Ruin war uns mit hungrigem Glanz in den Augen auf den Fersen.

Aber nachdem bereits zwei Deals ins Wasser gefallen waren, der Markt für Börsengänge kollabiert war und unsere Konkurrenten um uns herum starben wie Bäume mit Borkenkäferbefall, bot uns Atrium Inc. 18,4 Millionen Dollar für die Arbeit von etwas weniger als drei Jahren. Bill hatte zu meinem Entsetzen ein früheres Gebot von 3 Millionen Dollar abgelehnt. Bei diesem schwankte er noch. Er hielt unseren Webdienst für revolutionär für die Wirtschaft, einen Dreh- und Angelpunkt für Milliarden von Verbraucherdollars, nicht das Werbetargeting-Feature für einen mittelgroßen Medienkonzern, das Atrium damit erwerben wollte. Ich drohte ihm mit allen verfügbaren Mitteln – hinschmeißen, meinen Anteil verkaufen –, seine Eltern übten das bisschen Druck aus, das sie konnten, und schlussendlich saßen wir in einem sonnendurchfluteten Konferenzraum an der Route 101 vier Männern in Hemd und Krawatte gegenüber und unterzeichneten je siebenmal mit unseren Namen. Auf eine Runde Handschläge folgte ein fast körperlich spürbares, trauriges Loslassen, und dann gehörte der Code nicht mehr uns. Wir vermissten ihn, obwohl er uns einen Tag zuvor noch zum Hals herausgehangen hatte.

Männerfreundschaft braucht, ähnlich wie eine Welle, ein Medium, in dem sie sich fortpflanzen kann, ein Projekt oder einen Rahmen, irgendetwas jedenfalls, auf dessen Grundlage man Zusammenhalt, Verständnis oder Humor demonstrieren kann. Unsere Grundlage war die Masse aus Perl und C++ und HTML, besser bekannt als Relevant One, und jetzt, kaum ein Jahr später, ist das Feuer, die Loyalität unserer Zusammenarbeit verflogen.

Wir können uns nicht einmal zusammen betrinken, weil Bill keinen Alkohol trinkt. Also sitzen wir in einem italienischen Café in North Beach mit runden Tischchen, die so klein sind, dass sie höchstens Platz für anderthalb Personen bieten. Bill will sich nirgendwo anders mit mir treffen: Von seiner Haustür sind es ungefähr zehn Meter bis hierher, und es grüßt ihn niemand, obwohl er zweimal die Woche herkommt. Heute bestellt er nicht einmal einen Espresso, weil er Schlaf nachholen will. Seit elf Uhr heute Morgen hatte er keine Cola light mehr, und der Zusammenbruch naht. Er hat letzte Nacht nicht geschlafen, weil er in seinem neuen Projekt auf Fehlersuche war; er will mir partout nicht mehr darüber verraten, als dass es etwas mit Multithreading zu tun hat. Stattdessen unterhalten wir uns darüber, wie Atrium die Benutzeroberfläche von Relevant One ruiniert hat, weil sie versucht haben, sie an die neusten Trends im E-Commerce anzupassen. Bill ist nicht überrascht.

»Dafür haben sie bezahlt«, sagt er. »Das Back-End würden sie auch noch versauen, wenn sie verstehen würden, wie es funktioniert.« In der Anbahnungsphase schickte Atrium ein paar technische Leiter vorbei, vor denen wir unser Können unter Beweis stellen sollten, aber Bill beantwortete ihre Fragen mit so offener Feindseligkeit, dass ich mir sicher war, sie würden unseren Code aus reiner Bosheit als hohl und fehleranfällig hinstellen.

Wir nagen noch ein wenig länger an den Knochen unseres einzigen Gesprächsthemas. Bill schlürft seinen Mandarinenblütentee und spricht langsamer als sonst, er macht lange Pausen, in denen er in sich zusammenzufallen scheint. Aus einer dieser Pausen wacht er mit einer ruckartigen Bewegung auf und sagt: »Dein Vater hat mich angerufen.«

Ich erschrecke, beruhige mich aber gleich wieder. »Er wollte dich anheuern, stimmt's?«, frage ich. Konnte mein Vater sich wirklich an Bill aus der Highschool erinnern? Nein, er hatte Bills Namen in den Artikeln über Relevant One gelesen.

Bill grinst. »Er hat gesagt: *Eric schaut sich gerade nach anderen Möglichkeiten um, und deshalb tut sich bei uns diese… diese große Möglichkeit auf.*« Er imitiert das Geschäftsgebaren meines Vaters überraschend gut, und das ärgert mich: Ich bin der Einzige, der sich über meine Eltern lustig machen darf. »Er hat auch gesagt, dass du in den höchsten Tönen von mir geschwärmt hättest, vielen Dank dafür.« Bills Sarkasmus ist so trocken, dass viele ihn gar nicht als solchen erkennen.

Die Tür des Cafés geht auf, und als sie wieder zufällt, weht ein kalter Luftstoß zu uns herüber. »Du weißt, dass ich meinem Dad niemals deine Nummer geben würde, oder?«

»Das ist mir egal«, sagt er. Mein Dad ist für Bill nicht das bodenlose Fass voller Schuldgefühle und Verwirrung, das er für mich ist. »Ich habe ihm gesagt, er soll meinen Agenten anrufen.«

»Deinen was?«

»Ich habe gesagt: *Alle Top-Programmierer werden jetzt von Agenten vertreten.* Ich habe ihm erzählt, ich wäre bei der *Creative Artists Agency* in Los Angeles.«

Ich kann mir vorstellen, wie das Ganze dann weiterging: Mein Dad ruft die *Creative Artists Agency* in Los Angeles an und sagt, er würde gern Bill Fleigs Agenten sprechen. Die Rezeptionistin – eine junge Schauspielerin mit Telefonsexstimme – erklärt ihm, dass sie keinen

Klienten mit diesem Namen haben, und er sagt: *Natürlich haben Sie das, er ist Programmierer,* woraufhin sie nur ihr herablassendes Los-Angeles-Lachen lacht. Er tut mir fast ein bisschen leid.

Bill berichtet vom Rest der Unterhaltung: Mein Dad wollte seinen Plan am Telefon nicht verraten, aber Bill fragte ihn, woher denn die Finanzierung komme, und mein Dad sagte: *Wir haben genug private Gelder, um uns bis an den Punkt zu bringen, an dem die Einnahmen anfangen zu fließen.* In meinem Magen begann die Angst zu nagen. Bill erkundigt sich bei mir nach dem Unternehmenskonzept, und ich verweise auf die Geheimhaltungsvereinbarung. Eigentlich wäre mir das egal – mein Dad würde mich schon nicht verklagen –, aber Bill hat sich für heute genug über ihn lustig gemacht, und ich brauche von ihm keine Einschätzung über den Onlinemarkt für Stereoanlagen.

Mein Espresso ist jetzt kalt genug, um ihn zu trinken. Ich leere die winzige Tasse in einem Zug und gehe zur Theke, um mir eine neue zu holen, hauptsächlich, weil ich eine Verschnaufpause brauche. Das Café Florio ist eine One-Man-Show, und die Warteschlange windet sich zwischen den Tischchen hindurch. Ich stelle mich hinter einer Touristenfamilie aus England und zwei jungen Frauen in Büro-Outfits an, die eine ist weiß, die andere Asiatin. Die glänzenden Maschinen hinter dem Tresen fauchen und zischen. Was meint mein Dad, wenn er von *privaten Geldern* spricht? Jetzt, wo ich mein eigenes Geld habe, sollte ich mir eigentlich keine Gedanken mehr um die Finanzen meines Vaters machen. Aber in meiner Jugend war sein Kontostand von zentraler Bedeutung für den Dauerstreit meiner Eltern – und für mein Überleben, wie mir glaubhaft gemacht wurde –, und ich habe automatisch das Gefühl, ich müsste auf sein Geld aufpassen. Die zwei Bürofrauen drücken sich mit ihren Getränken an mir vorbei, und Florio nimmt meine Bestellung auf.

Als ich schließlich zu Bill zurückkehre, steht er kurz vor dem Kollaps: Er hat die Arme quer über den Tisch ausgebreitet und hält den Kopf in einem Winkel schräg, der ihn mit seinem langen Hals aussehen lässt wie einen Storch. Ich merke, dass es keinen Zweck hat, sich weiter zu unterhalten, also drehe ich mich um und beobachte die zwei Frauen mit ihren Milchkaffees. Die Asiatin ist ein bisschen rundlich und ziemlich hübsch. Plötzlich geht mir auf, dass ich möglicherweise nie mehr jemanden angraben muss.

Hätte es Cynthia und ihren deplatzierten Glauben an mich nicht gegeben, hätte ich Bills E-Mail einfach ignoriert. In dem Fall würde ich wahrscheinlich noch immer bei meiner Mom wohnen und für MoneyWire arbeiten. Ich war dort für ein Projekt eingestellt worden, das Projekt Tyrannosaurus genannt wurde – wahrscheinlich weil es sich cooler anhörte als Projekt »Schreibe-den-Transaktionscode-von-Grund-auf-neu«. Wir kämpften auf verlorenem Posten. Das ursprüngliche System war zwanzig Jahre alt und seitdem von Dutzenden aufeinanderfolgenden Programmierern mit hunderten neuer Features versehen worden wie eine mittelalterliche Kathedrale, die von fünf Generationen von Steinmetzen erbaut wurde. Das entstandene Gerüst funktionierte notdürftig mit Hilfe von Patches und Voodoo. (Jeden Abend bauten wir die Datenbank um, was die Server jeweils eine Dreiviertelstunde lang blockierte. Niemand konnte erklären, warum, aber alle wussten, dass schreckliche Dinge passieren würden, wenn wir es nicht taten.) Es gab Schichten, die in ausgestorbenen Dialekten verfasst waren; Unterprogramme, die nur existierten, um Probleme mit Hardware zu umgehen, deren Produktion längst eingestellt worden war; Y2K-Patches, die ein Nadelöhr für jeden Rechenvorgang waren. Alles, was wir neu hinzufügten, machte etwas anderes kaputt, normalerweise an einer ganz anderen Stelle im Code, und es dauerte oft Tage, diese Stelle auch nur ausfindig zu machen. Es sah aus, als würden wir bis zu unserem Tod am Projekt Tyrannosaurus arbeiten, bis unsere Nachfolger unsere Hacks und Provisorien und aufgegebenen Versuche, für mehr Effizienz zu sorgen, entdecken und unsere Namen verfluchen würden, wie wir es mit denen taten, die vor uns da gewesen waren.

Während ich mich in meiner dritten Woche bei MoneyWire auf den neusten Stand des Basiscodes brachte, fand ich einen Fehler, der die Vermittlungsgebühr für Transaktionen in ungarische Forint um etwa zwei Prozent zu niedrig ansetzte. Innerhalb von zehn Minuten hatte ich ihn behoben (das Schwierigste an manchen

Fehlern ist, sie zu finden) und zeigte das Ganze Kevin, dem Projektmanager. Ich hatte der Firma gerade monatliche Verluste in Höhe meines Gehaltes plus Zusatzleistungen erspart, die es sonst bis in alle Ewigkeit gegeben hätte.

»Ach du Scheiße!«, sagte Kevin, als er mit zusammengekniffenen Augen auf meinen Bildschirm starrte. »Sag das bloß keinem, das gibt sonst ein Mordstheater.«

»Ich habe den Fehler doch gerade behoben, Kevin«, wandte ich ein.

»Klar«, sagte er. »Aber die werden uns trotzdem dafür verantwortlich machen.«

Kevins Managementstil beruhte unter anderem auf hoffnungslos ehrgeizigen, vermeintlich unumstößlichen Deadlines für jeden Abschnitt des Projekts. Dass wir immer eine Deadline vor Augen und alle vorherigen Deadlines überschritten hatten, gab ihm die Möglichkeit, uns permanent in Alarmbereitschaft zu halten. An dem Abend, an dem mich Bills E-Mail erreichte, war ich zum Beispiel erst um 22.38 Uhr zu Hause. Auf dem Weg in mein Zimmer sah ich durch Moms offene Schlafzimmertür, dass sie im Sitzen eingeschlafen war, der Kopf war ihr auf die Brust gesunken und das Taschenbuch aus der Hand gefallen. Ich schlich hinein, legte das Buch auf den Nachttisch und knipste die Leselampe aus. »Mmmh«, machte sie, änderte ihre Position jedoch nicht. Am nächsten Morgen würde sie sich wieder darüber beschweren, dass sie mit Kontaktlinsen geschlafen hatte.

In meinem Zimmer rief ich meine E-Mails ab, ich erwartete nur die nächtliche Zusammenfassung meiner Mailinglisten zu Open-Source-Projekten. Ich hätte die Nachricht von wdfle@mit.edu darunter beinahe übersehen.

Bills Nachricht war kurz. Er erklärte nicht, wie er an meine E-Mail-Adresse gekommen war, fragte nicht, wie es mir ging, und sagte auch nicht, warum er sein Studium am MIT abbrechen und nach Kalifornien ziehen wollte, um dort eine Firma mit mir zu gründen, noch erklärte er, warum er diesen Vorschlag jemandem unterbreitete, der seine Freundschaft ausgeschlagen hatte. Trotz dieser Lücken eröffnete die E-Mail gewisse Möglichkeiten, die ich längst abgeschrieben hatte, zum Beispiel glücklich zu werden oder nach Kalifornien zu ziehen. Ich hatte hart gearbeitet, um mich gegen solche Verheißungen abzuhärten, und dass sie mir jetzt in Form einer E-Mail unter die Nase gehalten wurden, kam mir vor wie grausamer und personalisierter Spam. Warum tauchte Bill Fleig immer dann auf, wenn man ihn nicht brauchen konnte? Ich markierte die E-Mail und klickte auf *Löschen.*

Ich hätte Bills Angebot vollkommen vergessen, wäre Cynthia nicht am Wochenende darauf für die Semesterferien nach Hause gekommen. Am Küchentisch ihrer Eltern erzählte sie von ihrem Leben an der Wesleyan University, ihrer letzten Affäre, dem knallharten Kurs in Organischer Chemie, der sie daran hindern würde, Ärztin zu werden. Ich hoffte, sie würde nicht fragen, was es bei mir Neues gab.

»Bewirbst du dich an der Boulder?«, fragte sie.

Das hatte ich vorgehabt. Die Broschüren und Formulare waren mit der Post gekommen, aber ich konnte mich nicht überwinden, sie auszufüllen. Ich hatte mich nach Stipendien für Stanford und andere Unis erkundigt, aber die Vergabebüros erklärten mir, ich sei aufgrund des finanziellen Status meines Vaters nicht berechtigt: ansehnliches Gehalt, kein Bankrott, nur ein Haufen Schulden. Dass mein Vater mich nicht unterstützen würde, wollten sie nicht gelten lassen. Das konnten sie nicht, sonst hätte es jeder Vater mit der Masche versucht.

»Ich habe eigentlich gerade gar keinen Kopf für die Uni«, sagte ich.

Entgegen meinen Erwartungen interpretierte Cynthia das als etwas Gutes, als Hinweis auf eine geniale und unkonventionelle Alternative. »Was willst du denn stattdessen machen?«, fragte sie.

»Vielleicht gründe ich eine Internetfirma.« Ich sagte es einfach so dahin, als Mittelweg zwischen einem Witz und der tatsächlich bestehenden Möglichkeit. Ich wollte sie nur nicht enttäuschen.

»Das ist ja großartig!«, rief sie. »Was soll die Firma denn machen?«

Also musste ich weiterreden. »Erinnerst du dich noch an Bill Fleig von der MLK?«, fragte ich. »Er will mit mir zusammenarbeiten.«

»Du gründest eine Dotcom-Firma!«, rief sie. »Ich will von Anfang an dabei sein! Du wirst uns noch alle reich machen!«

»Ich weiß noch nicht, ob ich zusagen soll. Ich meine, das ist irgendwie so ein Geek-Ding, und das geht meistens schief.«

»Was ist denn die Alternative?«, fragte sie allen Ernstes, und ich stellte fest, dass ich auf diese Frage keine Antwort hatte.

Dreieinhalb Jahre und ein paar Millionen Dollar später sitzen Cynthia und ich am ersten noch kühlen, aber sonnigen Tag des Jahres im Dolores Park und blicken über die pastellfarbenen Häuser, Bürotürme und die Ausleger der Bay Bridge. Cynthia hat im Grunde genommen noch immer das Gleiche an wie auf der Highschool: Jeans, T-Shirt, Kapuzenpulli, Turnschuhe. Bis sie ihr Coming-out hatte – jetzt trägt sie schwarze Jeans. Sie hat Schwierigkeiten, sich an ihre neue sexuelle Identität zu gewöhnen.

»Ich komme mir einfach so dämlich vor, weil ich so lange gebraucht habe«, sagt sie. »Wo leben wir denn? In den Fünfzigern? War ich echt eine *Schranklesbe*? Das ist so was von out.«

Ich hingegen habe mich ziemlich erfolgreich daran gewöhnt. Cynthia ist nicht männlich, ihre sanfte Art erinnert eher an ein Waldwesen – ein Rehkitz vielleicht, oder einen Hobbit. Aber sie hat eine Art, nicht zu flirten, die unsere Freundschaft möglich macht. Das Grundsätzliche haben wir bereits geklärt: ob sie es ihren Eltern schon gesagt hat; ob sie vielleicht bisexuell ist; ob sie bereit ist, wohlbekannten Geschlechtsteilen in einem neuen Kontext zu begegnen. »Also, ich brauche deinen Rat«, sagt sie jetzt. Wer wird nicht gern um

Rat gefragt? »Soll ich eher *butch* oder lieber *femme* sein?«

»Das darfst du mich nicht fragen«, sage ich und nehme den letzten schalen Schluck Bier aus meiner Flasche. »Ich bin nicht deine Zielgruppe.«

Sie zupft mich am Arm. »Du musst mir dabei helfen«, quengelt sie. »Ich habe zu lange gebraucht, um an diesen Punkt zu gelangen, und jetzt muss ich so viel aufholen. Ich saß letztens mit Sam im Auto – ich fuhr, und sie erzählte mir von ihrem Tag –, und ich dachte: *So fühlt es sich also an, der Mann zu sein.* Aber manchmal will ich auch, dass sie der Mann ist.«

»Musst du dich denn für eins von beidem entscheiden?«

»Irgendwie schon. Manche stehen auf *butch,* manche auf *femme.* Und wenn du in keine der beiden Kategorien fällst, steht niemand auf dich.«

»Faszinierend«, sage ich. »Ich sehe schon, dass deine aufkeimende sexuelle Identität ein ganz neues Feld soziologischer Einsicht für mich eröffnet.«

»Jetzt mal im Ernst«, sagt Cynthia. »Was sagt man zu Frauen? Ich quatsche immer mit Frauen, und alles läuft super, sie lieben mich, ich habe jetzt ein Dutzend neue beste Freundinnen. Aber es fühlt sich einfach nicht *romantisch* an.«

»Niemand weiß von Geburt an, wie man mit Frauen redet«, erkläre ich ihr. »So wie niemand von Geburt an weiß, wie man in C++ programmiert. Als ich dich kennengelernt habe, entwickelte ich gerade eine Herangehensweise an das Problem, die mit meiner Persönlichkeit, meinen Leidenschaften und Fähigkeiten kompatibel war.« Und diese Herangehensweise ist seitdem die Grundlage meiner Technik. Man macht sich verfügbar, hält aber noch etwas zurück. Und wenn man nichts hat, das man zurückhalten kann – was hat man als Sechzehnjähriger schon zu bieten? Man wohnt bei seinen Eltern, man hat sich noch nicht an die Länge seiner Gliedmaßen gewöhnt, hat die letzten vier Jahre damit verbracht, ein enzyklopädisches Wissen über das *X-Men*-Universum aufzubauen … Dann muss man etwas erfinden, vortäuschen, ihre Aufmerksamkeit auf diesen leeren Raum lenken, sie neugierig machen auf das, was sich dort verbergen könnte. Kann man das auf Frau-Frau-Situationen übertragen?

»Es ist das Gleiche wie sonst auch«, sage ich schließlich. »Denk dir verschiedene Szenarien aus. Probier sie der Reihe nach. Tu so, als würdest du in einem Film mitspielen, und deine Rolle ist viel charmanter und selbstbewusster als du.« Die Tatsache, dass ich nichts als Binsenweisheiten zu bieten habe, sollte ein Warnsignal sein. Später werde ich feststellen, dass wir das falsche Problem herausgepickt haben.

Die Sonne taucht so schnell hinter uns unter, dass es erwähnenswert ist. Wir spazieren zurück zu Cynthias Wohnung, sie schiebt ihr Fahrrad mit beiden Händen am Lenker. An der Ecke verabreden wir uns zu einem Doppeldate – ehe ich sie daran hindern kann, hat sie ein Abendessen bei sich zu Hause vorgeschlagen – und verabschieden uns; ich gehe weiter die Guerrero Street hinunter, über die wahnwitzig steilen Hügel zu Maya. Wir wollen einen Film ausleihen und Essen bestellen.

In der schmalen Straße, in der sie wohnt, sitzen die Leute auf den Eingangstreppen und trinken mexikanisches Dosenbier. Der Himmel hängt voller Kabel, als würden alle Telefonate der Stadt Mayas Fenster passieren. Als ich auf ihr Haus zugehe, schwingt das Metalltor auf, und ihr Mitbewohner Bradley kommt auf mich zu. Er ist professioneller Fahrradaktivist, und soweit ich das beurteilen kann, besteht seine Beziehung zu Maya ausschließlich aus verhaltenen Meinungsverschiedenheiten über einen sozialverträglichen Geräuschpegel. Er hält das Tor mit einem Blick auf, der mir klarmachen soll, dass meine Anwesenheit hier nur ein weiterer Punkt ist, in dem er schlecht behandelt wird.

»Na, wie geht's, Bradley?«, sage ich, um ihn zu ärgern. Er grunzt und lässt das Tor geräuschvoll hinter sich zufallen. Auf der Treppe liegt ein Bündel Post, das mit einem Gummiband zusammengehalten wird. Ganz oben liegt ein Katalog mit Angeboten für professionelles Radioequipment. Ich hebe es auf und nehme es mit hinein, um meinen leidlichen Bewohnerstatus zu betonen.

Drinnen kommt Maya mir auf der vorletzten Stufe entgegen. Unsere Gesichter befinden sich so auf gleicher Höhe, und das nutzen wir aus und küssen uns. Aus dem Wohnzimmer kann ich CNN hören: *Der oberste Waffeninspektor der Vereinten Nationen erklärte heute, es gebe keinen Beweis dafür, dass Saddam Hussein im Besitz von Massenvernichtungswaffen ist …*

Als sie den Kuss beendet, drücke ich ihr die Post in die Hand und entschuldige mich. Bradley hat das Bad mit neobuddhistischen Bildern geschmückt, und in einem Holzschiffchen auf dem Spülkasten steckt ein halb heruntergebranntes Räucherstäbchen. Als ich mich nach vorn beuge, um abzuziehen, spüre ich die Auswirkungen der nachmittäglichen Biere, als hätte ich mich erst ihrer flüssigen Bestandteile entledigen müssen, bevor der kompromittierende Rest sich bemerkbar machen konnte.

Maya steht in der Küche und blickt auf die Post, die auf dem Tisch ausgebreitet liegt. Von meinem Eintreten aufgeschreckt, schnappt sie sich einen Umschlag und stürmt aus dem Raum. Der Klang ihrer Schritte verändert sich auf der Treppe, dann höre ich, wie die Haustür aufgeht. Als sie zurückkehrt, sind ihre Hände leer und zittern wie Espenlaub. Sie wäscht sie in der Spüle, dann fragt sie: »Kann's losgehen?«

»Was war das denn gerade?«, frage ich zurück, aber sie schüttelt nur den Kopf und holt ihren Mantel.

Sie geht schnell, trotz des abendlichen Fußgängerverkehrs, und ich muss beinahe rennen, um mit ihr mitzuhalten. Ich erzähle ihr davon, dass mein Vater Bill Fleig ausfindig gemacht hat; von seinem blöden Plan; seinem Besuch vor kurzem.

»Ich hatte ihn seit drei Jahren nicht gesehen«, sage ich. »Anscheinend hat er die ganze Zeit mit Essen verbracht.«

»Wollte er Geld von dir?«

»Äh ... nein«, sage ich und weiche einem ausrangierten Videorekorder auf dem Gehsteig aus. Ich wette, diese völlig unerwarteten Fragen treffen bei ihren Interviews immer ins Schwarze. »Wie kommst du denn darauf?«

»Das passiert normalerweise, wenn sich jemand, der vor nicht allzu langer Zeit achtzehn Millionen Dollar verdient hat, mit einem Verwandten trifft«, sagt sie und wirft damit einen kleinen Sprengsatz in die Runde. »Zumindest ist das bei *Behind the Music* immer so.«

»Ach so, du weißt also Bescheid.«

»Ich bin Journalistin, Eric«, sagt sie. »Ich kann mit Google umgehen. Was glaubst du denn, warum ich mich sonst mit dir getroffen hätte?«

»Er wollte kein Geld«, sage ich. »Er wollte, dass ich für seine Internetfirma arbeite. Als ich noch auf der Highschool war, hat er versucht, ein Geschäft mit Softdrinkautomaten aufzuziehen, ich glaube, das hatte ich dir schon erzählt.« Natürlich erinnere ich mich an jede Einzelheit, die ich ihr erzählt habe, aber ich versuche einen Mittelweg zu finden zwischen: immer die gleichen Geschichten erzählen wie ein Narzisst und der Enthüllung, dass ich mich an jedes Wort erinnere, das wir jemals miteinander gewechselt haben, wie ein Psychopath. »Jetzt hat er also beschlossen, dass diese Internetsache genau das Richtige für ihn ist, obwohl er das natürlich erst gemerkt hat, nachdem alle anderen zusammengepackt haben und nach Hause gegangen sind.«

»Glaubst du, du bist ein ängstlicher Typ?«

»Ich glaube, ich bin ein Lebenserhaltungssystem für

Angst«, sage ich. »Die Angst ist der Organismus, und ich bin der Lebensraum.«

»Guter Vergleich!«, sagt sie. »Ich frage mich, wofür ich wohl der Lebensraum bin.«

»Du bist ein Lebensraum für Schönheit und Klugheit.«

»Halt die Klappe«, sagt sie. »Ich bin ein Lebensraum für dich und deinen Schwachsinn.«

»Du bist ein sehr angenehmer Lebensraum.«

In der Videothek gehen wir direkt auf die Neuerscheinungen zu und nehmen Filme in die Hand, die wir gleich links liegenlassen würden, wenn sie unter Drama oder Komödie sortiert wären. Ich sage nichts dazu. Einen Film auszusuchen ist grundsätzlich ein nervenaufreibender Prozess, es erfordert Kompromissbereitschaft und wimmelt nur so vor Möglichkeiten, in Streit zu geraten.

»Willst du die Handlung von jedem Partyfilm hören, der je gedreht wurde?«, fragt sie, zieht eine leere Hülle aus dem Regal und fährt mit dem Finger über den Rücken.

»Jedem was?«

»Die Partypeople sind eine Gruppe von Leuten, die auf eine bestimmte Art und Weise feiert – vielleicht im Wet-T-Shirt-Stil oder kulturspezifisch mit Breakdance oder so. Und sie haben einen besonderen Ort, einen Partyort, an dem sie gern feiern. Aber dieser Ort wird von einer Anti-Party-Autorität bedroht, die den Laden dichtmachen will, vielleicht will ihn auch ein Projektentwickler kaufen und zu etwas ziemlich

Unpartymäßigem machen, einem Golfplatz zum Beispiel.«

»Solche Filme kenne ich!«

»Also organisieren die Partypeople eine *Riesenparty,* um Geld zu sammeln, und sammeln genug, um den Partyort retten zu können. Ende.«

»Ich glaube, du bist die perfekte Frau«, sage ich.

Als sie am nächsten Morgen aufsteht, um zur Arbeit zu gehen, lote ich meine Rechte aus und bleibe im Bett liegen. Sie sucht nach irgendeinem undurchschaubaren Algorithmus ein Outfit aus – grobe Wollhose, weißes Rüschenshirt –, sie muss sich auf die Zehenspitzen stellen, um an das Oberteil zu kommen. Ihre Kleidung schmeichelt ihrem kleinen, schlanken Körper, aber es wirkt, als wäre sie ausgewählt worden, um möglichst wenig Aufmerksamkeit zu erregen: urbane Berufscamouflage. Ihre Schmetterlingsbrille ist die Ausnahme, die ist ein Markenzeichen und somit vielleicht eine andere Art von Tarnung, ein ablenkendes Detail.

Als sie den Raum nach etwas absucht, das sie vergessen haben könnte, fällt ihr Blick auf mich, und sie lacht.

»Hast du Lust, mit mir im Ajax Mittag zu essen?«, fragt sie, und ich muss meine offensichtliche Freude darüber verbergen, dass sie mir ein Scheibchen Zeit hinwirft, das sie eigentlich ihrem Arbeitgeber schuldet. Wir einigen uns auf halb eins, und ich sehe ihr nach, als sie aus dem Schlafzimmer verschwindet. *Das ist meine Freundin,* denke ich.

Nachdem sie gegangen ist, breche ich zu einer gründlichen, aber unbefriedigenden Erkundungsreise auf. Die Möbel sind von Ikea. Die beiden Pflanzen gedeihen prächtig. Keine persönlichen Fotos. In den Bücherregalen steht der Kanon des Poststrukturalismus – *Sexualität und Wahrheit, Das Unbehagen der Geschlechter, Der Golfkrieg hat nicht stattgefunden* – mit gelben GEBRAUCHT-Aufklebern auf den Rücken, die Seitenränder voller Kugelschreibernotizen, die auf persönliche Assoziationen verweisen. Alles in diesem Raum ist Teil eines hermetischen Systems, wie das Wörterbuch einer Sprache, deren man nicht mächtig ist: Man kann ein Wort nachschlagen, aber dabei findet man nur noch mehr Wörter, die man nicht kennt. Ich sehe in dem großen Spiegel, wie ich in Unterhose im Zimmer eines Mädchens stehe und ihr Exemplar von *Grammatologie* untersuche, und auf einmal kommt mir das Ganze lächerlich vor. Ich dusche, unsicher, welche Mayas und welche Bradleys Utensilien sind, und stelle deswegen alles wieder peinlich genau so hin, wie ich es vorgefunden habe. Dann ziehe ich mich an, koche Kaffee, setze mich mit nassen Haaren in die winzige, aufgeräumte Küche und lese den *Chronicle* vom Vortag. Diese häuslichen Verrichtungen lösen Besitzgefühle in mir aus, und als es Zeit ist, sich auf den Weg zum Mittagessen zu machen, und die Tür hinter mir ins Schloss klickt, fühlt es sich wie eine kleine Verbannung an.

Mitten im Café, nicht zu verfehlen, sitzt der menschliche Berg, der mein Vater ist, sein Hintern quillt über die Sitzfläche des Holzstuhls. Ihm gegenüber hockt ein jüngerer Mann mit randloser Brille, der etwas in sein PowerBook tippt, während mein Vater redet. Maya sitzt zwei Tische weiter und liest Zeitung. Der Anblick von Maya Marcom und Barry Muller am gleichen Ort lässt ein spannungsgeladenes Missverhältnis entstehen, wie in den Folgen von *Scooby-Dooo,* in denen Don Rickles und Batman Gastauftritte hatten.

Ich kann Mayas Aufmerksamkeit nicht erregen, ohne dass mein Vater mich bemerkt. Damit er mich nicht sieht, falls er sich zufällig umdreht, ducke ich mich auf eins der Sofas. Durch die Lücken zwischen den Gästen stelle ich Sichtkontakt zu Maya her, dann hole ich mein Handy hervor, um sie anzurufen. Ihre Hand ist blitzschnell an ihrer Tasche. Jemanden zu beobachten, den man liebt, wenn derjenige sich dessen nicht bewusst ist, ist immer ein bisschen herzzerreißend. Sie geht ran, und ich höre ihre Stimme in Stereo – digital und deutlich mit dem rechten Ohr, leise, aber vernehmbar unter den vierzig anderen Gesprächen und der unangenehmen Hintergrundmusik mit dem linken.

»Sieh dich nicht um«, sage ich. »Wir treffen uns vor der Tür.«

»Alles klar«, sagt sie merkwürdig unbeeindruckt davon, dass sie in eine solche Geheimoperation hineingezogen wird. Sie faltet ihre Zeitung zusammen, wirft sich die Jacke über und mustert die Leute um sich herum. Dann geht sie an mir vorbei, und ich folge ihr ins kalte Sonnenlicht.

»Tut mir leid«, sage ich draußen auf dem Gehweg. »Mein Dad war da drin.«

»Ich wusste es!«, ruft sie.

»Woher das denn?«

»Man kann ihn ja eigentlich nicht verfehlen«, erklärt sie. »Und im Gesicht sieht man die Ähnlichkeit.«

»Dann gehe ich mich jetzt mal umbringen.«

»Quatsch, du bist doch nicht dick, und deine Augen sind auch ganz anders. Aber eine Ähnlichkeit ist vorhanden. O Gott, jetzt habe ich deinen Vater gesehen!« Es scheint sie zu freuen. »Was hast du jetzt vor?«

Sie einander vorzustellen ist keine Option. Schlimm genug, dass sie ihn gesehen hat: Jetzt hat sie das Alptraumbild im Kopf, wie ich in fünfundzwanzig Jahren aussehen werde, aufgeschwemmt von Kohlenhydraten und Selbstüberschätzung. Ihre Mutter werde ich nie zu Gesicht bekommen, der Blick durch den Spion, den Eltern in die Vergangenheit und Zukunft eines Menschen gewähren, das Zeugnis der Kindheit und einen Ausblick auf den unaufhaltsamen Verfall, bleibt mir verwehrt. Ich nehme das Unbehagen mit, als wir einen Block weiter in ein anderes Restaurant gehen, es ist ein erschreckend billiger Mexikaner. Die Innenausstattung erinnert an eine Schulcafeteria, und der durchdringende Geruch von Desinfektionsmittel weckt paradoxerweise Assoziationen an Dreck, aber Maya versichert mir, dass die Enchiladas ausgezeichnet sind. Wir setzen uns an einen schiefen Tisch neben großen Kühlschränken, und zögerlich nehme ich den ersten Bissen – sie sind wirklich ausgezeichnet.

»Was, wenn das dein Dad gewesen wäre und nicht meiner?«, frage ich.

Sie sieht mich über den Rand ihrer Brille an, als würden wir Schach spielen und ich hätte etwas Entscheidendes übersehen: *Sicher, dass du das machen willst?*

»Er hat mich missbraucht, sexuell«, sagt sie dann. »Es hat angefangen, als ich neun war.« Sie sieht mich mit zusammengekniffenen Augen an, fordert mich heraus, sie mit mangelnder Anteilnahme zu enttäuschen.

Im Licht dieser neuen Information muss ich diverse Vorstellungen und Annahmen zurechtrücken. Ich sehe sie durch die Zeiten hindurch, die verstörte Neunjährige und die unerschütterliche, intelligente Frau, die sie entworfen hat, um sie zu schützen. Und ich hatte mir ausgemalt, Donald Marcom bei einem Abendessen kennenzulernen und ihn von meinen ehrenhaften Absichten überzeugen zu müssen.

»Dann hast du noch neun Jahre bei ihm festgesessen«, sage ich. »Und deine Mom konnte dich nicht beschützen.«

Sie entspannt die Schultern, und die Feindseligkeit weicht aus ihrem Blick – Test bestanden.

»Ich habe es verdrängt«, sagt sie. »Erst im College kamen die Erinnerungen wieder hoch.«

Sie ruft in der Redaktion an und sagt, sie müsse ein Interview führen; wir fahren schweigend zurück zu ihr nach Hause. Ich hoffe, ich bin jetzt imstande, das zu tun, was von mir erwartet wird. Sie sitzt fast reglos und schaut geradeaus durch die Windschutzscheibe.

Zurück im Haus, hängen wir unsere Mäntel auf und

ziehen die Schuhe aus. Der dumpfe Bass von House-Musik lässt darauf schließen, dass Bradley zu Hause ist, und wir bewegen uns mit Bedacht, um ihn nicht in den Gemeinschaftsbereich zu locken. In ihrem Zimmer macht sie das Licht nicht an, die Wolken vor dem Fenster lassen alles schummrig und undurchdringlich wirken. Wir legen uns angezogen aufs Bett, und während es langsam dunkler wird, erzählt sie mir, so viel sie kann.

Nachdem ihre Mom gestorben ist, sind die zwei allein. In der Schule vergisst sie den Großteil des Tages, dass ihre Mutter tot ist, so wie sie vorher vergessen hat, dass sie lebt, bis sie um 15.45 Uhr ihren Vater wie versteinert vor dem Schultor stehen sieht, umgeben von Frauen. Sie fahren nach Hause, und er kocht ihr das Essen, das ihre Mutter immer gekocht hat, aber er macht es nicht richtig. Als Familie sind sie unvollständig, ein Hocker mit zwei Beinen. Er kann sich nur mit ihr unterhalten, indem er sie abfragt. Sie lernt, zu jedem Thema flüssig zu sprechen.

Die Eltern ihrer Klassenkameraden bieten Hilfe an, und die nächsten paar Monate geht Maya nach der Schule fast jeden Tag mit einer ihrer Mitschülerinnen nach Hause. Jede Familie ist anders. Manche sehen beim Essen fern, manche machen den Fernseher erst nach dem Essen an, und die Lehrmans haben überhaupt keinen Fernseher. Später wird ihr bewusst werden, dass ihr Vater in der Zeit getrauert hat, dass er, während sie mit Nina Barrick, Jenny Chen oder Jenny Goldish gespielt hat, zusammengerollt auf dem Bett gelegen oder mit den Händen in der Hose auf dem Sofa ferngesehen hat. Damals hatte er für sie noch kein Innenleben; für sie war er auf eine Art verschollen, auch wenn er sie nach Hause fuhr oder ihr Abendessen machte.

Wenn sie sagt: *Meine Mom ist tot,* fragen die anderen Kinder: *Hat dein Dad sie umgebracht?* Erwachsene hingegen erfüllen ihr jeden Wunsch. Als Teenager merkt sie, dass sie den Tod ihrer Mutter zu ihrem Vorteil einzusetzen gelernt hat. Sie muss sich zwingen, damit aufzuhören.

Ab der vierten Klasse verändert sich die Beschaffenheit ihrer Erinnerungen, als würde sie sie aus größerer Entfernung betrachten. Sie erinnert sich an ihre Lehrer, ihre beste Freundin Christine Dunlap, eine Klassenfahrt zu den La-Brea-Teergruben, aber an fast nichts, das zu Hause passierte. Sie hat eine Erinnerung, die beispielhaft für andere stehen mag, wie ihr Vater im Wohnzimmer sitzt und gleichzeitig fernsieht und liest. Es ist wichtig, dass er ausreichend zerstreut wird. Hat er jeden Abend vor dem Fernseher gelesen? Nur einmal? Nie? Sie verbringt viel Zeit in ihrem Zimmer, wo sie in einer grob umrissenen Phantasiewelt lebt, in der sie einen Hund hat, mit dem sie telepathisch kommuniziert und Abenteuer erlebt. Als Erwachsene erinnert sie sich manchmal an den Hund, als wäre er ein echtes Haustier gewesen. Sie weiß, dass sie nicht Schritt für

Schritt aus dieser Traumwelt herausgewachsen ist, sondern dass am Ende ein bestimmtes Ereignis stand. Sie kann nicht daran denken, ohne dass sie Schuldgefühle bekommt, und sie vermutet, dass sie den Hund umgebracht hat.

Jeden Morgen vor der Arbeit schwimmt ihr Vater einhundert Runden im Swimmingpool. Jeden Abend um acht Uhr gibt es Abendessen. Es ist Alkohol im Spiel. Beim Essen gibt er Diskussionsthemen vor: *Welche Gründe gibt es dafür, an Gott zu glauben? Wäre es moralisch vertretbar, den Intelligenzquotienten von Kindern genetisch zu manipulieren?* Sie improvisiert eine Antwort, und er bohrt nach, um die Schlüssigkeit ihrer Argumentation zu prüfen. Sie erinnert sich daran, wie sie mit dreizehn mit der Frage *Was ist Kunst* kämpft und sie plötzlich wütend feststellt, dass er jede ihrer Antworten hinterfragen wird.

Ungefähr zu dieser Zeit fängt er an, sie über Jungen auszufragen – ob sie in jemanden aus ihrer Klasse verliebt ist und ob sie ihr Interesse offen zeigt. Er fragt das mit der gleichen intensiven, aber distanzierten Skepsis, mit der er fragen könnte: *Sollten Drogen legalisiert werden?* Es wirkt nicht anzüglich. Das Unbehagen, das sie bei diesen neuen Fragen verspürt, ist das gleiche wie bei seinen normalen Verhören. Trotz dieses Unbehagens antwortet sie ehrlich. Es gibt ohnehin nicht viel zu erzählen. Als sie jedoch anfängt, sich mit Jungs zu verabreden, gibt es auf einmal Dinge, die ihr Vater nicht wissen soll, aber das bringt sie in eine schwierige Situation: Sie hat Präzedenzfälle geschaffen, indem sie immer all seine Fragen beantwortet hat. Sie lügt ihn an und verwechselt den Wunsch nach Privatsphäre mit Scham.

Ein- oder zweimal im Jahr fährt Donald nach New York, um Auktionen zu besuchen, den Kontakt mit Käufern zu halten und die Antiquitätenhandlungen nach falsch zugeschriebenen und unterbewerteten Kunstwerken abzugrasen. Als Maya sechzehn wird und selbst zur Schule fahren kann, bleibt sie während seiner Reisen allein in dem großen einstöckigen Haus an der Straße am Canyon. Diese Wochen gehen immer mit einer so heftigen Erleichterung einher, dass es ihr Angst macht. Dann breitet sie sich in so vielen Zimmern wie möglich aus – legt sich mit einem Buch bis in den frühen Morgen auf das Sofa im Wohnzimmer, lässt das benutzte Geschirr auf dem Küchentisch stehen. Die Zeit vergeht jedes Mal, als würde sie sie in einem Zug hinunterstürzen.

In ihrem ersten Semester am Ward College fliegt ihr Vater im Anschluss an seinen New-York-Besuch nach Concord und lädt Maya und ihre Mitbewohnerin Emily zum Essen ein. Er hat gute Laune, und sie nimmt an, dass er etwas unter Wert gekauft oder über Wert verkauft hat. Sie bestellen beide auf Französisch und trinken Rotwein, und als Emily und sie zurück ins Studentenwohnheim kommen, ist Mayas Kopf schwer vor Erschöpfung – vom Wein und von den Bemühungen, ihrem Vater etwas Interessantes, Cleveres oder hinreichend Begründetes zu erzählen. Vielleicht hätte er Prozessanwalt werden sollen: Er glaubt, dass der Wahrheitsgehalt einer Aussage an den Argumenten gemessen werden kann, die dafür vorgebracht werden. Im Restaurant vor ihrer Mitbewohnerin hat sie versucht, die ersten wilden Monate am College so zu verpacken, dass ihr Vater sie als Tischgesprächsthema akzeptiert, aus ihren aufregenden neuen Entdeckungen mehr zu machen als bloße Behauptungen und Anekdoten: dass sie noch immer schlauer ist als ihre gleichaltrigen Kommilitonen; dass sie ihre Unsicherheit mit sich schleppt, egal wie weit sie von zu Hause weg ist. Zurück im Studentenwohnheim blickt sie auf die Unimöbel, die Anthropologiebücher und das andere Zubehör ihres Lebens und hat das Gefühl, sie verraten zu haben.

Beim Abendessen hatte Emily von einer Party erzählt, auf der sie gewesen waren und die von der Polizei aufgelöst wurde. Donald hatte zugehört und genickt und gewirkt, als würde ihn die Geschichte amüsieren, aber Maya wusste, dass er dachte: *So ein hirnloses Mädchen.* Hinterher hatte er Maya ein verschwörerisches Lächeln zugeworfen, und sie konnte nicht anders, als zurückzulächeln. Später, als sie auf ihrem Bett liegt, erinnert sie sich an den Blick ihres Vaters, und ihr Magen fängt an zu rebellieren. Sie rennt den Flur hinunter zum Waschraum und erbricht sich zitternd in die Toilette. Soweit sie sich erinnert, hat er sie nie bestraft. Er hat nur selten die Stimme gegen sie erhoben. Aber sie hat Angst vor ihm.

Sie kehrt hastig in ihr Zimmer zurück und muss dabei über die Hippies steigen, die den Wohnheimflur zu ihrem Aufenthaltsraum erkoren haben. Drinnen schließt sie die Tür ab. Emily lernt und hat Kopfhörer auf. Maya setzt sich aufs Bett und fängt an zu schluchzen. Sie weiß, dass sie in Erklärungsnöte kommt, wenn Emily bemerkt, dass sie weint, aber sie kann die Tränen nicht aufhalten. Schließlich hört Emily sie in der Pause zwischen zwei Liedern. Als sie Maya fragt, was los ist, kann sie es ihr nicht erklären. Sie sitzt zitternd und schluchzend auf dem Bett, sie hat Angst, dass Emily Donald anruft und ihm sagt, er solle kommen und Maya mitnehmen. Ihr ist bewusst, dass sie sich merkwürdig benimmt, aber es geht nicht anders.

Emily, deren Eltern ihr jede Woche lange Briefe schreiben und oft Kekse und Süßigkeiten schicken, weiß nicht, wie sie Mayas Weinen einordnen soll. In den ersten zwei Monaten am Ward haben sie sich unterschiedlichen Freundeskreisen angeschlossen, aber sie suchen immer noch manchmal Trost beieinander. Dass Maya dieses Mal nicht darauf reagiert, macht Emily Angst. Sie geht ein paar Zimmer weiter zu Joyce und Melanie, erzählt Melanie von dem Drama und fragt sie um Rat. Sie bilden eine Notfalltruppe und schildern Mayas Zusammenbruch voller Ehrfurcht jedem Besucher. Maya liegt auf dem Bett. Sie hat noch immer Angst vor ihrem Vater und fragt sich, warum. Er hat ihr nie etwas getan. Das ist ihre Geschichte, wie sie sie sich vorgesagt hat, seit sie alt genug ist, um ihre eigene Geschichte zu erzählen: Ihre Mutter ist gestorben und hat sie mit einem Vater zurückgelassen, der ihr Bedürfnis nach Zuwendung nicht erfüllen konnte, daher hat sich ihre Persönlichkeit um den Ehrgeiz gebildet, klug und stark genug zu sein, um seine Zuneigung zu gewinnen. Aber das erklärt nicht die Angst. Im Restaurant hatte er gesagt, dass er sie vermisst, seinen Charme spielen lassen, wie er es manchmal tat – vor allem vor anderen –, indem er Witzchen machte und leicht skeptische Fragen stellte und ihre Antworten darauf auskostete. Aus irgendeinem Grund muss sie an den Schmuck ihrer Mutter denken, den er ihr auf einen Schlag zum sechzehnten Geburtstag geschenkt hat. Der Großteil davon ist noch in Los Angeles; sie hat nur ihre Lieblingsstücke mit ans College genommen. Jetzt hat sie große Lust, sie in einen Gully zu werfen.

In ihrem Inneren flackert etwas Schreckliches auf, etwas viel Schlimmeres als die Angst. Das Gefühl ergreift für ein, zwei Sekunden Besitz von ihr und vergeht dann wieder. Darauf hat die Angst die ganze Zeit hingedeutet. Sie liegt noch immer auf dem Bett. Das Gefühl scheint losgelöst von jeglichem Bewusstsein. Bis auf eines: Als ihre Freundinnen anfingen, über Selbstbefriedigung zu reden, gab sie es nicht offen zu, aber sie wusste genau, dass sie das nie im Leben machen würde.

Sie ist schlau, sie liest Bücher, sie weiß Bescheid: Das erleben Missbrauchsopfer. Es scheint nicht zu ihr zu passen, das ist eine Kategorie, von der sie nie geglaubt hatte, sie falle hinein, aber sie probiert sie an. *Missbrauch.* Sie dreht und wendet den Ausdruck im Kopf wie einen Stein. *Gehört das zu mir?*

Jede Nacht wacht sie in Panik auf – verschwitzt, mit klopfendem Herzen, die Faust um das Laken gekrampft. Tagsüber hat sie das Gefühl, sie müsste jeglichen gesellschaftlichen Umgang neu erlernen. Sie entwickelt einen merkwürdigen Tick: Wenn sie etwas gefragt wird oder jemand etwas zu ihr sagt, macht sie eine kleine Pause, in der sie die passende Reaktion berechnet.

Sie war noch nie bei einem Therapeuten; sie wurde dazu angehalten, solche Leute nicht ernst zu nehmen. Ihr Vater hatte sich in den Sechzigern einer Psychoanalyse unterzogen und war hinterher um achttausend Dollar ärmer und in seiner Persönlichkeit gefestigter denn je. »Das ist eine Falle«, sagte er immer, wenn das Thema aufkam. »Warum sollte dir so einer helfen wollen? Die haben doch ein persönliches Interesse daran, immer weiter Probleme aufzudecken, damit du immer wieder zurückkommst.« Das ist die Meinung zu Therapie, die Maya als ihre eigene angenommen hat, bis Lauren ihr als zuständige Frauenreferatsmentorin für Mayas Stockwerk von der Psychotherapie und den Beratungsangeboten erzählt, die es umsonst und vertraulich beim Studentengesundheitswerk gibt.

Sie befürchtet, dass die Therapeutin eine Praxis mit gefühlsduseliger Kitschdeko hat – Teddys, Motivationsposter – und versuchen wird, sie mit Umarmungen zu therapieren. Das alles geht über Bord, als sie aus dem Wartezimmer geholt wird. Eine Frau mittleren Alters mit einem strengen schwarzen Bob, knielangem Lederrock und hohen Stiefeln; sie erinnert eher an eine

Domina als an einen Muttterersatz. Maya hat ihren Mut gestählt, seit sie den Termin vor neun Tagen gemacht hat. Sie hofft, dass sie die Kraft hat, sich ihrer Vergangenheit in all ihrer entsetzlichen Pracht zu stellen, die ungreifbaren Gefühle durch Klarheit ersetzen kann. Klarheit darüber, wo sie war, wie alt sie war, was er getan hat. Wenn sie sich erinnern kann, muss sie die Gefühle nicht immer wieder durchleben: Abreaktion, Katharsis. Sie hat sich ausgemalt, dass die Seelenklempnerin die Erinnerungen in ihr Bewusstsein zwingt, wie ein Physiotherapeut einen Querschnittsgelähmten dazu bringt, seine verkümmerten Muskeln wieder zu benutzen.

Aber so ist es nicht. Die Therapeutin fragt sie, warum sie gekommen ist, und Maya stellt fest, dass sie darauf keine Antwort geben kann. Sie sitzt schweigend da und starrt drei oder vier Minuten auf die glänzenden Lederstiefel der Therapeutin, ehe sie eine Möglichkeit findet.

Sie schafft es, darüber zu sprechen, indem sie es als Geschichte formuliert und nicht als Erlebnis: *Wir waren essen, und dann kam ich nach Hause und musste mich übergeben, und dann packte mich dieses Gefühl, und seitdem wache ich jede Nacht panisch auf, und ich glaube, es bedeutet Folgendes.* Die Therapeutin hält sie nicht dazu an, sich an irgendetwas zu erinnern, sie fragt sie nur nach der Beziehung zu ihrem Vater. Maya erzählt ihr davon, und auf einmal wirken Dinge düster, die vorher nur traurig waren. Die Therapeutin macht sich Notizen auf einem gelben Block, der auf ihrem

Knie liegt, und schreibt dabei quer über die Linierung. Das Ende der Sitzung kommt schneller, als Maya erwartet hätte, und sie vereinbaren, dass sie sich einmal in der Woche treffen.

Im Laufe des Semesters freunden sich Maya und die Therapeutin an. Sie mag Maya und hält sie für klug, sie lacht, wenn Maya etwas Selbstironisches oder entwaffnend Ehrliches sagt, und manchmal lässt sie ihren eigenen Humor und ihre Herzlichkeit durch die berufliche Zurückhaltung hervorblitzen. Sie drängt Maya nicht dazu, über etwas Bestimmtes zu sprechen. In einer der frühen Sitzungen reden sie über Mayas Ärger mit ihrem Geschichtsprofessor, einem selbstgefälligen Idioten, und als sie hinterher vom Anbau des Gesundheitswerks in Richtung Bibliothek geht, fällt ihr auf, dass sie gar nicht über ihren Vater gesprochen hat. Zwei Wochen später, nach einer schwierigen Nacht, in der die Panik sie zweimal geweckt hat, kann Maya ihre Erfahrung auf einmal plastischer schildern als vorher.

»Es geht über reine Emotionen hinaus«, erklärt sie der Therapeutin. »Es ist etwas Körperliches – nicht so, als würde mich jemand anfassen, nichts Konkretes, aber … es ist nicht sinnlich, es ist körperlich. So wie – in der Highschool hatte ich einmal den Verdacht auf Blinddarmentzündung, und ich musste zur Computertomographie. Bevor man in die Röhre geschoben wird, muss man diese Chemikalien trinken, damit die Organe sichtbar werden. Man bekommt gesagt, das Zeug würde nach Erdbeere schmecken oder so, und man versucht sich einzureden, dass es ein Milchshake ist, aber sobald es die Zunge berührt, weiß man, dass es kein Milchshake ist, dass es überhaupt nichts Essbares ist, sondern etwas, *das einfach nicht in den Körper gehört.* Man muss sich zwingen, es runterzuschlucken. Nicht unbedingt, weil es schlecht schmeckt, sondern weil der Körper es abstößt und man seinen heftigen Widerstand überwinden muss, um es zu trinken. Mein Gott, ich kann es jetzt noch schmecken, dabei ist es drei Jahre her. Jedenfalls ist es das gleiche Gefühl, nur mal tausend. Der Körper sagt einem so eindeutig wie möglich, dass das, was passiert, nicht richtig ist.«

Die Therapeutin hat vollkommen still dagesessen, als wolle sie ein äsendes Reh nicht verschrecken. Sie wartet noch ein paar Sekunden, um sicherzugehen, dass Maya fertig ist, und fragt dann: »Gibt es irgendwelche Gedanken, die zusammen mit diesem Gefühl auftreten?«

»Als es das erste Mal passierte, waren gar keine Gedanken da«, sagt Maya. »Außer vielleicht *Nein, nein, nein.*« Die beiden lächeln sich traurig an. »Aber inzwischen denke ich meistens an meinen Dad. Nichts Spezielles, ich denke einfach an ihn. Ich weiß nicht, ob er sowieso in meinem Kopf ist oder ob ich absichtlich versuche, an ihn zu denken.« Die Therapeutin nickt.

In der nächsten Sitzung erzählt Maya ihr von ihrer sexuellen Vergangenheit, die inzwischen drei Jahre umfasst und ihr vorkommt wie eine vielschichtige Erzählung mit Entwicklungen, Wendungen und Überraschungen. Sie ist klug und stark, und bei den Jungen war sie schon immer beliebt. Sie mag die, die keinen festen Platz in der gesellschaftlichen Hierarchie haben, nicht ganz oben, nicht in der Mitte und nach oben strebend, sondern die, die ein wenig abseits stehen. Sie bricht ihre Herzen. Es tut ihr leid, wenn das passiert, aber irgendetwas gefällt ihr auch an den rohen Emotionen, dem Betteln und der Ernsthaftigkeit. Es fühlt sich auf eine Art traurig an, die sie vielleicht als *realistisch* bezeichnen würde. Sie genießt die Macht, wenn der Junge von seiner Leidenschaft für sie schier überwältigt wird, sie aber schwankt und ihre Gefühle hinterfragt und ungerührt bleibt. Auch am Sex hat sie Spaß. Von Anfang an, oder was sie für den Anfang hält – sechzehn; Jeff Keyhoe; in seinem Zimmer –, ist sie geschickt darin, souverän, provokativ. Nur eine Sache bereitet ihr Sorge: Manchmal merkt sie, dass sie gar nicht richtig anwesend ist; sie hat Sex, aber sie bekommt nichts davon mit. Einmal, als sie mit Jake Sohnfeld schläft, kommt sie erst durch einen Orgasmus wieder zu sich und stellt fest, dass sie keinerlei Erinnerung daran hat, wie sie sich auf den Rücken gedreht hat.

Die Therapeutin nennt das *Dissoziation.* »Wie oft geschieht diese Dissoziation?« Nicht oft, aber öfter, als es Maya lieb ist. »Macht es Ihnen Angst?« Es macht ihr weniger Angst, als dass es sie traurig macht, als würde ihr etwas vorenthalten. »Glauben Sie, dass es etwas mit dem Missbrauch zu tun hat?« Es ist das erste Mal, dass sie es *den Missbrauch* nennt, und es fühlt sich richtig an, wie das Zusammenstecken von Gurtschloss und -zunge beim Anschnallen.

Die Weihnachtsferien verbringt Maya bei Emilys Familie in Boston. Ihren Vater stellt sie vor vollendete Tatsachen. Sein Protest ist verhalten.

In der zweiten Sitzung nach den Ferien fragt die Therapeutin Maya vorsichtig, ob irgendwelche direkten Erinnerungen an den Missbrauch aufgetaucht sind. Maya schweigt und starrt die geknüpften Fransen des Teppichs an, der in der Praxis liegt. Dann sagt sie: Ja, in letzter Zeit seien bestimmte Bilder und Gedanken in ihrem Kopf aufgetaucht, zusammen mit körperlichen Empfindungen, die sie jetzt besser orten könne. Die Therapeutin fragt sie behutsam, ob sie bereit ist, eine solche Erinnerung zu beschreiben, und das tut Maya: wie sich die große Hand ihres Vaters zwischen ihren Beinen anfühlt, seine unbehaarte Brust an ihrem Gesicht. Nach dieser Sitzung geht sie in die Bibliothek, um für eine Arbeit über Max Weber und seinen Bürokratiebegriff Literatur zu wälzen, kehrt danach zurück ins Studentenwohnheim und weint.

Als die Sommerferien näherrücken, meldet Maya sich zu einer ehrenamtlichen Reise nach Gaza an, wo sie zusammen mit einem Team aus Israelis und Palästinensern Flüchtlingsunterkünfte errichtet. Die Reise nimmt die ganzen Ferien in Anspruch, bis auf eine Woche, die sie in Los Angeles bei einer Highschool-Freundin verbringt. Sie trifft ihren Vater ein einziges Mal zum Abendessen in einem Restaurant. Beim Essen erzählt sie von den Dingen, die sie im Mittleren Osten gesehen hat, Dinge, die ihr doch nichts bedeutet haben; sie skizziert ihre Professoren als wichtigtuerisch und dumm, weil sie weiß, dass ihrem Vater das gefällt. Als sie sich reden hört, überkommt sie ein Abschiedsgefühl, und ihr ist klar, dass sie ihn nie wiedersehen wird. Zurück an der Uni, merkt sie im Gespräch mit der Therapeutin, dass sie sich an kaum etwas erinnert, was ihr Vater an dem Tag gesagt hat.

Neue Erinnerungen tauchen auf, werden immer deutlicher, als wären sie darauf abgestimmt, wie viel sie ertragen kann. Sie hat jetzt eine neue Lebensgeschichte: tragische Kindheit, eine lange Jugendphase der Verleugnung und jetzt die ersten Schritte hin zu Mündigkeit und Selbsterkenntnis. Schließlich fragt die Therapeutin, ob sie schon einmal darüber nachgedacht hat, ihren Vater mit dem Verdacht zu konfrontieren.

Fünf Tage nachdem sie den Brief abgeschickt hat, ruft ihr Vater an. Sie sitzt mit Emily, die noch immer ihre Mitbewohnerin ist, auf dem Bett und hört sich seine Stimme auf dem Anrufbeantworter an, auf dem er sie abwechselnd anfleht und anherrscht, ihn zurückzurufen. In der fünften Nachricht droht er damit, nach Concord zu fliegen und sie von was oder wem auch immer wegzuholen, der ihr eine solche Gehirnwäsche verpasst hat. Danach sieht sie ihn überall – nachts vor dem Studentenwohnheim; zwischen den Studenten bei einer Vorlesung; am anderen Ende der Cafeteria. Sie achtet darauf, möglichst nicht allein unterwegs zu sein.

Wenn sie seine Handschrift auf einem Brief in ihrem Campusbriefkasten erkennt, wirft sie ihn ungeöffnet ins Altpapier, zusammen mit den Werbekatalogen und den Prospekten für den Unisport. Er schickt ihr einen Brief mit maschinengeschriebener Adresse, um sie hereinzulegen. Darin befinden sich zwei Artikel über das »False-Memory-Syndrom«. *Meine Tochter wurde von einer feministischen Sekte einer Gehirnwäsche unterzogen!* Sie fängt an, die Poststempel zu kontrollieren.

Sie fragt sich, ob er wohl aufhört, ihre Studiengebühren zu bezahlen. Beinahe wünscht sie es sich: Sie kann es nicht ertragen, dass ihre gesamte Existenz am College – die Seminare, das Essen in der Mensa, das Zimmer, das sie mit Emily teilt – von ihm abhängt. Ihre Therapeutin bietet an, ihr dabei zu helfen, sich von ihrem Vater unabhängig zu erklären, damit sie sich um finanzielle Unterstützung kümmern kann. Den Rest ihres Studiums finanziert sie mit Stipendien, Krediten und einem Nebenjob an der Kasse der Collegebuchhandlung. Sie sagt dem Finanzdezernenten, er solle die Schecks ihres Vaters zerreißen, aber sie hat den Verdacht, dass ihr Vater die Schecks weiterhin schickt und sie weiter eingelöst werden.

Die Panikattacken werden seltener und weniger heftig. Im dritten Jahr an der Uni spricht sie bei jeder sich bietenden Gelegenheit über den Missbrauch, darüber, wie sich Kindesmissbrauch in den USA seuchenartig ausbreitet, und über die Verbindung zwischen dem Schweigen und der allgemeinen gesellschaftlichen Einstellung Frauen gegenüber. Es gibt ihr eine Zeitlang einen Kick, anderen Leuten ihre Vergangenheit ins Gesicht zu halten wie eine Pistole. Aber als sie den Abschluss macht, kommt es ihr langsam kindisch vor und erinnert sie daran, wie sie die Leute mit dem Tod ihrer Mutter provoziert hat. Sie hört auf, so viel und so aggressiv darüber zu reden, aber sie verleugnet es auch nicht. Mit ihrem jeweiligen Freund darüber zu sprechen ist ihr unangenehm. Sie will ihre düstere Kindheit so weit wie möglich von ihrem sonnenbeschienenen Sexleben fernhalten; sie stellt fest, dass es dem Sex die Einfachheit nimmt, was ein Verlust für sie und ein Triumph jener Gefühle ist, die sie als Feinde ansieht. Der Ausdruck *Überlebende* bleibt ihr fremd, ein Kunstbegriff, der in Büchern und Internetforen und von dem Therapeuten in Berkeley benutzt wird, bei dem sie für kurze Zeit in Behandlung ist, als sie nach San Francisco zieht. Er ist ihr ein zu offensichtlicher Ersatz für *Opfer;* als könnte man sich selbst aus der Opferrolle befreien, indem man sich weigert, das Wort zu benutzen.

Inzwischen hat sie seit fünf Jahren nicht mehr mit ihrem Vater gesprochen. Von ihrer Tante hat sie erfahren, dass er wieder geheiratet hat – eine jüngere Frau. Ich weiß nicht viel über die Recovered-Memory-Debatte der Neunziger, aber das wenige, das ich in Zeitschriften gelesen habe, fällt mir nicht ein, als wir im Abendlicht unter ihrer Daunendecke liegen und reden und uns dabei ab und zu beruhigend streicheln und festhalten. Viel später werde ich Susan L. Revieres penibel auf Unparteilichkeit ausgerichtete Studie *Memory of Childhood Trauma: A Clinician's Guide to the Literature* lesen, in der sie versichert, dass »keine wie auch immer geartete Eigenschaft der Erinnerung auf deren Richtigkeit schließen lässt und selbst sachkundige Therapeuten eine solche Unterscheidung nachweislich nicht treffen können«. Aber ich bin in Maya verliebt, und sie hat ihre Autobiographie fest im Griff und äußert keinen Zweifel an dem, was ihr passiert ist, und das tue ich auch nicht.

Wir liegen auf dem Bett und küssen uns sanft. Sie presst sich an mich wie noch nie, und es ist klar, dass die Dinge sich geändert haben. Wenn man das erste Mal mit jemandem Sex hat, ist es wichtig, dass man den anderen spiegelt. Bringt er eine besondere Vorliebe, Zärtlichkeit oder Härte ins Spiel, reagiert man entsprechend. Mit ausreichend Berechnungen pro Sekunde kann man den Eindruck spontaner Kompatibilität erzeugen, so wie aus einem Raster mit winzigen Pixeln ein Foto wird. (Wenn man Passivität oder Unterwürfigkeit beim anderen wahrnimmt, sollte man unbedingt einen Wechselrichter einbauen, damit die Reaktion nicht nachahmend, sondern komplementär ist.) Aber die Sache mit dem Missbrauch verändert die Gleichung. Ist es möglich, dass sie durch irgendeinen Schutzmechanismus ihre schreckliche Vergangenheit in Lust umwandelt? Und wenn ja, ist es dann ein Triumph oder eine Kapitulation? Es gibt einiges zu berücksichtigen. Eine unbedachte Bewegung, und die Erinnerungen, die sie so lange verdrängt hat, stürmen wieder auf sie ein. Meine Hand liegt jetzt auf ihrem Hintern, ein klasse Hintern, besser hätte ich ihn mir nicht wünschen können. Ich will aufhören und sie nach dem Missbrauch fragen und wie ich damit umgehen soll, aber es scheint ihr gutzugehen. Es wäre doch komisch, wenn ich derjenige wäre, der ausflippt. Außerdem würde sie sich wahrscheinlich bloßgestellt fühlen. Sie küsst mich unters Kinn. Sie wirkt nicht wie jemand, der gleich zusammenbricht. Aber vielleicht sind das genau die Leute, die einem Zusammenbruch am nächsten sind. Vielleicht ist sie labil. Meine Hand liegt unter dem T-Shirt auf ihrem Rücken, und die natürliche Fortsetzung wäre, jetzt den BH-Verschluss zu öffnen. Ist das zu nah an einer Vergewaltigung? Gibt es eine Art, männliches Verlangen zu zeigen, die im falschen Licht betrachtet nicht nach Brutalität aussieht? Ich beschließe, ein wenig mit der Zunge an ihrem Ohr zu spielen – das kann Wunder wirken. Es sei denn, ihr Dad hat sie immer so geweckt oder so. In dem Fall werde ich mich wohl entschuldigen müssen.

Sie knöpft mein Hemd auf. Das liefert entscheidende Daten. Ich fange an, ihre Bluse aufzuknöpfen, und dann ist der BH weg, und ich fahre mit der Hand über ihre Brüste, die klein und hübsch sind, und ich kann nicht anders, als ihren Vater vor mir sehen, der das Gleiche tut, er ist so viel größer als sie, und wahrscheinlich liebt er sie, aber er liebt sie auf die falsche Art. Sie streift ihre Jeans mit einem umwerfenden kleinen Hüftschwung ab. Sie ist wunderschön. Ich will sie beschützen. Unsere Oberkörper berühren sich, und die Berührung ist fremd und intensiv. So fühlt es sich nur beim ersten Mal an und danach nie wieder. Sie öffnet meine Hose, und dann geht alles ganz schnell, und dann bumsen wir, und in meinem Kopf bin ich gleichzeitig ich und ihr Dad und ihr neunjähriges Ich. Es ist grauenvoll. Zum Glück merkt sie nichts; sie scheint es zu genießen.

Ich werde vom Brummen und Rattern meines Handys auf dem Nachttisch geweckt. Maya bewegt sich nicht, aber ich kann nicht sagen, ob sie tatsächlich einen tiefen Schlaf hat oder aus strategischen Gründen so tut als ob. Auf dem Display steht MOM. Die Worte *Ich liebe dich, Mom* sind mir gestern Abend kein einziges Mal durch den Kopf geschossen. Ich nehme ab und schleiche in Unterhose ins Wohnzimmer. Als ich dort ankomme, redet meine Mutter bereits.

»Komm doch für meinen Geburtstag nach Hause, Eric«, sagt sie. »Ich brauche dich hier. Ich bin einsam, und mit Wade ist es auch vorbei.« Es hallt ziemlich in Mayas Wohnzimmer, deshalb bestehen meine Antworten größtenteils aus *Mmhs* und *Ahas.* »Meine Ansprüche sind doch gar nicht so unrealistisch. Das Aussehen ist mir inzwischen völlig egal. Ich würde mich sogar mit einem verabreden, der kein Foto eingestellt hat, so sehr bin ich bereit, Kompromisse zu machen. Aber was Wade angeht – in seiner ersten E-Mail hat er gesagt, er hätte ein eigenes Geschäft, irgendwas mit Digitalfotodruck oder so. Jetzt stellt sich heraus, dass er gefälschte Ausweise für die Kinder von der Highschool macht. Ein richtiger Hauptgewinn, das kann ich dir sagen. Es wird ewig dauern, bis ich mein Profil wieder vollständig habe! Du erinnerst dich doch noch, wie wir stundenlang daran herumgebastelt haben, damit alle Beschreibungen gut waren.«

Ich erinnere mich an dieses Projekt wie an eine Lebensmittelvergiftung. »Du hast es nicht einfach deaktiviert?«, frage ich, plötzlich gereizt. Meine Mutter bringt mich so oft auf die Palme, mit dem unwichtigsten Kleinkram. »Du hast es *komplett gelöscht*?«

»Eric, ich bin einundfünfzig«, sagt sie. »Ich kenne den Unterschied nicht. Und: Ja, ich habe es gelöscht. Das hatten Wade und ich so abgesprochen, dass wir unsere Profile herausnehmen. Und jetzt habe ich bald Geburtstag, und er ist nicht mehr da, deswegen kommen nur Stacey und Victoria aus der Praxis, und ich habe Stacey gesagt, dass du auch kommst.«

Ich murmle irgendetwas, das entweder Hinhalten oder Hinnehmen bedeuten kann, und lege auf. Maya, die über die linke Hälfte des Bettes ausgestreckt liegt wie ein Seestern, bewegt sich nicht. Ich schlüpfe neben sie und liege lange Zeit wach, bis ich schließlich auf einer Party lande, deren Gästeliste aus mir und zwei Dutzend nackten Frauen besteht. Der Raum ist klein, und wir tanzen eng, und dabei reiben sich die Frauen an mir und aneinander.

Schnitt zu einem Geschäftsmann in einer Limousine. Der Geschäftsmann hat Hunger: Er verlangt Hamburger, die in einer McDonald's-Tüte auf seinem Schoß erscheinen. Eine körperlose Stimme singt den McDonald's-Jingle: »McDonald's ist einfach gut!« Ich bin verärgert, dass die Party von einer Werbepause unterbrochen wird, aber selbst im Schlaf ist mir klar, dass das verschwenderische Produktionsbudget des Traums – diese ganzen nackten Frauen! – irgendwie bezahlt werden muss.

Sechs

> Einen guten Hack erkennt man daran, dass er ohne etwas auskommt, von dem alle anderen glauben, es sei unverzichtbar.
>
> *Joel Spolsky, Interview für Founders at Work*

Mr. Naylor hielt ein Reagenzglas mit leuchtend blauer Kupfersulfatlösung hoch. Ich lehnte mich zu Danny Keach hinüber, der rechts von mir saß, und äffte Naylors sonore Südstaatenstimme nach: »Dieses Reagenzglas habe ich mit einer Probe meines Urins versehen.« Als ich den Satz schon halb ausgesprochen hatte, bekam ich Angst, dass Danny glauben würde, es wäre *mein* Urin. Aber er lachte laut genug, um ein wenig Unruhe zu stiften – er war ein enthusiastischer Lacher –, und ich hatte mein erstes soziales Erfolgserlebnis seit Tara Pulowskis Beichte zwei Jahre zuvor.

Noch bis vor kurzem hätte ich mich niemals getraut, einen solchen Witz zu machen. Aber etwa ab der Mitte des elften Schuljahrs hatte sich in der Abschlussklasse von 1996 eine befangene Reife ausgebreitet, und seitdem behandelten mich meine Klassenkameraden eher mit Nichtbeachtung als mit Verachtung. Wir wollten erwachsen sein, und unverhohlene Grausamkeit ist meistens kindisch. Mein Notizbuch aus der neunten Klasse wurde nur noch selten und dann beinahe wehmütig erwähnt, als wäre alles, was vor zwei Jahren passiert war, das Werk eines jüngeren Ichs, für dessen Verhalten ich nicht zur Rechenschaft gezogen werden konnte. Wer weiß, wodurch solche Veränderungen stattfinden – ob durch soziale Ansteckung, einen Hormonanstieg oder -abfall?

Nach der Stunde schlenderte ich neben Danny her, der an einem Trinkbrunnen im zweiten Stock Cindy und Paul traf. Soweit ich das beurteilen konnte, hatten sie sich nicht ausdrücklich dort verabredet, aber ihre Gewohnheiten hatten sich ineinander verschlungen und kreuzten sich im Laufe eines Tages an bestimmten Punkten. Wir gingen zusammen den Flur hinunter zum Aufenthaltsbereich, und ich wartete darauf, dass jemand sagte: *Äh, willst du irgendwohin, oder läufst du uns einfach nach?* Aber es passierte nicht. Cindy unterbrach sogar eine Geschichte über ihren trotteligen Englischlehrer, um mir die Hintergründe zu erklären, eine Gefälligkeit, für die ich mitleiderregend dankbar war.

Der Aufenthaltsbereich bestand aus ein paar verschlissenen Möbeln in einer Sackgasse im Flur, als hätte jemand gesagt: *Kommt, wir laden das einfach hier ab und nennen es dann Aufenthaltsbereich.* Gewohnheitsgemäß war der für Elft- und Zwölftklässler reserviert, aber die Zwölfer durften das Schulgelände verlassen und hingen in den Pausen bei Carl's Jr. ab. Danny, Cindy und Paul setzten sich auf die Couch, Cindy auf

Dannys Schoß. Ich hockte auf der Armlehne eines Sessels und versuchte so auszusehen, als wäre das gemütlich. Die drei befanden sich im breiten Mittelfeld der Sozialhierarchie an der MLK, weder beliebt noch gehänselt, und die Vorstellung, eine Freistunde mit ihnen zu verbringen, wäre vor einer Weile noch so realistisch gewesen wie eine Karriere als professioneller Basketballspieler.

»Schnabeltiere sind echt die coolsten Tiere auf der Welt«, sagte Paul. »Weil die sich einfach nicht in eine, ihr wisst schon, in eine *Kategorie* einordnen lassen.« Paul hatte ein langes, schmales Gesicht, in dem er eine Drahtgestellbrille trug, die ihn verfrüht ernst wirken ließ.

»Ich versteh nicht, was du meinst«, sagte Cindy.

»Na, es ist halt ... Es ist eben kein Säugetier ...«, bemühte sich Paul.

»Aber es gibt doch unendlich viele Tiere, die keine Säugetiere sind«, sagte Danny. »Vögel sind auch keine Säugetiere. Und die findest du nicht so krass.« Ich wusste nicht, ob Danny das ernst meinte oder ob er einfach keine Lust hatte, sich die Erklärung anzuhören.

»Ich verstehe, was du meinst«, sagte ich zu Paul. Niemand reagierte darauf.

»Ich bin auch kein Säugetier«, sagte Danny. »Bin ich jetzt das coolste aller Tiere?«

»Du bist wohl ein Säugetier«, sagte Cindy und kniff ihm durchs T-Shirt in die Brustwarze, woraufhin er laut aufschrie. Cindy war Dannys Freundin. Sie sah nicht so gut aus wie er – die freundlichen Züge wirkten verloren in ihrem rundlichen Gesicht –, aber sie trug jeden Tag Jeans und Turnschuhe und wollte nie etwas anderes machen, als mit Danny und seinem besten Freund abhängen. Ich hatte diese Eigenschaften abstrakt wahrgenommen: Eine eigene Freundin zu haben war vollkommen unvorstellbar. Um eine Freundin zu bekommen, brauchte man Freunde; vor allem auf der Highschool, wo jedermanns Sozialleben für alle anderen sichtbar ist.

»Cindy liebt es, mir in die Brustwarzen zu kneifen«, sagte Danny ein bisschen zu laut und hielt sie an den Handgelenken fest, damit sie ihn nicht weiter kneifen konnte.

»Au!«, rief Cindy fröhlich. »Lass mich los!«

Dann hörte ich plötzlich eine tiefe Stimme meinen Namen rufen, und Bill Fleig kam auf mich – auf uns – zu und sagte: »Wir bekommen den Amiga aus dem Sekretariat«, als wäre es von allgemeinem Interesse.

Ich hatte schon vermutet, dass er sich fragen würde, warum ich nicht im Computerraum war, aber ich hatte nicht erwartet, dass er mich – entgegen den unausgesprochenen Voraussetzungen unserer Beziehung – suchen würde. Aber da stand er und redete über den Computer aus dem Sekretariat, der in den Keller umziehen sollte, weil die Sekretärin einen neuen bekam. Das waren gute Neuigkeiten, aber so dringend war es nicht.

»Cool«, sagte ich und versuchte, weniger interessiert als freundlich zu klingen.

»Er wird wahrscheinlich noch diese Woche angeschlossen«, sagte Bill, »wenn der neue *Deskpro* pünktlich geliefert wird.«

Danny und die anderen sahen ausdruckslos von der Couch aus zu. Ich wollte Bill irgendein Zeichen geben, das ihm vermitteln würde: *Bitte lass uns nicht in der Öffentlichkeit abnerden!*, aber Bill war taub für so was. Ich dachte darüber nach zu sagen: *Wie ist das eigentlich, so ein Loser zu sein?*, aber das wäre so kontraproduktiv wie grausam gewesen: Ein Arschloch zu sein war aus der Mode. Was ich brauchte, war ein Tonfall freundlicher, abweisender Herablassung. Das war wahrscheinlich das einzige Mal, dass ich mir meinen Vater bewusst zum Vorbild nahm.

»Hey, toll!«, sagte ich unbestimmt, als wüsste ich nicht, worauf ich da eigentlich antworte. »Das ist ja richtig aufregend für dich, oder?«

Bill wirkte verwirrt. »Ich hab dir doch erzählt, dass das vielleicht klappt, erinnerst du dich?«, sagte er.

»Ja, ja.« Das sagte mein Dad immer, um grundsätzlich Wohlwollen zu signalisieren, ohne irgendetwas tatsächlich zuzustimmen. »Dann muss ich wohl mal vorbeikommen und mir das anschauen.«

Bill sah mich lange ausdruckslos an. Dann nickte er kurz zum Abschied, drehte sich um und ging, ich fühlte mich seekrank von einer Mischung aus Schuldgefühlen und Triumph.

Ich füllte die Bewerbung für Stanford am Küchentisch meines Dads aus und fragte mich, was ich außer Programmieren und der Suche nach einer Freundin als außerschulische Interessen angeben sollte. Es war schwierig, sich zu konzentrieren, weil Dad ins Telefon brüllte: »Der Steuerungschip geht mir am Arsch vorbei! Sie haben mir den Prototyp im März versprochen, und jetzt ist es fast Juni, und Sie kommen mir mit so einem Dreck über irgendeinen Steuerungschip!«

Er legte auf und sah zu mir herüber. »Der Typ hat behauptet, er würde sich auskennen«, sagte er in seinem altbekannten, weinerlichen Tonfall. Dann mit festerer Stimme: »Manchmal muss man den Leuten eben klarmachen, wer der Boss ist, verstehst du?«

»Ja, klar, Dad«, sagte ich.

»Sieht aus, als müssten wir den Start verschieben«, sagte er. Er war schon zweimal verschoben worden. »Der Weg ist immer steinig, darauf muss man sich in der Wirtschaft einstellen. Vor allem, wenn man etwas macht, von dem noch nie jemand gehört hat.«

»Mhm«, machte ich.

»Die Leute werden sich noch umgucken«, sagte er. »Das Problem liegt im Moment im Aufbau der Maschinen. Man braucht sechs Geschmacksrichtungen in jedem Gerät, ja? Um den Leuten die Wahl zu lassen.« Er zählte sie an den Fingern ab: »Cola, Cola light, Sprite, Fanta, Root Beer und Trockenpflaume. Das ist wie Dr. Pepper, aber unseres wird Mr. Popper heißen. Jedenfalls muss man da einen Computer einbauen, und wenn man einen Knopf drückt und damit sagt, welche

Geschmacksrichtung man haben will, bestimmt der Chip, welcher Geschmack eingepumpt wird. Stell dir das mal vor! Ein Computer in einer Softdrinkmaschine!« Ich gab ihm zu verstehen, dass ich von so etwas schon gehört hatte. »Jedenfalls meinte der Typ, der die Maschine baut, er könnte in sechs Wochen fertig sein. Aber jetzt herrscht irgendwie ein Mangel an diesen Chips, und er meint, es besteht keinerlei Möglichkeit, vor Ende des Sommers an welche zu kommen, also stecken wir fest mit dieser grandiosen Idee und Kartuschen über Kartuschen mit Sirup und Kohlensäure, die einfach in der Lagerhalle rumstehen, und wir haben keine Chance, die Maschinen vor Herbst in die Läden zu bringen. Das hier könnte eine richtige Goldgrube für alle Beteiligten sein, wenn die Leute nicht so inkompetent wären!«

»Mhm«, machte ich noch einmal. Vor mir auf dem Tisch lagen die letzten Steuererklärungen meiner Mutter. Ich brauchte die Angaben für das Finanzauskunftsformular. Diese Dokumente zu sehen fühlte sich ein bisschen zu intim an, als hätte ich meine Mutter ausgezogen gesehen. Ich schrieb die Zahlen sorgfältig mit einem Füller ab und wandte mich dann dem nächsten Abschnitt des Formulars zu.

»Dad, was hast du im Geschäftsjahr 91 bis 92 verdient?«, fragte ich.

Er reckte den Hals, um die Formulare sehen zu können. »Wofür brauchen die das denn?«, fragte er.

»Die müssen das wissen, Dad«, sagte ich. »Das ist für die Beihilfe und so was.«

»Sieh mal, es ist so, mein Einkommen ändert sich von Jahr zu Jahr.« Er ging zum Herd und füllte Wasser in einen Topf. »So läuft das eben als Unternehmer – in einem Jahr verdienst du nichts, aber im nächsten Jahr dafür umso mehr, um das auszugleichen.«

»Ich muss die Formulare hier in zwei Wochen abgeschickt haben, wenn ich mich für die frühe Zulassung bewerben will.«

»Warum rufst du da nicht einfach an?«, fragte er und riss ein Streichholz an, um die Gasflamme anzuzünden. »Ruf in der Zulassungsstelle an, und sag denen, dass du es ungerecht findest, dass deine Eltern ihre kompletten Finanzen offenlegen müssen. Zettel einen Boykott an! Wenn sich genug Leute beschweren, müssen sie das Verfahren ändern.«

»Aber es beschwert sich doch niemand, Dad«, sagte ich. »Der Einzige, der sich beschwert, bist du.«

»Ich bin ja auch derjenige, der die Rechnungen bezahlen muss, oder?«, sagte er und sah mich an. »Pass auf, Eric, es sieht folgendermaßen aus: Jetzt gerade habe ich nur mein Gehalt vom College. Natürlich fängt das Geld bald an zu fließen, wenn die Maschinen in den Läden stehen. Aber wenn du dich jetzt an den Unis bewirbst, dann denken die: *Aha, am College angestellt, gutes Gehalt – lasst ihn uns bis auf die Unterhose ausziehen!* Es ist ja nicht so, als wollte ich nicht für deine Ausbildung bezahlen – nichts geht über Ausbildung, habe ich schon immer gesagt –, aber wenn ich jetzt zahlen muss, dann habe ich nicht genug für mein Geschäft.« Er hob den Deckel vom Topf, aber das Wasser kochte noch nicht. »Lass meinen Namen einfach ganz außen vor. Schreib *k.A.* in das Feld für *Vater,* das steht für *keine Angabe.* Schreib das einfach da hin.« Er holte die Spaghetti aus dem Schrank.

Cindy war mit einer Erkältung zu Hause, Paul hatte Unterricht, und Danny war in Philosophierlaune. »Hast du jetzt eine Freistunde?«, fragte er, als ich ihn zufällig auf dem Flur traf. Ich sagte ja, obwohl das nicht stimmte. »Ich will hier raus«, sagte er. »Ich hab keinen Bock mehr, hier eingeschlossen zu sein.«

»Wo willst du denn hin?« Es war ein eiskalter Donnerstagnachmittag.

»Egal wohin, Mann«, sagte er und streckte die Arme aus, als wolle er die Welt umarmen. »Komm, auf geht's!«

»Ja, Mann!«, rief er, als wir das Schulgebäude verließen. »Wir sind dann mal weg. Bis später, ihr Loser!« Er sah entschlossen geradeaus, sein Atem bildete Wolken in der kalten Luft. »Wir verbringen unser ganzes Leben in diesen Kästen. Die wollen, dass wir verdammt noch mal in diesen Kästen bleiben, bis wir achtzehn sind und unseren Schulabschluss machen und direkt in den nächsten Kasten wandern können und dort den Rest unseres Lebens verbringen!« Er sagte das ohne jede Bosheit, er freute sich nur über unseren Ausbruch.

Bei Carl's Jr. war es leer, bis auf vier Zwölftklässlerinnen, die uns nicht beachteten, und einen Alten, der vor sich eine Tasse Kaffee stehen und Zuckerpäckchen über den ganzen Tisch verteilt hatte. Wir bestellten beide ein Combo-Menü und legten unsere dicken Jacken und Wollmützen neben uns auf die Plastikstühle.

»Die bilden uns doch eh nur für einen lahmen Bürojob aus«, sagte Danny. Er war der Einzige von uns, der ein Fünkchen Coolness besaß; das lag an seinem breiten, zufriedenen Gesicht und einer Stimme, die klang, als würde er sich jederzeit nur minimal anstrengen. »Ich meine, was bringen die uns denn eigentlich bei? Die sollten uns beibringen, *Dichter* zu werden oder so was. Wenn die Schulen jedem beibringen würden, wie man Dichter oder Musiker wird statt *Buchhalter,* wäre die Welt ein ganz anderer Ort.« Ich nickte stumm. »Aber vielleicht hat nicht jeder das Zeug zum Dichter«, ruderte er ein wenig zurück.

»Vielleicht«, sagte ich, »aber man sollte zumindest die Chance dazu bekommen.«

»Genau!«, sagte Danny und hielt seine Cola in die Luft, als wolle er mir zuprosten. »Es sollte so laufen: *Alles klar, es hat sich herausgestellt, du kannst kein Dichter, kein Maler, kein was auch immer werden – daher musst du die Schule abbrechen und Buchhalter werden.* Und dann sollten Dichter zehnmal mehr verdienen als Buchhalter anstatt andersherum.«

Jetzt verstand ich, worauf er hinauswollte. »Und wenn dein Kind dir sagt, es will später mal Buchhalter werden, dann fragst du: *Was haben deine Mutter und ich nur falsch gemacht?*«

»Ganz genau!«, sagte Danny und knallte seinen Becher auf den Tisch. »Genau so muss es laufen.«

Neun Tage bevor ihr Vater starb lernte ich Hannah Pronovost kennen, was ein unheimlicher Glücksfall war. Cindy und sie waren bis zur neunten Klasse auf die gleiche Schule gegangen, danach war Hannah auf die Danville Academy gewechselt, und Cindy war an die MLK gekommen. Hannahs Vater führte einen aussichtslosen Kampf gegen einen unversöhnlichen Tumor, und Cindy besuchte Hannah jeden Tag, um ihr Gesellschaft zu leisten. Sie hatte die glamouröse Würde von Teenagern angenommen, die in Kontakt mit etwas Wichtigem und Erwachsenen kommen. Wir sahen sie nicht mehr oft nach der Schule.

»Das ist so dämlich«, beschwerte sich Danny. Wir saßen in seinem Zimmer und warteten darauf, dass *Saturday Night Live* anfing. »Wir könnten auf dem Land leben und mit der Natur im Einklang sein oder so was, oder wir könnten in der Stadt leben, wo was los ist – aber nein, das ist beides zu gefährlich, und deswegen leben wir in Scheiß-Aurora.« Eigentlich lebten nur Paul und er in Aurora, aber diesen Hinweis verkniff ich mir.

»Aber die Kinder können draußen spielen, weil es *sicher* ist«, sagte Paul verächtlich.

»Ja, meinetwegen, aber im Austausch gegen Sicherheit hält man sie von allen echten Erfahrungen ab!«, rief Danny. »Ich meine, wenn du wirklich leben willst, kannst du eben nicht jede Minute deines Lebens sicher sein.«

»Ja, genau, ich weiß«, sagte Paul verlegen, weil Danny seine Ironie nicht verstanden hatte.

»Ich wäre froh, wenn ich hin und wieder mal meine Freundin sehen würde«, sagte Danny unvermittelt. »Hört sich echt schlimm an, was da drüben abgeht.«

»Inwiefern schlimm?«, fragte ich.

»Na ja, er *stirbt* eben. Ich meine, stell dir mal vor, jedes Mal, wenn du deinen Dad siehst, könnte es das letzte Mal sein.«

»Puh«, sagte Paul. Er lag in einem Sitzsack auf dem Boden und hatte den Kopf so weit zurückgelegt, dass er den Teppich berührte und an die Decke sah. »Wenn man so drüber nachdenkt, ist der Tod schon so ziemlich das Schlimmste, was es gibt.«

»Vielleicht rufe ich mal an«, sagte Danny schließlich. Wir waren dagegen, Cindy bei Hannah zu Hause anzurufen – es bestand die Gefahr, die Trauer der Familie zu stören. Aber er kramte die Nummer aus seinem Portemonnaie hervor, nahm den Telefonhörer in die Hand – er hatte einen eigenen Anschluss – und wählte. Paul und ich hörten das weit entfernte Tuten.

»Äh, hallo«, sagte er. »Ist Cindy Gerney zu sprechen?« Er klang verlegen. Ich hatte erwartet, dass er die Situation kommentieren würde, irgendeine Art von Beileidsbekundung, aber ich wusste auch nicht, wie man das bei Leuten machen sollte, die man gar nicht kannte.

Als Cindy ans Telefon kam, sprach Danny mit sanfter Stimme, als wäre sie es, die krank war. »Braucht ihr zwei vielleicht irgendwie Aufmunterung oder so was?«, fragte er. »Ich dachte, wir könnten vorbeikommen und einen Film mitbringen oder was von KFC oder so. Um sie ein bisschen abzulenken.«

Nach einer weiteren Minute legte er auf und sagte: »Wir fahren hin«, wie ein Zugführer, der einen gefährlichen Einsatz kommandiert.

Paul hatte einen Führerschein und einen Honda Civic, der zu klein für ihn wirkte. Die Rückbank war schmal und eng, aber das machte mir nichts. Nur wenige Dinge geben einem mehr das Gefühl, Teil von etwas zu sein, als nachts mit einer bestimmten Absicht in ein Auto zu steigen, ungewiss, was einen am Ziel erwartet.

Unterwegs überlegten wir uns, was wir sagen sollten, falls Hannahs Mutter die Tür aufmachte. »Sagt einfach nichts«, riet Danny. »Seid halt ernst, macht keine Witze oder sagt so Sachen wie *Oh, es tut mir so leid, dass Ihr Mann bald stirbt.* Das will keiner hören.«

»Scheiße«, sagte Paul und schüttelte sich vor Aufregung.

Cindy und Hannah machten uns die Tür auf. Danny umarmte Cindy, setzte dann ein ernstes Gesicht auf und sagte im Trauerton: »Hallo, Hannah.«

»Wir müssen hier oben leise sein«, flüsterte sie. Sie war klein, hatte vorstehende Augen und einen Pferdeschwanz.

Der Hausflur war riesig, und überall war das Licht

schon aus, obwohl es noch nicht mal zehn Uhr war. Die Mädchen führten uns durch die dunkle Küche und hinunter in den Keller, wo Licht war und Teppich lag, der aussah, als wäre er einmal das Hobbyzimmer eines Mannes gewesen. Es gab eine Bar, einen Billardtisch und einen großen Fernseher, und an der Wand waren Halterungen angebracht, die wahrscheinlich einmal für Gewehre gedacht waren. Aber auf diesem männlichen Unterbau hatten sich Aerobic-Videos für zehn Jahre gesammelt sowie *Sweet-Valley-High*-Bücher und Emily-Erdbeer-Artikel, so dass der Raum jetzt wirkte wie eine archäologische Grabungsstätte mit den übereinandergeschichteten Überresten verschiedener Zivilisationen.

»Tut mir leid«, sagte Hannah und trat von einem Fuß auf den anderen. Sie hatte keine Schuhe an, nur weiße Kniestrümpfe. »Wir dürfen oben nicht zu laut sein.«

»Cooler Keller«, sagte ich.

Sie lächelte nervös. »Wir haben einen Flipper«, sagte sie. Sie öffnete eine Tür, offenbar zum Waschkeller, wo ein Flipperautomat mit Flash-Gordon-Motiv neben Waschmaschine und Trockner stand.

»Hält Danny immer noch den Highscore?«, fragte Cindy.

»Ich glaube, mein Cousin hat ihn überholt«, antwortete Hannah entschuldigend.

»Das wird sich heute Abend ändern«, sagte Danny und rang Hannah damit ein Lächeln ab. Ich bewunderte die Art, wie er seine Selbstverliebtheit ausnutzte, um sie zu trösten.

Danny schaltete MTV ein und drehte die Lautstärke auf, bis Cindy ihn zwang, sie wieder runterzudrehen. Paul baute die Kugeln auf dem Billardtisch auf, während Danny die erste Runde am Flipper spielte. Im Kühlschrank an der Bar stand eine Flasche 7Up und diese Fruchtlimo von Hansen's, die keiner mag. Wir wanderten durch den Raum, nahmen Sachen in die Hand und legten sie wieder hin, wir suchten nach Gegenständen, die uns von dem sterbenden Mann über uns ablenken konnten.

»Habt ihr hier Prinzessinnenland gespielt?«, fragte Danny. Cindy lachte.

»Was soll das sein?«, fragte ich.

»Ach, das war ein Spiel, das wir erfunden haben, als wir noch klein waren«, erklärte Hannah. »Wir haben … Wir haben uns halt so eine Phantasiewelt ausgedacht. Es war total doof.«

»Wir waren Prinzessinnen«, sagte Cindy, der das nicht peinlich zu sein schien. »Ich war Prinzessin Gloriana, und sie war Prinzessin Paladine, und wir regierten das ganze Königreich.«

»Hätte der König es nicht regieren müssen, wenn es ein Königreich war?«, fragte ich.

Cindy rollte mit den Augen. »Es ging uns nicht darum, realistisch zu sein«, sagte sie. »Wir wollten Prinzessinnen sein.«

»Ich kann nicht fassen, dass du das erzählst«, sagte Hannah.

»Ich wollte auch immer eine Meerjungfrau sein«, sagte Cindy, »und habe nachts zu Gott gebetet, dass er mich in eine verwandelt. Aber ich hatte immer Angst, dass er es tatsächlich tun würde und ich dann außerhalb des Wassers keine Luft kriegen und sterben würde.«

Danny schüttelte zärtlich den Kopf. »Du bist echt ein Freak«, sagte er.

Die beiden gingen ins andere Zimmer, um Flipper zu spielen, und ohne Danny, der die Unterhaltung in Gang hielt, entstand eine Pause. Paul schlug eine Runde Billard vor, aber etwas an der zu beiläufig gestellten Frage deutete darauf hin, dass er gut darin war. »Spielt ihr mal, ich gucke zu«, sagte Hannah. »Ich kann kein Billard.«

Mein eigenes Können war bislang unerprobt. Ich hoffte, mein erstes Spiel würde ein Naturtalent enthüllen, aber der Vorteil, den ich vielleicht durch mein Wissen über Geometrie und Physik gehabt hätte, wurde von meiner Tollpatschigkeit eingeholt. Immer wenn Paul eine Kugel versenkte, gab er einen kleinen, befriedigten Grunzlaut von sich und sah zu Hannah hinüber, die sich auf der Rückenlehne der Couch niedergelassen hatte und die Beine baumeln ließ.

Wie verhält man sich, wenn man verliert? Als meine ersten Stöße die Kugeln in alle möglichen falschen Richtungen davonsausen ließen, sagte ich: »Verdammt!« und »Argh!«, als könnte ich es sonst besser. Nach zehn Minuten durchgängiger Misserfolge war es allerdings schwer, weiterhin den Enttäuschten zu spielen. Als die rote Kugel, die ich eigentlich versenken wollte, an der Bande abprallte und Pauls grüne in eine

Ecktasche titschte, sagte ich: *»Yes!«*, als hätte ich gerade etwas getan, das großes Können erfordert. Hannah lächelte.

Dank meiner Vorlage musste Paul nur noch die schwarze Acht einlochen. Er tippte die anvisierte Tasche gegenüber mit seinem Queue an. Nachdem er die Kugel versenkt hatte, sagte er: »*So* macht man das!«

Ich wandte mich Hannah zu. »Was er nicht weiß«, sagte ich und nickte verschmitzt zu Paul hinüber, »das war nur der erste Akt in einem abgekarteten Spiel.«

»Soll das heißen, du willst jetzt hier um Geld spielen, oder was?«, fragte Paul.

Ich zwinkerte Hannah zu, als wäre das alles Teil meines Plans, und dabei wurde mir bewusst, dass man nur so einer Frau zuzwinkern darf: Man macht einen Witz draus; es zählt trotzdem.

»Nicht um Geld«, sagte ich. »Wir spielen um etwas Wertvolleres als Geld – um die Ehre!« Ich wusste auch nicht genau, was ich da redete, aber ich würde so lange weiterfahren, bis ich von der Straße abkam oder gegen einen Baum prallte. »Ich werd ihm seine Ehre abknöpfen!«, rief ich Hannah zu, sie lachte, und eine bisher unbekannte Macht ließ meine Knie erzittern.

Ich glaube, Paul wusste, was da gerade passierte, aber er konnte nicht viel dagegen tun. Er sammelte die Kugeln ein, stieß erneut an und versenkte mit dem ersten Stoß zwei Kugeln. Ich machte ein großes Theater darum, meinen Queue einzukreiden, und stieß dann die weiße Kugel an der blauen vorbei in eine Seitentasche. Ich lehnte mich über den Tisch, sah zu Hannah auf und sagte: »Er hat keine Ahnung, was auf ihn zukommt.«

Paul räumte den Tisch ab, so schnell er konnte. »Dann mal her mit deiner Ehre«, sagte er schließlich, und ich rief: »O Schmach!«, und zerrte mir am Kragen.

Danny und Cindy kamen aus dem Waschkeller zurück und untersuchten die Videos in dem Schränkchen unter dem Fernseher. »Welcher davon ist denn gut?«, fragte Danny. Der Schwerpunkt der Sammlung lag auf Western und Kriegsfilmen, alle selbst aufgenommen und mit handbeschriebenen Aufklebern versehen, die Titel und Erscheinungsjahr angaben. Ich stellte mir vor, wie ihr Vater starb und die Filme hier ungesehen herumstanden.

Hannah zuckte mit den Schultern. »Wir haben *Splash – eine Jungfrau am Haken*«, sagte sie.

Auf die Couch passten nur vier Leute, und es gab ein kleines wortloses Drama um die Sitzordnung. Cindy und Hannah wollten sich in einem dieser Aufopferungswettbewerbe, die Mädchen austragen, wenn Jungs dabei sind, auf den Boden setzen, und Cindy gewann, indem sie sich zwischen Dannys Beine setzte. Also mussten Hannah, Paul und ich uns arrangieren. Nach kurzem, schweigendem Taktieren landete Hannah zwischen uns.

Zehn Minuten später begann Paul ernsthaft, diese Nummer abzuziehen, bei der man anfängt zu gähnen, und legte dabei den Arm hinter Hannah auf die Sofalehne. Ich hatte gesehen, wie Leute das im Spaß machten, und staunte darüber, dass er so dreist und ahnungslos war, es wirklich auszuprobieren. Hannah verzog keine Miene, aber kurz darauf lehnte sie sich nach vorn, stützte die Ellbogen auf die Knie und das Kinn in die Hände und ließ Pauls Arm vergeblich auf der Lehne liegen. Nachdem eine angemessene Zeit verstrichen war, zog er ihn zurück.

Nach der Hälfte des Films hörten wir die Kellertür aufgehen, und ein Umriss mit strähnigen Haaren erschien im Bademantel oben auf der Treppe. Ich konnte Hannahs Anspannung spüren. »Hannah, für deine Freunde ist es jetzt Zeit zu gehen«, sagte ihre Mutter.

»O Gott, tut mir echt leid«, entschuldigte Hannah sich. Sie brachte uns nach oben und umarmte uns der Reihe nach. Ich wusste, dass jetzt mehr geboten war, etwas, das die Bindung zwischen uns festigen würde, also streifte ich ihren Hals mit meinen Fingern, und sie drückte meinen Unterarm.

Dann quetschten wir vier uns ins Auto, Cindy und ich auf dem Rücksitz. Es war mir total peinlich, dass wegen mir alle einen Umweg machen mussten, aber es war nach Mitternacht, und ich hatte keine andere Möglichkeit, nach Sheridan zurückzukommen. Als Nichtfahrer konnte ich Wege nur an allgemeinen Orientierungspunkten wie der Schule oder Dads Wohnung festmachen, daher rollten wir eine Dreiviertelstunde lang durch menschenleere Straßen, bis wir zu den Autowerkstätten und Restaurantpassagen meines Stadtteils kamen. Als wir so durch die Dunkelheit fuhren, fühlten wir uns erwachsen und ernsthaft und unterbrachen die Stille hin und wieder, um Dinge wie »Gott!«

oder »Arme Hannah!« zu sagen, während mein Herz vor ungläubiger Freude wie wild schlug.

Als ich am Montagmorgen an meinem Schließfach stand, kam Cindy auf mich zu, was sie nie zuvor getan hatte. »Das war cool am Samstag«, sagte sie mit einem Lächeln, das geheimes Wissen andeutete. »Hannah fand dich ziemlich cool.« Mein Herz und mein Magen fingen an, sich in unterschiedliche Richtungen und auf mehreren Achsen zu drehen.

»Ach, echt?«, sagte ich. Ich wollte mich betont gleichgültig geben, um den Eindruck zu erwecken, ich würde jeden Tag hören, dass Mädchen mich cool fanden. Zum Glück ließ Cindy sich davon nicht beirren.

»Findest du nicht auch, dass sie total hübsch ist?«, fragte sie. Damals wusste ich noch nicht, dass das ein gängiger Trick unter Frauen ist, um einen Mann davon zu überzeugen, eine andere Frau wäre hübsch. Bei mir funktioniert das immer noch.

»Ja, total!«, sagte ich, und Cindy lächelte, ihr Plan ging auf. Sie lehnte sich an die Schließfächer und holte Notizbuch und Stift aus ihrem Rucksack. Danny beobachtete uns vom Ende des Flurs aus. Sie schrieb Hannahs Namen und Telefonnummer auswendig in eine Ecke, riss sie heraus und gab sie mir. Wir sagten nichts weiter.

Abends zu Hause starrte ich den Zettel mit der Nummer an und fragte mich, was um Himmels willen ich bloß damit anfangen sollte. Konnte ein Mädchen an Liebe denken, wenn sein Vater gerade starb? Ich stellte mir vor, wie er sich ans Leben klammerte – sein letzter Wunsch, noch zu erleben, wie sie den Schulabschluss machte – und dabei unwissentlich meine einzige Chance in der Liebe zunichtemachte. Oder er würde sterben und Hannah sich zu einer endlos langen Trauerzeit von der Welt zurückziehen. Ich nahm das Telefon aus der Küche mit in mein Zimmer. Selbst wenn ich die ganze Länge des Kabels ausreizte, musste ich immer noch auf dem Boden hinter der geschlossenen Tür sitzen. Was sollte ich sagen, wenn sie abhob? Ich zog mehrere Anfangssätze in Betracht und versuchte, mir alle ihre möglichen Antworten darauf auszumalen, damit ich ein Flussdiagramm mit Antworten auf ihre Antworten erstellen konnte, aber das Projekt wuchs mir schnell über den Kopf. Ich hatte keine Ahnung, was Mädchen und Jungen zueinander am Telefon sagten – geschweige denn in jeder anderen Situation. Ich brachte das Telefon wieder zurück in die Küche.

Am nächsten Tag standen Cindy und Danny auf dem Schulflur, er hatte ihr den Arm um die Schultern gelegt. Sie sah müde und ungepflegt aus. Cindy trug nie sichtbares Make-up, aber irgendeine Art von Kosmetik musste sie benutzen, denn heute bemerkte man ihr Fehlen.

Sie ließ Danny sprechen. »Hannahs Dad ist gestorben«, sagte er leise, wie ein Bote, der in einem Theaterstück nur eine einzige Zeile aufsagen muss.

An diesem Abend rief ich sie an. »Hannah, hier ist

Eric«, sagte ich. Sie antwortete nicht. »Ich wollte … Cindy hat mir das mit deinem Dad erzählt, und ich wollte nur sagen, dass es mir leidtut.«

»Oh … *oh,* Eric!«, sagte sie. »Wow, danke, dass du anrufst!«

»Ist doch klar. Cindy hat mir das von deinem Dad, von deinem Vater, heute erzählt.«

»Ja, es ist traurig«, sagte sie. »Aber ich habe die ganze Familie um mich, und alle beten für ihn, und ich weiß, dass es irgendwann besser wird.«

Ich wusste nicht, was ich dazu sagen sollte. »Ja. Es *wird* besser.«

»Ich meine, das habe ich natürlich nicht in der Hand, sondern Gott«, sagte sie. »Es wird schwer, ihn nicht mehr sehen zu können. Aber das ist … nichts, was dazu gemacht ist, dass man es begreift.«

»Ja, genau«, bestätigte ich. Alles, was sie sagte, war mir vollkommen fremd – ich hatte ein anderes Verhältnis zum Tod –, aber ich würde jetzt bestimmt nicht mit ihr streiten.

»Ich lege jetzt besser auf«, sagte sie unbeschwert, als hätten wir über die Schule geplaudert. »Die anderen sind alle unten.«

»Oh, okay.« Ich hatte noch gar nichts gesagt, und jetzt war die Zeit um.

»Würdest du mich … Würdest du vielleicht morgen noch mal anrufen?«, fragte sie.

»Sicher, ja«, sagte ich. »Ja, ich rufe morgen noch mal an!«

»Cool«, sagte sie wie ein normaler Teenager. »Bis

dann, Eric.« Wir verabschiedeten uns und legten auf, und ich saß auf dem Boden in meinem Zimmer mit dem Rücken an der Tür und fragte mich, was gerade passiert war.

Hannah Pronovost war Jungfrau wie ich, aber damit war der Spielstand nicht ausgeglichen. Sie hatte die ganze Bandbreite nicht operativer Möglichkeiten mit Ryan von der Christlichen Jugend ausprobiert, der Akustikgitarre spielte, große, sanfte Augen hatte und keinen Funken Humor. Sie hatten aus komplizierten und melodramatischen Gründen Schluss gemacht, aber die Möglichkeit einer Wiedervereinigung war unabänderlicher Bestandteil unserer Beziehung. Es wäre mir nie in den Sinn gekommen, das in Frage zu stellen.

Erstaunlicherweise fingen wir weniger als einen Monat nach der Beerdigung ihres Vaters und ohne jegliche Verhandlungen oder Vorwarnungen an, miteinander zu schlafen. Dazu konnte es nur infolge der Nachlässigkeit kommen, die nach dem Tod des Patriarchen im Haus der Pronovosts Einzug hielt. Nach den Porträts zu urteilen, die wie Pilze auf jeder Oberfläche des Hauses hervorschossen, hätte Stan Pronovost, ein Mann von unnatürlich aufrechter Haltung, niemals zugelassen, dass wir so viele Stunden hinter Hannahs geschlossener Zimmertür verbrachten, aber seine Witwe, die zusammengesunken und mit glasigen Augen am Küchentisch saß, bemerkte kaum meine Anwesenheit. Auch bei

Hannah war etwas aus den Angeln gehoben worden. Die Wachen hatten ihre Posten verlassen, und niemand kontrollierte mehr ihre geheimsten Impulse. Ohne verfügbare Vergleichswerte erkannte ich nicht, dass die normalen Regeln außer Kraft getreten waren; stattdessen nahm ich an, dass jedes Mädchen in der richtigen Stimmung von der glühenden Wildheit gepackt werden konnte, die in Hannah Pronovosts Augen aufleuchtete.

Als unausgesprochene Bedingung für den Sex musste ich jeden Freitag mit ihr zum abendlichen Jugendgottesdient gehen. Hannah drückte meinen Unterarm ermutigend, wenn ich mitsang oder Amen sagte. Ich hasste die offensichtlichen Tricks, mit denen ich gelenkt wurde: die mitreißenden Lieder, der dynamische junge Pfarrer, die leichte körperliche Ertüchtigung mit dem Aufstehen und Hinsetzen und wieder Aufstehen. (Wer sollte Ehrfurcht vor einem Gott haben, der seine Anhänger so geistlos manipulierte?) Aber wir lernten, wie Sex funktionierte, und wir sagten *Ich liebe dich,* und von da an waren die Barrieren vor dem Eingang – die Unwahrscheinlichkeit dieses merkwürdigen Moments, in dem sich zwei Menschen zum ersten Mal küssen – nicht mehr unüberwindbar. Eine Zeitlang brauchte Hannah Pronovost jemanden, und ich hatte mich zu dieser Person erklärt, und wenn es auch nicht skalierbar war, so war es doch immerhin ein Machbarkeitsnachweis.

Sieben

> Ich habe gesehen, wie die irakischen Soldaten mit Gewehren in das Krankenhaus kamen, die Säuglinge aus den Brutkästen holten, die Brutkästen mitnahmen und die Kinder auf dem kalten Boden liegen ließen, wo sie starben.
>
> *Nayirah al-Sabah, Zeugin vor dem Menschenrechtsausschuss des US-Kongresses, 10. Oktober 1990*

Auf den Wunsch meiner Mutter hin kaufe ich ein Ticket nach Denver. Der Flug geht in drei Wochen. Es wird mein erster Besuch in ihrem neuen Haus sein, und ich hoffe, dass ich ein wenig vom Image als großer Sohn der Stadt profitieren werde. Ich stelle mir vor, wie ich meine Mom in ein teures Restaurant ausführe und Graham Neale unser Kellner ist, aber die Vorstellung verliert ein wenig an Glanz, als mir bewusst wird, dass ich darin sechsundzwanzig bin und immer noch mit meiner Mutter zu Abend esse.

In der Zeit zwischen dem Kauf der Tickets und dem Flug etabliert sich zwischen Maya und mir eine Art Routine, die unsere gemeinsam verbrachte Zeit langsam von Eventstatus auf Normalstatus herunterfährt. Wir erleben, was in Phase zwei einer Beziehung so ansteht – kleinere Streitigkeiten, gemeinsam fernsehen –, und ich gewöhne mich beinahe daran, mit ihr zusammen zu sein; nur nicht an den Sex. Wenn sie im Dunkeln auf mir sitzt, verwandelt sich ihre zierliche Silhouette von der einer erwachsenen Frau in die eines Kindes und wieder zurück. Ich überblende sie mit einer mentalen Dauerschleife anonymer Kopulationen. Ausgehend von intrinsischen (Ausdauer, Gesamtzeit) und extrinsischen Maßstäben (Befriedigung der Partnerin), ist meine Leistung mehr als angemessen, vielleicht sogar eine persönliche Bestleistung. Hinterher ist sie immer ganz aufgekratzt und anhänglich, und ich versuche mitzuspielen. Die Schuldgefühle, die mich zu ersticken drohen, vergehen meistens nach einer Dreiviertelstunde.

Bis wir irgendwann in einer eiskalten Nacht in Löffelchenstellung unter ihrer Decke liegen, was den Körperkontakt maximiert und ein warmes Luftpolster um uns herum entstehen lässt. Ich fahre ihr mit der Hand unters T-Shirt und über die Brustwarzen.

»Wie fühlt sich das an?«, frage ich. Sie murmelt etwas. »Ist das okay? Darf ich dich da anfassen?«

»Ja, darfst du.« Es scheint sie nicht zu überraschen, dass ich um Erlaubnis für etwas bitte, das ich schon seit Wochen tue.

Ich frage erneut und schiebe die Hand zwischen ihre Beine. »Ja«, sagt sie wieder. Dieser ritualisierte Austausch – Erlaubnis erfragen und bekommen, erfragen und bekommen – überschreibt meinen inneren Monolog. Ich erinnere mich an Laurens Worte: »Ich habe solche Angst, dass ich mir vorstelle, ich wäre gar nicht da.« Das Sprechen hält uns bei Bewusstsein, und dieses Bewusstsein bewahrt mich vor der allgegenwärtigen Präsenz ihres Vaters. »Darf ich dich bumsen?«, frage ich im passenden Moment, und sie sagt: »Ja, bums mich.« Es ist alles, was ihre ersten Male nicht waren: reif, freiwillig, einvernehmlich. Am Ende bin ich von den drei größten natürlichen Befriedigungen erfüllt: Liebe, Orgasmus und der Lösung für ein kompliziertes Problem.

»Der Typ, der den Schneepflug fährt«, sagt sie eine Minute darauf, »wie kommt der eigentlich zur Arbeit?«

»Gute Frage!«, sage ich. Inzwischen habe ich ein paar von ihren Wendungen übernommen. Dann schlinge ich die Arme um ihren Körper und drücke sie so fest, dass ich Angst habe, sie könnte zerbrechen.

Maya fährt so beherrscht aggressiv durch den morgendlichen Verkehr wie ein Videospieler. Die Golden Gate Bridge – berühmter, aber auch weniger praktisch als die Bay Bridge – ist von einer Regenwolke eingehüllt, die Fahrspuren sind schmal und schlecht markiert, und sie fährt ein bisschen näher auf den Pick-up vor uns auf, als ich es tun würde. Tante Haxe hatte angeboten, uns zum Essen in die Stadt einzuladen, aber Maya wollte sie lieber in ihrem Haus in Corte Madera besuchen; die fünfundvierzigminütige Autofahrt hat sie mir als Road Trip verkauft. Aber die Abenteuerlust scheint ihr vergangen zu sein, die CD, die sie mitgenommen hat, liegt ungespielt im Handschuhfach. Tante Haxe ist die einzige Verwandte, mit der Maya noch Kontakt hat, das Abendessen ächzt also unter der Last unerfüllbarer Wünsche. Morgen fliege ich zum Geburtstag meiner Mutter nach Denver.

Nachdem wir von der Autobahn abgefahren sind, bugsiert Maya uns ein kompliziertes Netz aufwärtsstrebender Straßen hinauf, vorbei an Häusern, die immer exzentrischer werden, je höher wir kommen. Wellblechhütten und Ökoparadise mit Solarkraftanlagen schmiegen sich an Traumhäuser mit Glasfassaden, die über dem Abgrund zu schweben scheinen. Sie hält vor einem winzigen einstöckigen Bau, der irgendwie nach Provisorium aussieht, als wäre er nur die Skizze für ein Haus, das anderswo gebaut werden soll.

Maya hat mir Tante Haxe als Hippie beschrieben, weshalb ich eine vollbusige Erdmutter erwarte. Aber die Frau, die im Türrahmen steht und das Fliegengitter aufhält, ist dünn und kantig, sie besteht fast nur aus Nase und Ellenbogen. Sie trägt klobigen Metallschmuck und ein kompliziertes schwarzes Gewand mit tiefem Ausschnitt, der ihr Dekolleté betont. Ihr echter Name ist Gail; der Spitzname kommt daher, dass sie einmal in einem Restaurant eine Rede schwang, in der sie der fünfjährigen Maya erklärte, wie die Kalbshaxe auf dem Teller ihrer Mutter aufgezogen und geschlachtet wurde, eine Rede, auf die Maya eher fasziniert als bestürzt reagierte.

»Kommt rein, ihr zwei«, sagt sie, als würden wir in

der gleichen Straße wohnen und einmal die Woche zum Abendessen vorbeikommen. Die Haustür führt direkt in die Küche, von wo aus man ins spärlich möblierte Wohnzimmer mit Ausblick auf ein ausgetrocknetes Stückchen Land und Zedern gelangt. Im Haus riecht es nach Holzschutzmittel und Hund. »Du bist also der Computerfreak, hm?«, sagt sie, um mich zu provozieren.

»Eigentlich nennen wir uns lieber *sozial unangepasste Technophile*«, sage ich.

Sie lächelt kaum merklich. »Ich bin mal mit einem Kerl gegangen, der in einem Computerlabor in Stanford gearbeitet hat«, erzählt sie, der Collegename löst wie immer schmerzhaftes Bedauern in mir aus. »Heutzutage benutzt man Computer in Büros oder als Spielzeugpistolen, aber ursprünglich waren sie ein Medium, mit dem man sein Bewusstsein erweitern konnte.«

»So ist es«, sage ich. Was soll man sonst sagen, wenn man etwas hört, das man bereits weiß?

Wir setzen uns in Campingstühle auf die Holzterrasse, die auf den flachen Canyon hinausgeht, und essen Pfannengemüse. Tante Haxe legt die Füße auf einen großen, altersschwachen Golden Retriever. Der Whirlpool bleibt zum Glück zugedeckt. Wir unterhalten uns über meine Firma und darüber, was ich mit dem Geld anfangen will. Tante Haxe schlägt vor, dass ich eine Stiftung gründe, die dann das Fundament für »eine richtige Kriegsgegnerbewegung« wäre.

»Hey, ich bin nicht Bill Gates«, protestiere ich. »Ich könnte kaum die Betriebskosten einer Stiftung decken.«

Damit gibt sich Tante Haxe nicht zufrieden, die sich wohl schon als Direktorin ihrer eigenen Stiftung gesehen hat. »Es liegt jetzt an dir, ihn sauber zu halten, meine Liebe«, sagt sie an Maya gewandt.

»Keine Sorge, das tue ich«, antwortet Maya und steht auf, um ins Bad zu gehen.

Es ist nicht abzusehen, wie viel Ungestörtheit uns Mayas Abwesenheit verschafft, da das Badezimmer an die Terrasse grenzt, aber Tante Haxe schlägt trotzdem einen vertraulichen Ton an. »Also«, sagt sie, »meinst du es ernst mit meiner Nichte?«

»Ich versuche einfach, sie nicht zu vergraulen.«

»Sie hat nämlich einiges hinter sich.«

»Ich weiß«, sage ich. »Ich finde sie unheimlich tapfer.« Das ist eins dieser ernstgemeinten Dinge, die sich immer aufgesetzt anhören, sobald man sie ausspricht. Das Gespräch wird von der Toilettenspülung unterbrochen, und wir warten schweigend darauf, dass Maya zurückkommt.

Als unsere Teller leer sind und neben unseren Stühlen auf dem Boden stehen, holt Tante Haxe eine Blechdose hervor, aus der sie eine Pfeife, ein Feuerzeug und einen kleinen Beutel Marihuana holt. Mayas Lächeln zeigt, dass sie das zwar gewohnt, aber leicht verärgert darüber ist. Tante Haxe stopft die Pfeife und nimmt ein paar lange, verschwenderische Züge, die von einem großen Vorrat und sicheren Lieferungen künden. Nach dem dritten Mal bietet sie mir die Pfeife an.

Meine Erfahrungen mit Marihuana – sowie den meisten anderen Drogen – habe ich durch Danny Keach gemacht, der während seines ersten Jahres an der Boulder alle paar Wochen diverse Betäubungsmittel mit zurück nach Denver brachte. Ich glaube, er fühlte sich am College unerfahren und freute sich deshalb, dass er mir etwas beibringen konnte. Unter seiner Anleitung aß ich Pilze, die interessante Auswirkungen hatten, und nahm Ecstasy, das bei mir eine fundamentale Charakterschwäche auszubügeln schien, aber den Reiz von Marihuana habe ich nie verstanden: Ich verspüre keinerlei Verlangen danach, mich noch stärker auf meine ohnehin verworrenen Gedanken zu konzentrieren. Aber ich bin zu Gast in Tante Haxes Haus, und das Weiterreichen der Pfeife ist eine archetypische Geste des guten Willens, also nehme ich einen hastigen Zug und atme schnell wieder aus. Ich merke es gar nicht. Ich halte Maya die Pfeife hin, aber sie zieht nur die Nase kraus. Tante Haxe nimmt sie stattdessen und sagt zu Maya: »Ich sollte es gar nicht rausholen, wenn du da bist.«

Als sie mir die Pfeife wieder reicht, ziehe ich noch einmal kurz, fast nur Luft, um zu demonstrieren, dass ich Maya nicht einfach nachmache, und gebe sie dann zurück. »Das reicht für mich.« Dass mir plötzlich auffällt, was für ein komplexes Zusammenspiel aller Elemente der Mundhöhle erforderlich ist, um diese Worte zu äußern, zeigt mir, dass es tatsächlich zu viel ist.

Maya fragt Tante Haxe, wie die Geschäfte mit ihrem Schmuck laufen, und Tante Haxe sagt, dass die Kundschaft, die sie über ihre Website bekommt, sie voll auslastet. Sie wirft mir einen vielsagenden Blick zu, und ich weiß nicht, ob sie das tut, weil sie mich damit beeindrucken will, dass sie eine Website hat, oder weil ich den Geist des Internets im Allgemeinen verkörpere. »Ich kann auf jeden Fall helfen, wenn es Probleme damit gibt«, sage ich, was durch den vorherigen Gesprächsverlauf nicht ganz gerechtfertigt ist. Die beiden gehen darüber hinweg. Und schon bin ich der zugedröhnte Typ, den alle einfach gewähren lassen und ignorieren wie ein Kind am Erwachsenentisch. Ich wünschte, es gäbe ein Gegenmittel für Marihuana. Ich begutachte die Aussicht, die Landschaft ist voller Sträucher und fast so trostlos wie in Denver. Als die Sonne die andere Seite des Canyons berührt, erinnere ich mich daran, wie sie immer zu schnell hinter den Rockies verschwunden ist, und in mir regt sich etwas Düsteres. Ich merke, dass ich der Unterhaltung eine Weile nicht gefolgt bin, und hoffe, dass das nicht als unhöflich aufgefasst wird. Tante Haxe ist gerade mitten in einem Monolog. »Er war so weit weg, weißt du, und eine Zeitlang hat es funktioniert«, sagt sie. Vielleicht redet sie von einem IT-Spezialisten, den sie angeheuert hat, damit er sich um ihre Website kümmert. Ich setze an zu einem neuerlichen: *Ich kann auf jeden Fall mit der Website helfen,* kann mich aber gerade noch rechtzeitig stoppen und unterziehe meine Äußerung einem Schnelltest: Bist du sicher, dass deine Bemerkung sich natürlich ins Gespräch einfügen wird? Wenn nicht, sag lieber nichts. »Ja, echt schade«, sage ich stattdessen, woraufhin mich die beiden kurz ansehen und sich dann weiter unterhalten. Die Luft steht still, als würden wir in einer Grabkammer sitzen. Tante Haxe sagt: »Bei euch beiden ist ja noch alles ganz frisch, ihr musstet euch noch nicht mit diesem Zeug rumschlagen«, und ich frage mich, was es wohl für Zeug geben kann, mit dem ich mich noch nicht rumschlagen musste. Und Maya – womit hat sie sich nicht viel zu früh rumschlagen müssen? Als sie ihre Sonnenbrille zurechtrückt, sehe ich die Geisterhände ihres Vaters auf ihren Schultern und frage mich, ob meine Fixierung auf ihren Missbrauch etwas Perverses über die männliche Sexualität im Allgemeinen aussagt oder über mich im Speziellen. Ich sollte anfangen zuzuhören. Tante Haxe sagt: »Ja, in der Hinsicht bist du wie deine Mutter«, und Maya erwidert: »Das hast du schon öfter gesagt.«

»In welcher Hinsicht ist sie wie ihre Mutter?«, frage ich und offenbare damit meine schlingernde Aufmerksamkeit. Ich lebe in der ständigen Angst, Maya niemals vollkommen verstehen zu können, weil ich ihre Mutter niemals kennenlernen werde.

Maya und ihre Tante verständigen sich wortlos darauf, einen kleinen Exkurs zu machen. »Daphne war immer ziemlich kühl«, erklärt Tante Haxe. Das ist das erste Mal, dass ich den Vornamen von Mayas Mutter höre, und ich freue mich, dass er Daphne lautet, weil ich mir bei seinem Klang mythische Wassernymphen und den hübschen Rotschopf aus *Scooby-Doo* vorstelle. »Sie hat ihre Gefühle nie gezeigt. Deshalb sind die Männer ihr auch reihenweise verfallen.« Ich erkenne das in Maya wieder, die Art, wie sie die Welt aus zusammengekniffenen Augen betrachtet, als würde sie ihre Reaktionen für eine Rezension aufsparen. »Für mich war sie mehr Mutter als Schwester, weil unsere Mutter ja eigentlich immer in Wolkenkuckucksheim unterwegs war.« Sie meint das metaphorisch, Mayas Großmutter war wahrscheinlich nicht dauernd verreist. »Dank deiner Mom habe ich es durch die Highschool geschafft«, sagte sie an Maya gewandt.

Das Licht wird schwächer, und Maya, die nur einen dünnen Pullover anhat, reibt sich die Arme, um sich warm zu halten. Tante Haxe hatte Mayas Mom, und wen hatte Maya? Niemanden. »Ich wünschte, sie hätte auf dich aufpassen können«, sage ich zu Maya. Irgendetwas ist dabei anders als sonst, und ich merke, dass ich Mayas traumatische Vergangenheit zum ersten Mal vor einer dritten Partei anspreche.

»Ja, das wünschte ich auch«, sagt sie. Keiner von uns weiß, wie das Gespräch weitergehen soll.

Schließlich sagt Tante Haxe: »Das hätte sie auch. Du hättest sie sehen sollen, als du geboren wurdest, sie war so verliebt in dich, sie hätte alles getan, um dich zu beschützen.« Nach dem langen Schweigen klingt es rührselig. Ich denke über den Wert dieser kontrafaktischen Aussage nach: Wer weiß, ob Daphne auf Maya aufgepasst hätte oder nicht. Mütter schauen oft weg, wenn ihre Kinder missbraucht werden. Vielleicht hätte sie sich mitschuldig gemacht. Vielleicht hätte sie sich daran beteiligt. Warum denke ich solche Sachen?

Bald darauf gehen wir. Ich will einen bedeutsamen Abschied inszenieren, komplett mit Dankes- und Zuneigungsbekundungen, aber Tante Haxe bleibt auf der

Veranda sitzen, statt uns zur Tür zu bringen. Maya scheint das nicht ungewöhnlich zu finden. Als wir im Auto sitzen, ist es offiziell dunkel. Auf der Fahrt über die engen, unbeleuchteten Straßen halte ich mich am Türgriff fest und schaue auf die unterbrochene gelbe Linie, die unter uns hindurchfliegt wie ein Filmstreifen. Maya hat die Straße fest im Blick und zeigt keinerlei Regung; nur ihre Gesichtsmuskeln reagieren auf subkutane Reflexe. Dieses völlige Fehlen der gesellschaftlichen Maske sieht man sonst nur bei Schlafenden, es kommt mir vor, als wäre ich gar nicht da. Wir fahren mit geschlossenen Fenstern über die Brücke und durch die menschenleeren Straßen von San Francisco, an einer roten Ampel halten wir an, um Geisterverkehr Vorfahrt zu gewähren. Habe ich alles ruiniert, weil ich ihre Kindheit angesprochen habe? Kann ich mich irgendwie dafür entschuldigen, ohne den Fehler zu wiederholen?

Ich kann ihr wenigstens mein Wohlwollen signalisieren. In meinem Bett nehme ich die Strategie des zärtlichen und verständnisvollen Fragens wieder auf, das ich gestern angefangen habe. Das Spiel stellt ein Vertrauensverhältnis her. »Darf ich?«, frage ich, bevor ich in sie eindringe, und sie sagt *ja,* ein wundervolles, kräftiges *Ja,* das mich mit Wärme erfüllt.

Ich liege mit durchgedrücktem Rücken auf ihr, um ihre Klitoris zu stimulieren, und stütze mich auf die Unterarme, um sie ansehen zu können. Ihre Augen sind zu drei Vierteln geschlossen, und sie gibt leise kleine Seufzer von sich, allem Anschein nach ist sie im frühen Stadium sexueller Verzückung. Und dann sagt sie auf einmal in normalem Ton: »Du kannst ruhig ein bisschen fester machen.«

Ich kenne die bösartigen Kreaturen, die in solchen Situationen in meinem Inneren wüten, und bin es gewohnt, gegen ihre wogenden, stachligen Fänge anzukämpfen. Aber für Panik habe ich jetzt keine Zeit. Wie soll ich reagieren? Wie viel Aggressivität ist angemessen? Ich könnte nach zusätzlichen Informationen fragen, aber sie ist die respektvolle Kommunikation offensichtlich leid. Ich brauche jetzt Instinkt und Spontaneität, ich muss alles richtig machen, ohne mir eine Strategie zurechtzulegen oder die zur Verfügung stehenden Hinweise auswerten zu können. Ich packe sie an den Haaren und ziehe vorsichtig daran, aber jetzt ist mein Gleichgewicht gefährdet. Außerdem: Spiele ich gerade die inzestuöse Vergewaltigung einer Zehnjährigen nach? Ich kann das nicht. Am Ende mach ich das Gleiche wie am Anfang, nur mit mehr Nachdruck und weniger Augenkontakt, sage dann etwas von morgen früh packen, und dann schlafen wir.

Der Flug nach Denver dauert dreieinhalb Stunden. Ich sitze in der Business Class am Fenster und beobachte die Flugbegleiterinnen. Eine ist dürr und blond, um die vierzig mit einem beeindruckenden Lächeln und so liebenswürdigem Auftreten, dass sie auf das *Honey* und *Sweety* verzichten kann, das die meisten Stewardessen in ihrem Alter in ihren Wortschatz aufnehmen, um damit das Verblassen ihrer körperlichen Reize zu kompensieren. Die andere, eine Brünette mit weichen Gesichtszügen, beobachtet ihre ältere Kollegin und versucht, sich ihr Charisma abzuschauen. Ich weiß nicht, ob man das lernen kann, aber ich respektiere den Versuch, vor allem, weil sie sich eigentlich auf ihrer hinreißend rosigen Haut und den geschluderten Diphthongen ausruhen könnte. Ich verbringe den Flug damit, zwischen den westlichen Vereinigten Staaten unter uns und diesen Frauen hin und her zu blicken, die geschäftig den Gang auf und ab laufen. Ich versuche, nicht an gestern Abend zu denken.

Der Typ neben mir sieht auf die Art gut aus, die das Adjektiv *gutaussehend* geradezu herausfordert. Nachdem er sein Handgepäck verstaut hatte, setzte er sich hin und lächelte nur freundlich, um mir zu zeigen, dass er nicht versuchen würde, sich mit mir zu unterhalten, dann richtete er seine Aufmerksamkeit auf einen *Sharper-Image*-Katalog. Jetzt, in der Flaute vor der letzten Getränkerunde, fängt er an, sich mit der jüngeren Stewardess zu unterhalten und sich scherzhaft über das Verhältnis Käse zu Cracker auf den Snacktabletts zu beschweren. Die Blondine bleibt auf dem Weg aus dem Cockpit stehen, um zu sehen, was so lustig ist, und schnell unterhält er beide Frauen mit Ausführungen über sein wenig verheißungsvolles Thema. Er fuchtelt mit dem Käse in der Luft herum, tut so, als würde er ihn auf sein Ausklapptischchen pfeffern, aber das kann er nicht wirklich, weil der Tisch ihm dann auf die Knie klappen würde, also täuscht er das Hinschmettern nur an. Die Flugbegleiterinnen lachen trotzdem und lehnen sich dabei in Pausenhaltung an die benachbarten Rückenlehnen. Ich tue so, als würde ich das Bordmagazin lesen. Der Typ macht sich total lächerlich – jeder sieht lächerlich aus, wenn man ihn beim Flirten beobachtet. Aber immerhin besteht die Möglichkeit, dass er mit zwei Stewardessen gleichzeitig ins Bett geht. Wer sieht jetzt lächerlich aus? Außerdem darf man nicht unterschätzen, was er aus dem vorhandenen Material rausholt – er hat jetzt schon gute sechs oder sieben Minuten aus Käse und Crackern gestrickt. (Es ist durchaus von Vorteil, dass sein Argument eine Grundlage hat: Man bräuchte wirklich immer einen Cracker mehr.) Jetzt fragt ihn die Blonde, was er in Denver vorhat, ich kann nicht einschätzen, ob sie nur Konversation macht oder die logistischen Verhandlungen eröffnet, später zu dritt in einem Hotelzimmer zu landen. Wenn es Letzteres ist, wäre es dann der Höhepunkt seiner Reisekarriere, oder sieht so die Welt für Männer aus, die Arme wie ein Quarterback und ein kantiges Kinn haben? Das Leben der anderen ist ein ewiges Mysterium.

Ich wollte am Flughafen ein Auto mieten, falls es mir im Haus irgendwann zu viel wird, aber meine Mom bestand darauf, mich abzuholen. Das letzte Mal, als ich sie besucht habe, wartete sie am Gate auf mich, aber jetzt kommt man ohne Boarding Pass nicht mehr durch die Sicherheitskontrollen. Aus einem Impuls heraus suche ich auf den handgeschriebenen Schildern der Limousinenchauffeure nach meinem Namen, aber nein, meine Mutter steht ein wenig abseits und winkt schüchtern. Sie sieht älter aus als damals, als ich zwölf war, diese Entwicklung überrascht mich immer wieder. Ich beuge mich zu ihr hinunter, um sie zu drücken, und sie wirft mir die Arme um den Hals.

»Na«, sagt sie. »Wie war dein Flug? Hast du Durst? Hast du im Flugzeug genug Wasser getrunken?« (Die Dehydration im Flugzeug ist eine der großen Sorgen meiner Mutter.) Sie ist erstaunt, dass meine Sachen alle ins Handgepäck passen, dabei bin ich nur für zwei Nächte hier.

Sie geht voraus auf den Parkplatz zu ihrem Geländewagen. Ich wollte ihr ein Auto kaufen, aber sie hat abgelehnt; das Haus war genug, und da sie keine Hypothek mehr abbezahlen musste, konnte sie ihren Kleinwagen gegen diesen scheußlichen SUV eintauschen. »Ich bin so froh, dass du kommen konntest!«, sagt sie, als wir auf der Autobahn sind. »Du hast im Moment bestimmt unheimlich viel zu tun.« Die Tatsache, dass ich Millionen von Dollars, aber keinen Job habe, ist meiner Mom unangenehm: Sie weiß nicht, womit ich meine Tage verbringe. Da geht es ihr wie mir.

»Nur schade, dass ich deinen richtigen Geburtstag verpasst habe«, sage ich. (Der war vor drei Tagen; morgen wird gefeiert.) Die trüben Wolken werfen biblische Lichtstrahlen zur Erde und erinnern mich daran, wie sehr ich das melodramatische Wetter in Denver hasse.

»Wie läuft es mit Maya?«, fragt sie. Ich habe ihr nicht

viel erzählt, aber sie hat anscheinend mitbekommen, dass es etwas Ernstes ist.

»Ganz hervorragend«, antworte ich. Es stimmt, wenn man alles herausfiltert, worüber ich nicht nachdenken will und was ich meiner Mom auch dann nicht sagen würde. Aber ich verspüre den Drang, mehr zu erzählen, um jedem klarzumachen, wie wichtig Maya ist. Die Zeitungen drucken die falschen Schlagzeilen, sie konzentrieren sich auf ergebnislose Berichte von Waffeninspektoren und Nachrichtendiensten, wo sie doch eigentlich über Mayas Sinn für Humor und ihre wundervollen kleinen Brüste berichten sollten. »Ich bin irgendwie total in sie verliebt«, sage ich, weil es stimmt.

Mom sieht mich nervös an, dann flattert ihr Blick wieder zurück auf die Autobahn. »Du lässt sie doch etwas unterschreiben, nicht?«, fragt sie.

»Ich weiß nicht, was du meinst«, sage ich, aber es dämmert mir bereits.

»Ach, ich sollte mich da gar nicht einmischen«, sagt sie. »Wenn du sie dir ausgesucht hast, ist sie mit Sicherheit eine ganz wunderbare Frau. Es ist wirklich wunderbar, Eric – ich freue mich so für dich! Ich meine nur, na ja, du hast so hart gearbeitet, und es wäre doch schrecklich, das alles wieder zu verlieren. Ich weiß, wie Frauen sein können.«

Die Berge im Westen sehen ausgelaugt aus, als wären alle Mineralien herausgesaugt worden und nur noch ein Haufen Staub übrig. Ich rechne die Stunden aus, die noch vor mir liegen, bis ich nach San Francisco und zu

Maya zurückkehre, weg von meiner Mutter und ihren Befürchtungen: dreiundvierzig. Nein, hier ist es eine Stunde später: vierundvierzig.

»Mom, wir sind erst seit sechs Wochen zusammen«, sage ich. »Wir werden in nächster Zeit nicht heiraten.«

Sie fährt von der Autobahn ab und auf das Neubaugebiet in den kargen windreichen Ebenen südlich der Stadt zu, in dem ihr neues Zuhause steht, ein freistehendes Haus, umgeben von identischen Zwillingen, die alle in Flieder mit purpurfarbenem Rand gestrichen sind. Ich war seit dem Kauf nicht mehr hier, bei dem meine Mom weinte und sich bei mir ein dünner Faden aus dem dicken Strang angehäufter Unsicherheit und Schuldgefühle löste. Ich fragte sie, ob sie nicht lieber ein Haus näher an der Stadt haben wollte, ein gemütlicheres, eines, das nicht genauso aussah wie jede andere bauliche Struktur in Sichtweite. Sie erzählte etwas von der Abwesenheit von Lärm und Kriminalität und Dreck, aber ich vermute, der wahre Reiz des Grundstücks war weniger konkret. Meine Mutter fürchtet sich vor Hotelbetten, getragener Kleidung und öffentlichen Schwimmbädern, Dinge mit einer Nutzungsgeschichte durch Fremde. In einen *schlüsselfertigen Neubau* wie in der Bauunternehmerfachliteratur zu ziehen war für sie wie ein Exorzismus.

Ich gehe hinter ihr her ins Haus und mache die überraschend leichte Haustür zu. Der Eingangsbereich mit hoher Decke und pompös geschwungener Treppe sieht fast genauso aus wie damals, als wir mit der redseligen Dame vom Maklerbüro hier waren. Meine Mutter hat ihr Leben lang in Häusern gewohnt, die zu klein waren, und der Gedanke daran, dass sie endlich genug Platz haben würde, machte sie schwindlig und wirr.

Sie geht in die Küche, ohne mir eine Hausführung anzubieten, und fängt ungefragt an, überbackenen Käsetoast und Tomatensuppe zu machen, ein Essen, das ich immer geliebt habe. Ich will mich an den Küchentisch setzen, von wo aus ich sie schon tausende Male habe kochen sehen, aber es gibt keinen: Der Tisch steht jetzt im Esszimmer. Setzt sie sich zum Essen wirklich dorthin, oder isst sie vor dem Fernseher? Der Edelstahlkühlschrank ist mit Kürbismagneten verziert, aber es gibt nichts, was sie festhalten könnten. Als sie die Toastscheiben buttert und dann in der Pfanne wendet, sprechen wir über ihre Arbeit, dieses Arschloch Wade, die Party morgen. Wir wollen beide nicht mehr über Maya sprechen, und damit gibt es über mein Leben nicht mehr viel zu sagen.

Als die zwei Sandwiches für mich und das halbe für sie fertig sind, nehmen wir unsere Teller und Suppenschüsseln mit ins Esszimmer. Ich gehe noch einmal in die Küche und hole Küchenrolle und Besteck, und wir setzen uns einander gegenüber an den Tisch und lächeln ob der gewohnten Situation in der ungewohnten Umgebung. Sie pustet auf einen Löffel Suppe und sagt: »Dein Vater hat übrigens angerufen.«

»Du hast mit ihm gesprochen?« Soweit ich weiß, haben meine Eltern seit sieben Jahren kein Wort mehr miteinander gewechselt. »Und, wie war's?«

»Ehrlich gesagt war es ziemlich anstrengend«, sagt sie. »Er hat ganz freundlich getan und gefragt, wie es mir geht, und ich wusste nicht, was ich zu ihm sagen soll. Und dann hat er gefragt, ob ich in letzter Zeit was von dir gehört hätte. Als wärst du ein alter Schulfreund!«

»Hat er erwähnt, dass wir uns zum Essen getroffen haben?«

»Er hat erzählt, dass er dir einen Job angeboten hat – dich *anwerben* wollte, so hat er es formuliert – und dass du abgelehnt hast, was ein großer Fehler wäre, und ich doch mal mit dir darüber reden sollte. Er meinte, es wäre deine große Chance, den Blitz zweimal an der gleichen Stelle einschlagen zu lassen, und du würdest dir etwas durch die Lappen gehen lassen.«

»Hast du ihm gesagt, er soll sich ins Knie ficken?«

Ich ernte einen missbilligenden Blick. »Nein, habe ich nicht. Aber ich habe ihm gesagt, dass du schlauer bist als deine beiden Eltern zusammen und deine eigenen Entscheidungen triffst.«

Ich gebe einen Laut von mir, der Dankbarkeit ausdrücken soll, ohne dabei ebenfalls ihre Intelligenz in Frage zu stellen. »Wenn er dich noch mal belästigt, sag ihm einfach, er soll mich direkt anrufen«, sage ich. »Es gibt keinen Grund, dich in diesen Mist mit reinzuziehen.«

»Ich komme schon damit klar«, sagt sie. »Ich habe keine Angst vor deinem Vater.«

Nach dem Essen sehe ich mir das Haus an – zu viele Oberflächen, nicht genug Objekte, um sie zu dekorieren – und ziehe mich dann ins Gästezimmer zurück. Ich bin fast sicher, dass ich der Erste bin, der es benutzt. Kurz bevor ich einschlafe, kehren meine Gedanken zu der ängstlichen Mahnung meiner Mutter wegen des Ehevertrags zurück. Ich weiß, dass sie nur verhindern will, dass mein Leben so sabotiert wird wie ihres. Aber ich muss daran glauben, dass es nicht so läuft, wenn Maya und ich uns scheiden lassen. Wir werden uns vernünftig, verständnisvoll und erwachsen verhalten. Ich wünschte, ich könnte mir da sicher sein. Werden Verbitterung und Reue uns in die Enge treiben? Oder werden wir es schaffen, einander durch das Dickicht der Feindseligkeit hindurch zu erkennen und aufeinander zugehen, uns an den Händen fassen und sagen: *Hier bin ich, ich habe dich mal geliebt?*

Victoria, die Arbeitskollegin meiner Mom, ist die Erste. Sie hat ihren zehn Monate alten Sohn Carlos dabei, er ist ziemlich proper und quengelig. Wir setzen uns ins Wohnzimmer an das große Panoramafenster, und meine Mom holt eine Tüte Nachos und ein Schälchen Salsa. (Ich habe Angst, dass Victoria sich von dem quasimexikanischen Snack gegängelt fühlt, aber sie greift munter zu.) Als es erneut klingelt, hat meine Mom gerade Carlos auf dem Schoß, also mache ich die Tür auf.

Vor der Tür steht Stacey Oberfell. »Da haben wir ihn ja!«, ruft sie. »Den verlorenen Sohn.« Das Adjektiv erscheint mir ungerechtfertigt. »Lass dich mal ansehen«, sagt sie, tritt ein und begutachtet den Effekt, den acht Jahre auf meine Physiognomie gehabt haben. »Du siehst deinem Dad immer ähnlicher.«

Im Wohnzimmer umarmen sich Mom und Stacey, und Stacey und Victoria stellen sich einander vor, dann setzen wir uns auf die Couchgarnitur. »Da wären wir also«, sagt Stacey. »In dem Haus, das Eric gebaut hat. Oder immerhin gekauft.«

»Ich wüsste gar nicht, wie man ein Haus baut«, sage ich. »Wie geht es dir denn, Stacey? Was macht die Familie?«

»Denen geht's gut. Bronwen und Pete waren ganz neidisch, als ich ihnen erzählt habe, dass ich dich heute treffe. Bronwen macht eine Ausbildung zur Krankenschwester – wir sind alle ganz stolz auf sie.« Ich wüsste gern, ob sie einen Freund hat und ob sie manchmal von mir spricht, aber das frage ich nicht. »Pete hat letztes Jahr das College beendet und ist jetzt an der Offiziersschule, wer hätte das gedacht?«

Es fällt mir schwer, mir den ängstlichen neunjährigen Pete in Uniform vorzustellen, vor allem wegen der derzeitigen Massierung von Truppen in Kuwait. »Und was ist mit Gary?«, frage ich, als wären Gary und ich gleichaltrig oder befreundet. Plötzlich denke ich: Haben sie sich vielleicht scheiden lassen? Habe ich es nur vergessen?

»Ach, dem geht's prima«, sagt sie. »Seine Praxis geht richtig gut, und wir sind nach Aurora Hills gezogen, in ein richtig schönes Haus. Nicht so schön wie das hier natürlich« – sie macht eine Geste zu den hohen Decken hin –, »aber auch ziemlich schön.«

Ich war davon ausgegangen, dass die Teilnahme an einem Zwölf-Schritte-Programm für eine beeindruckende Gästeschar sorgen würde, aber es sieht nicht so aus, als würden noch ein Pate oder andere cleane Abhängige auftauchen. Ich stelle mir meine Mom bei einem dieser Treffen vor, wie sie in der letzten Reihe neben einem überdimensionalen Kaffeespender sitzt. Es ist merkwürdig, der einzige Mann in der Runde zu sein, das Gefühl vermischt sich mit der Tatsache, dass Victoria wahrscheinlich ein paar Jahre jünger ist als ich. Ich spüre eine gewisse Erwartungshaltung, als müsste ich etwas abliefern. Die Unterhaltung versickert in dem riesigen Haus. Vielleicht liegt es aber auch daran, dass es zwischen den Gästen keine echte Verbindung gibt: Victoria von der Arbeit, Stacey von früher, mich von der Natur.

Carlos fängt an zu schreien, und Mom gibt ihn Victoria mit verlegenem Blick zurück, als hätte sie etwas falsch gemacht. Victoria holt wie selbstverständlich ihre Brust hervor und dockt Carlos daran an, ich sehe zu Boden. »Erzähl doch mal ein bisschen was«, fordert mich Stacey auf. »Irgendwelche neuen Millionendollarfirmen in Sicht? Beim nächsten Mal musst du uns unbedingt Bescheid sagen, damit wir investieren können!«

»Ähm, nein, ich arbeite gerade an nichts Kommerziellem«, erkläre ich. »Ich programmiere immer noch, aber das meiste ist Open-Source.«

Stacey lächelt und nickt, um zu zeigen, dass sie keine Ahnung hat, wovon ich spreche, und nicht will, dass ich es weiter ausführe. »Tja, wir sind jedenfalls alle ziemlich stolz auf dich«, sagt sie. »Ich habe zu meinen Kindern gesagt: *Seht ihr, ich habe euch ja gesagt, ihr solltet euch mit Computern befassen.*«

»Aber es scheint ihnen doch auch ohne Computer ganz gut zu gehen«, sage ich. »Gibt es nicht gerade einen akuten Mangel an Krankenschwestern?«

»Ja, ja«, sagt Stacey gelangweilt. »Und, Margo? Wie fühlt sich die große Fünf-Null an?«

»Na ja, ich fühle mich …«, setzt meine Mom an und macht dann eine Pause, die so endlos ist wie die kahle Landschaft vor dem Fenster. Dann erinnert sie sich wieder an ihren Text: »Ich bin so dankbar, dass ich hier sein darf. Ich habe harte Zeiten durchgemacht, aber jetzt«, sie lächelt mich an, »jetzt bin ich hier in diesem schönen Haus, und ich kann wieder arbeiten und habe seit einem Jahr, vier Monaten und sechs Tagen keine Tablette und kein Glas Alkohol angerührt, und dank euch und dank Gott bin ich auf dem richtigen Weg.« Am Ende dieser Litanei hört sie sich beinahe fröhlich an.

»*Das* ist doch ein Grund zum Feiern, stimmt's?«, sagt Stacey, als müsse man es von etwas anderem abgrenzen. Ein Toast scheint angebracht, aber nur Victoria und ich haben ein Glas, beide mit Cola light gefüllt.

»Dann ist es jetzt Zeit für die Geschenke, oder?«, fragt Victoria. »Und gibt es vielleicht so was wie Kuchen?« Sie wirft mir ein funkelndes Lächeln zu, und ich bemerke zu spät, dass ich hier eher die Gastgeberrolle spiele als die des Gastes, ich bin mitverantwortlich für den Festapparat.

»Oh, nein, ich, äh, ich habe gar keinen Kuchen besorgt«, sage ich. In Staceys Gesicht erkenne ich, dass sie so etwas insgeheim gehofft hatte. Ich kann meiner Mom nicht in die Augen sehen.

»Aber Geschenke haben wir«, sagt Victoria. Vor langer Zeit wurde festgelegt, dass meine Mutter Kürbisse mochte und Geschenke für sie etwas mit Kürbissen zu tun haben sollten: Ihre Eieruhr ist ein Kürbis, die Schürze ist ebenfalls mit Kürbissen bedruckt. Ich habe den Verdacht, dass die Kürbisleidenschaft vorrangig den Zeitaufwand derer minimieren soll, die ihr eine Freude machen wollen. Victorias Geschenk ist ein Halloweenkürbis aus Keramik, dessen Gesicht eher niedlich als angsteinflößend ist. Als Kind empfand ich Halloweenkürbisse immer als Verfälschung unseres Kürbisgedanken, weil sie eher zu Halloween als zum Geburtstag meiner Mutter gehörten, aber ich erinnere mich nicht daran, dass meine Mom irgendwann ähnliche Gefühle geäußert hätte. Über Victorias Karte freut sie sich noch mehr als über den Kürbis, darauf ist ein Gedicht mit dem Titel »An eine Frau, die ich bewundere« gedruckt.

Stacey schenkt ihr einen gerahmten Druck, ein Gemälde mit sandburgenbauenden Kindern, das die Aufmerksamkeit auf die kahlen Wände zieht. Ungefähr einmal pro Minute prüfe ich den Knoten, den das schlechte Gewissen in meinem Hinterkopf bildet, und erinnere mich wieder an die Sache mit dem Kuchen. Ich hoffe nur, dass mein Geschenk alles wieder wettmacht, zumindest annähernd: Es ist eine Brosche aus Gold und Topas, die teurer war als alles, was meine Mom sonst trägt, aber nicht so protzig, dass es unangebracht wäre. Sie nimmt sie aus dem Schächtelchen. »Ach, Eric«, sagt sie. »Ach, ist die schön!« Sie steckt sie vorsichtig an ihren Pullover, dabei führt sie die Nadel sorgsam zwischen den Fäden hindurch. »Etwas Schöneres habe ich noch nie gehabt.« Sie versucht, mein Gewissen wegen des Kuchens zu erleichtern, und ich weiß ihre Bemühungen zu schätzen, auch wenn es mein Versagen nur noch lebhafter veranschaulicht.

Für den Rest des Nachmittags gibt es keine Planung. War dafür auch ich verantwortlich? Im nächsten Applebee's etwas trinken zu gehen ist keine Option. Wenn ich nur für eine halbe Stunde abhauen könnte, würde ich einen Kuchen im Supermarkt besorgen und dann bei Blockbuster halten und einen Film über vier Frauen mittleren Alters ausleihen, die lernen, wie man ein erfülltes Leben ohne Männer führt. Wir bemühen uns alle um neutrale Gesprächsthemen und essen Chips und Salsa, bis es keine Chips mehr gibt, die groß genug zum Dippen sind.

»Deine Mom hat uns von deiner neuen Freundin erzählt«, sagt Victoria und sieht mich an, als würde sie flirten, nur ohne jeglichen sexuellen oder romantischen Hintergedanken. Junge Mütter machen das manchmal, sie halten sich automatisch an die Abfolge eines Rituals, aus dem sie herausgewachsen sind.

»Hoffentlich nichts allzu Persönliches«, sage ich.

»Nein, nur dass du bis über beide Ohren verliebt bist«, erklärt Victoria und betont dabei die letzten Worte besonders. Ich würge das Thema mit einem verlegenen Schulterzucken ab, weil ich fürchte, dass meine Sohnesliebe einem Vergleich nicht standhalten würde. Wenn heute Mayas Geburtstag wäre, hätte ich mit Sicherheit einen Kuchen besorgt.

Nach einer weiteren Stunde breiten sich langsam die Schatten auf den Hügeln vor dem Fenster aus, und die Gäste nehmen das als Signal zum Aufbruch. Auf dem Weg nach draußen sagt Stacey: »Ich lasse mir von deiner Mom deine E-Mail-Adresse geben und leite sie dann an die Kinder weiter. Die freuen sich bestimmt, von dir zu hören.« Schließlich sind wir allein.

»Na, das war doch nett«, sagt Mom.

»Es tut mir so leid, dass ich mich nicht mehr gekümmert habe«, entschuldige ich mich.

»Aber nicht doch, nein, nein, mach dir darüber keine Gedanken«, sagt sie. »Wer mag denn schon wirklich Geburtstagskuchen? Und das hier«, sagt sie und berührt die Brosche, »ist etwas ganz Besonderes.«

Nur wenig später springt die Heizung an, und wir bestellen Pizza bei Domino's und sehen uns die Nachrichten an. Zwei Kinder sind bei einem Hausbrand in Colorado Springs umgekommen, und irgendjemand hat Beweise gefälscht, dass Saddam Hussein in Niger Uran kaufen wollte. Ich will die Nachrichten kommentieren, kann aber nur daran denken, wie meine Mutter hier jeden Tag allein sitzt und Tiefkühlkost statt Pizza isst. Morgen bringt sie mich zum Flughafen. Ich hatte mir ihr Leben als eine Art stumpfsinnige Wiederholung gesellschaftlicher Verpflichtungen vorgestellt, die sich um ihren Lesekreis und AA-Treffen drehen, aber es gibt keine Anzeichen dafür, dass anlässlich meines Besuchs solche Veranstaltungen ausgesetzt oder verschoben wurden. Das Haus. Ich dachte, es wäre das Richtige, aber es ist zu groß und zu leer, ein Trostpreis. Mom sieht fern, und ich starre hinaus auf die letzten Spuren des Lichts, gerade genug, damit sich die Hügel noch vor dem Himmel abheben.

Maya kommt in ihrer Jacke die Treppe herunter. Ich trage Plastiktüten mit einem Sixpack Bier, einem Baguette und zwei Sorten Käse. Als sie aus der Tür tritt, unterdrücke ich den Impuls, sie hochzuheben und herumzuwirbeln. Viele kleine Menschen mögen es nicht, wenn man sie hochhebt, selbst wenn man es aus Liebe tut. Das gilt wahrscheinlich doppelt für kleine Menschen, die sexuell missbraucht worden sind. Ich habe Maya geraten, vorher eine Kleinigkeit zu essen, da Cynthia einen merkwürdigen Metabolismus hat und normalen Hunger nicht einschätzen kann; einmal hat sie sechs Leuten ein Abendessen kredenzt, das ausschließlich aus gebratenen Yamswurzeln bestand. Auf dem Weg zu Cynthia versuche ich, Maya von der Geburtstagsfeier meiner Mutter zu erzählen. Das ist ein heikles Unterfangen, denn ich will die Blase aus Traurigkeit, die seitdem in meiner Brust sitzt, nicht platzen lassen. Das Kuchendebakel verschweige ich lieber ganz.

»Es kommt mir vor, als würde sie da draußen auf dem Mond wohnen«, sage ich. »Hundert identische Häuser, die gerade weit genug auseinander stehen, dass man niemals einen anderen Menschen trifft.«

Sie hält an, um ein Stück Dreck mit dem Fuß in den Rinnstein zu schieben, so behutsam, dass es scheint, sie wolle sowohl den Dreck als auch den Fuß schonen. »So stelle ich mir den Mond nicht vor«, sagt sie nur.

Cynthia und Maya wurden einander damals auf Cynthias Party vorgestellt, aber das hier ist ihr erstes Treffen mit mir als Bindeglied. Als sie sich an der Tür begrüßen, tun sie es in der *Ich-habe-nur-Gutes-über-dich-gehört*-Manier, die unter Freunden von Freunden üblich ist. Cynthia bringt uns nach oben in die Küche, wo Sam schon in einen Stuhl gefläzt am Tisch sitzt. Sie steht nicht auf, als wir hereinkommen. Ich erkenne sie als die kleidungsmäßige Butch- und körperliche Femme-Hälfte des Pärchens von der Party: zart und hübsch, mit schmalem, unschuldigem Gesicht und dichten schwarzen Locken. Sie könnte fast als Junge durchgehen, wenn nicht ihre glatte Haut und der Platinstecker wären, der wie ein Muttermal in ihrer Oberlippe steckt. Der Trend unter den Lesben in San Francisco geht dahin, sich auf der Grenze zwischen Butch und Transgender zu bewegen, so dass der Gebrauch von Pronomen nervenaufreibend und unvorhersehbar ist. (Cynthia hat mir das mit der übertriebenen Genauigkeit erklärt, mit der man erst kürzlich erworbenes

Wissen präsentiert.) Für einen heterosexuellen Mann ist die lesbische Liebe wie der Kommunismus: in der Theorie Utopie, in der Praxis enttäuschend. Maya und ich setzen uns und machen unser Bier auf, während Cynthia auf dem Herd Kohl wendet.

»Wie habt ihr zwei euch denn kennengelernt?«, fragt Maya Sam.

»Gemeinsame Freunde«, sagt Sam mit selbstironischem Augenrollen, als wären sich alle darüber einig, dass das die langweiligste und am wenigsten vielversprechende Art ist, jemanden kennenzulernen.

»Und ihr zwei habt euch hier kennengelernt!«, ruft Cynthia. »Ich bin ja so stolz!« Sie dreht sich um und hält ihr Bier zum Anstoßen hoch. Ich würde begeisterter anstoßen, wäre dieses erste Treffen nicht so verpfuscht gewesen. Hier wurde ich Maya vorgestellt, habe ihr einen Drink gemacht und es nicht hingekriegt, mit ihr zu sprechen. Hier hat das Ganze angefangen, und ab hier geht es bergab.

Als Cynthia die Teller mit Kohl und grünen Bohnen auf den Tisch stellt, will ich einen wissenden Blick mit Maya tauschen, aber dafür ist sie zu höflich. Wir fangen an zu essen, und es entsteht eine kleine Pause, in der wir kauen und darüber nachdenken, was wir als Nächstes sagen. Maya, die das beruflich macht, beginnt, Cynthia auszufragen, sie fängt bei ihrem Job an, bohrt aber auch in ihrer Kindheit und ihren Ambitionen für die Zukunft. Ich erinnere mich, wie sie sich so intensiv und aufmerksam mit mir befasst hat. Es fehlt mir, das Objekt ihrer Neugier zu sein. Maya erhält Resultate, wie immer: Ich wusste nicht, dass Cynthia vielleicht eine Weiterbildung zur Krankenschwester machen will und manchmal darüber nachdenkt, zurück nach Denver zu ziehen. In Erwartung des heutigen Abends habe ich mir eine Phantasievorstellung zurechtgelegt, in der Maya und Cynthia sich anfreunden und wir drei eine kleine Gruppe mit mir im Mittelpunkt bilden. In Wirklichkeit droht ihre offensichtliche Sympathie füreinander unterschiedliche Gefühlsfässer in mir zu öffnen und deren Inhalt zu vermischen, eine beunruhigende Aussicht. Ich reiße ein Stück Baguette ab und streiche etwas Weichkäse darauf.

Als sie die zweite Runde Bier auf den Tisch stellt, erzählt Cynthia, dass wieder bewaffnete National-Guard-Truppen an beiden Enden der Bay Bridge postiert sind. Sie kommen und gehen je nach geopolitischer Wetterlage, die für Zivilisten undurchschaubar ist.

»Jetzt marschieren wir also auch noch in den Irak ein«, sagt Sam in mattem Tonfall, fast gelangweilt. Ab einem gewissen Zeitpunkt musste es zwangsläufig zu einer Invasion kommen.

»Ich habe immer den Eindruck, ich hätte etwas verpasst«, sagt Cynthia. »Waren es nicht andere Leute, die uns kürzlich angegriffen haben? Und jetzt fallen wir in den Irak ein, nur weil die da Atomwaffen haben? Ich meine, Kanada hat doch auch Atomwaffen, oder? Marschieren wir deshalb in Kanada ein?«

»Die haben aber kein Öl«, sagt Sam. Ihr Arm liegt auf der Lehne von Cynthias Stuhl, und beim Sprechen streichelt sie Cynthias Nacken.

Maya kennt sich aus und hat eine Meinung zum Thema des drohenden Krieges, und bald sind Cynthia und Sam nur noch ihre Echos. Politisch bin ich von uns vieren am wenigsten auf dem Laufenden: Ich habe mich gerade zweieinhalb Jahre lang mit den Herausforderungen des personalisierten Online-Marketings befasst. Ich bin im Jahr 2000 nicht zur Präsidentschaftswahl gegangen – Bill und ich waren zu beschäftigt, um uns registrieren zu lassen, und Kalifornien war ohnehin eine sichere Sache, außerdem schien mir keiner der Kandidaten besonders inspirierend oder besorgniserregend. Das Einzige, was diese Wahl interessant machte, war, dass sie beinahe unentschieden ausging und ausschlaggebend dafür die schlechte Benutzeroberfläche der Wahlcomputer war. Bill und ich lachten dreißig Sekunden lang darüber und widmeten uns dann wieder unserer Arbeit. Als die Unterhaltung zur reinen Zustimmungsübung wird – die Invasion ist beschlossene Sache, es ist ein Ölklau, ein Mittel, um die Energiekonzerne zu beschwichtigen, ein *Fickt-euch-doch-alle* zur internationalen Meinung, eine narzisstische Zurschaustellung imperialer Macht, eine ödipale Trotzreaktion –, vermisse ich Relevant One auf einmal. Fünfunddreißig Monate lang trafen Bill und ich zwei Dutzend Entscheidungen am Tag: welche Protokolle wir benutzen sollten, welche Features wir einbauen wollten, was zuerst zu tun war, was wir überspringen konnten. (Bill ordnete sich mir meist unter, wenn es ums Design ging, und gewann dafür die technischen Auseinandersetzungen. Ich konnte seine Meinung exakt zweimal ändern, und daran werde ich noch in fünfzig Jahren zurückdenken.) Eine Diskussion wie diese hier, die ihren Antrieb allein der Tatsache verdankt, dass alle der gleichen Meinung sind, wäre für uns eine undenkbare Ressourcenverschwendung gewesen. Alles, was ich in dieser Zeit wollte, war eine Freundin. Und jetzt, als vernichtenden Beweis für die Unausrottbarkeit menschlicher Einsamkeit, habe ich diese großartige Freundin, und es fehlt mir, sechzehn Stunden am Tag mit Bill Fleig zu verbringen.

»Ziemlich *praktisch* für sie, dass *Nine-Eleven* direkt passiert ist, nachdem Bush Präsident geworden ist«, sagt Sam mit dem wissenden Lächeln der Verschwörungstheoretiker.

»Was ist denn mit den ABC-Waffen?«, frage ich. Sam schnaubt verächtlich. Ich glaube, ich habe das Wort ABC-Waffen noch nie benutzt, es hört sich erfunden und dämlich an. »Der Präsident ist ganz offensichtlich ein Idiot. Aber das ändert nichts an der Tatsache, dass sie vielleicht doch Massenvernichtungswaffen haben.«

Maya bleibt gelassen. »Dafür gibt es ja UN-Inspektionen«, kontert sie. »Schau mal, die Regierung macht alles wie immer. Sie erschaffen diese Schurkenstaaten, um uns Angst einzujagen, und dann nutzen sie diese Angst aus.«

Ich will nicht mit ihr streiten, aber ihre momentane, vollkommen ungerechtfertigte Überheblichkeit geht mir auf die Nerven. Es gibt zu viele Dinge, die wir nicht wissen, und selbst wenn wir uneingeschränkte Einsicht in die unter Verschluss stehenden Geheimdienstunterlagen hätten, enthält die Situation zu viele voneinander abhängige Variablen, was eine sichere Vorhersage unmöglich macht. »Ich sage ja nicht, dass ich für eine Invasion bin«, erwidere ich. Cynthia und Sam sehen abwechselnd Maya und mich an, wie die Zuschauer bei einem Tennismatch. »Ich finde einfach, dass wir uns davor hüten sollten, hier ein Fest der Gewissheiten zu feiern. Können wir nicht einfach zugeben, dass wir es nicht wissen?«

Maya legt Messer und Gabel zur Seite. »Du kannst dein Urteil so lange aufsparen, wie du willst«, sagt sie. »Und weißt du was, herzlichen Glückwunsch, du hast gerade die Goldmedaille für kompromisslosen Empirismus gewonnen oder so. Aber währenddessen drückst du der Gegenseite das Schwert in die Hand.«

Ich gebe mit einem Nicken klein bei und stehe zitternd vor Illoyalität auf, um die Teller abzuräumen und das Eis zu holen. Es herrscht Schweigen, während sich die Luft klärt. Politische Uneinigkeit ist im Jahre 2003 selten in San Francisco: Der Konsens ist einfach zu breit.

»Schreibst du über solche Sachen für die Zeitung?«, fragt Cynthia und entschärft das Thema, indem sie das persönliche Register zieht.

Maya wechselt ohne Probleme zwischen den Gangarten. »Nein, ich schreibe über Lokalpolitik«, erklärt sie. »Manchmal kommt es mir ein bisschen belanglos vor, momentan besonders.«

Ich stehe an der Anrichte und zwinge den Portionierer ins hartgefrorene Eis. Sam erwähnt eine Freundin, die für Mayas Zeitung eine Kolumne übers Nachtleben schreibt, und sie tauschen sich darüber aus. Für Sam scheint die Welt aus lauter untereinander verbundenen Klettergerüsten zu bestehen, auf denen sie sich mühelos bewegt: soziales Geschlecht, Mode, Clublandschaft. Die Recovered-Memory-Bewegung mit ihren Therapeuten und Strickpullis und Selbsthilfearbeitsbüchern muss für sie vollkommen überholt sein. Während ich nicht hingesehen habe, hat eine historische Veränderung stattgefunden, unter radikalen jungen Frauen hat sich die Betonung von der Unterdrückung zur Selbstbestimmung verschoben. Vor ein paar Jahren noch liefen tagsüber im Fernsehen fast ausschließlich Sendungen über sexuellen Missbrauch. Jetzt geht es um Milzbrandattentate, Schuhbomben und chemische Waffen. Ist sexueller Missbrauch kein Thema mehr? Maya redet inzwischen von ihrem Redakteur, ihrem Aufgabenbereich, das kenne ich alles schon. Ich sehe sie als hilfloses Kind vor mir, ihr Vater schleicht über den Flur zu ihrem Zimmer. Ich stelle ihn mir immer vor wie Gargamel von den Schlümpfen. Den Missbrauchsakt selbst habe ich selten klar vor Augen. Aber manchmal passiert es. Sie hat nie gesagt, dass er tatsächlich in sie eingedrungen ist. Ihre Erinnerungen sind unscharf. Dass ich so etwas denke, wird alles zerstören. Entweder es gibt in der Wüste versteckte Waffen oder eben nicht. Die Babys, die vor zehn Jahren in Kuwait aus den Brutkästen gerissen und zum Sterben auf dem kalten Boden liegengelassen wurden, waren eine Lügengeschichte. Verschwommene Erinnerungen von

Sinneseindrücken, die zehn Jahre lang verschwunden sind und dann zurückkommen wie verschollene Seemänner zu ihren Familien: wie er sich in der Nacht an ihr reibt, seine Hände an ihrem Körper, sein Atem auf ihrem Gesicht. Wie sicher kann sie sein?

Acht

> Es gibt bekannte Unbekannte, das heißt, wir wissen, es gibt einige Dinge, die wir nicht wissen. Aber es gibt auch unbekannte Unbekannte – es gibt Dinge, von denen wir nicht wissen, dass wir sie nicht wissen.
>
> *Donald Rumsfeld, 12. Februar 2002*

Als ich sieben war, brachte mich Nickys Mom nach Hause, und ich wusste, dass meine Eltern auf mich gewartet hatten, auch wenn ich nicht weiß, woher ich das wusste. Meine Mom sagte: »Wir wollen eine sogenannte *Scheidung.*« Ich kannte das Wort – Dennis Reids Eltern war das Gleiche passiert, und ein paar Wochen lang verstummten immer alle in seiner Gegenwart –, aber mir war nicht klar, was das unter praktischen Gesichtspunkten bedeutete. Mein Vater gab Abendseminare an der Uni und kam oft erst nach Hause, wenn ich schon im Bett lag. Ich bin mir nicht sicher, ob ich überhaupt wusste, wer er war oder warum er bei uns wohnte.

Man erklärte mir, dass Dad in eine Wohnung in der Nähe ziehen und ich ihn dort manchmal besuchen würde. Ich verstand nicht, warum ich ihn besuchen sollte. Wäre es dann so, wie wenn wir Erwachsene besuchten, die keine Kinder hatten und bei denen es kein Spielzeug gab? Ich fragte danach, und mein Dad erwiderte, er werde Spielzeug besorgen. Er klang müde, und ich dachte, der Spielwarenladen müsse wohl ziemlich weit weg von seiner Wohnung sein.

Und dann sagte meine Mom: »Das bedeutet nicht, dass wir dich nicht mehr liebhaben. Das weißt du doch, oder?«

Mir war gar nicht in den Sinn gekommen, dass es irgendetwas mit ihrer Liebe zu mir zu tun haben könnte. Sie wollten einfach nicht mehr miteinander verheiratet sein, und da ich ihre Ehe erlebt hatte, konnte ich ihnen daraus keinen Vorwurf machen. Aber der Gedanke, dass sie mich nicht mehr liebhaben könnten, blieb mir in den Backenzähnen hängen, und ich bekam ihn mit der Zunge nicht wieder heraus.

Die schmerzhaftesten Gedanken wird man am schwersten wieder los.

Als wir nach dem Abendessen bei Cynthia nach Hause kommen, gebe ich vor, betrunkener zu sein, als ich bin, kippe ein großes Glas Wasser hinunter und schmeiße meine Jacke auf die Couch. Ich sage zu oft, dass ich müde bin, und dann gehen wir ins Bett, und ich liege sieben Stunden lang wach.

Maya kann durch reine Willenskraft zu einem Zeitpunkt ihrer Wahl aufwachen. Um sechs Minuten vor sieben schlüpft sie hellwach aus dem Bett, als würde sie einfach von einer Beschäftigung zur nächsten übergehen. Während sie sich anzieht, bleibe ich regungslos liegen und ahme die gleichmäßigen Atemzüge erholsamen

Tiefschlafs nach. Ihre Waschrituale scheinen heute besonders lang zu dauern. Endlich fällt die Wohnungstür ins Schloss. Ich drehe mich auf den Rücken, starre an die Decke und fange vollkommen unmotiviert an zu masturbieren. Früher habe ich es immer mit der trockenen Hand gemacht, aber dann entdeckte ich die Vorteile, die die Befeuchtung der Hand mit Speichel bot, und jetzt kann ich mir gar nicht mehr vorstellen, wie ich mich dabei früher nicht wundgescheuert habe. Vielleicht habe ich mit sachtem Streicheln angefangen und in den letzten zehn Jahren auf der Suche nach stimulierenderen Masturbationserlebnissen nach und nach den Druck gesteigert, bis ich jetzt so hart mit mir umgehe, dass ich vor zehn Jahren noch eingeschüchtert und überfordert gewesen wäre. Als dieser hilflose Versuch, mich zu beruhigen, beendet ist, dusche ich, koche Kaffee, setze mich auf die Couch, stelle den Fernseher an und schaue lange zwischen CNN und der trüben Aussicht vor dem Fenster hin und her, bis ich schließlich den Laptop vom Couchtisch nehme.

Wenn man die Google-Ergebnisse für »Recovered Memory« graphisch darstellen würde, könnte man zwei Cluster erkennen. Einer für die Recovery-Bewegung, die für diejenigen eintritt, die behaupten, sie seien missbraucht worden. Der andere steht für die False-Memory-Bewegung, die die Leute verteidigt, die sich zu Unrecht beschuldigt fühlen. Es gibt viele Verbindungen innerhalb der Cluster, aber nur ganz wenige, die sie untereinander verbinden. Beide Seiten haben tragische Geschichten zu erzählen: traumatisierte Kinder, die von erwachsenen Vertrauenspersonen missbraucht werden; unschuldige Eltern, die einer Hexenjagd zum Opfer fallen. Manche wiedererlangten Erinnerungen wurden bestätigt, manche widerlegt oder widerrufen. Die meisten Internetseiten werden von Amateuren betreut, und das ungelenke Design lässt beide Parteien verschroben und unglaubhaft wirken.

Mir bleibt nicht viel: Maya glaubt, dass ihr Vater ihr schreckliche Dinge angetan hat. In den letzten paar Jahren hat sie angefangen, sich daran zu erinnern. Aber was heißt »erinnern«? Entweder die Erinnerung erscheint als Bild auf ihrem geistigen Bildschirm, oder sie verspürt sie als Todesangst oder als ein Gefühl der Nötigung, beides trägt den Stempel »Erinnerung«, beides sind Spuren des Erlebten. Aber wie kam es zu dieser Kennzeichnung? Das Gehirn ist komplex. Es gibt ein Experiment: Man nimmt zwei Brüder. Der ältere Bruder sagt: *Hey, erinnerst du dich noch daran, wie wir dich im Einkaufszentrum verloren haben?* Der jüngere Bruder sagt: *Hm, daran kann ich mich gar nicht erinnern.* Aber am nächsten Tag sagt er: *Ja, ich glaube ich erinnere mich dunkel.* Und am Tag darauf sagt er: *Ich habe mir die Transformers im Spielwarenladen angesehen, und dann habe ich mich umgedreht, und alle waren weg.*

Nichts davon ist je passiert.

Es ist verlockend, Geschichten über Missbrauch einfach abtun zu können, weil sie so grausam sind. Es wäre doch schön, wenn man jeden Fall von Kindesmissbrauch in einen von Einbildung umwandeln könnte.

Aber nicht alles sind Einbildungen. Ein Collegeprofessor, der mit seiner Frau Urlaub macht, denkt plötzlich an einen ehemaligen Betreuer aus dem Ferienlager, einen Mann, den er vor fünfundzwanzig Jahren zuletzt gesehen hat. Zum ersten Mal erinnert er sich daran, wie er von diesem Mann sexuell missbraucht wurde. Er stellt Nachforschungen an und findet drei andere Kinder, die damals vom selben Betreuer missbraucht wurden. Angestellte erinnern sich daran, wie sie den Mann mit einem fünften Jungen im Bett erwischt haben. (Dieser Junge, heute erwachsen, hat keinerlei Erinnerung an den Vorfall.) Der Betreuer hat in der Zwischenzeit Kinder in einer Kirchengemeinde in Kalifornien, an einer Schule in Oregon und einer weiteren in Texas missbraucht.

Eine Zeitlang erzählten Prominente im Fernsehen jeden Tag von ihren wiedererlangten Erinnerungen. Missbrauchsmemoiren drängten sich auf den Bestsellerlisten. Irgendwann um 1998 hörte das auf. War es nur eine Modeerscheinung? Oder stießen wir auf eine Frage, die wir nicht beantworten konnten, und wechselten lieber das Thema?

Gibt es eine Möglichkeit, sachlich mit Maya darüber zu reden? *Findest du nicht, dass es dir obliegt, zu einer realistischen Einschätzung darüber zu gelangen, was du über dich weißt und was nicht?* Wahrscheinlich sollte ich den Part mit dem Obliegen lieber weglassen. *Empfindest du es nicht als eine Art intellektuelle Unehrlichkeit, die mangelnde Eindeutigkeit der vorhandenen Daten nicht anzuerkennen?* Das ist noch schlimmer. Verkünde ich vom hohen Ross: *Ich kann niemanden lieben, dessen Selbstreflexion nicht gründlich genug ist*? Oder muss man etwas genau kennen, um es lieben zu können – weil man sonst nicht das Ding selbst liebt, sondern ein selbsterdachtes Konstrukt?

Natürlich kann ich nichts davon laut sagen. Was, wenn alles, was sie glaubt, wahr ist? Das Fehlen von Beweisen ist kein Beweis für das Gegenteil. Ihre Mutter stirbt und lässt sie mit ihrem brutalen Vater allein. Sie leidet Qualen und entfremdet sich von sich selbst. Sie kämpft darum, die Wahrheit herauszufinden, sich aus der Deckung zu wagen und ehrlich im Angesicht des Unerträglichen zu leben. Und jetzt verlangt ihr Liebhaber Beweise? Schuldigt sie an, sich Erinnerungen auszudenken? Unmenschlich.

Ich stelle mir immer wieder vor, wie ich irgendwann über das geheime Tagebuch ihres Vaters oder die Notizen ihrer Therapeutin stolpere, woraufhin die Wahrheit ans Licht kommt. Aber das wird nicht geschehen. Es wird sich auch nichts Tiefsitzendes und unmittelbar Glaubwürdiges in Maya regen und sich für eine Untersuchung verfügbar machen. Maya hat keinen persönlichen Zugang zur Wahrheit, und ich erst recht nicht. Der Einzige, der es sicher weiß, ist Donald Marcom, und dessen Wort ist von allen am wenigsten glaubhaft.

Die Website seiner Galerie zeigt nur Fotos von europäischen Bronzen und Flachreliefs. Weitere Suchergebnisse erbringen Abstracts von Artikeln in wissenschaftlichen Fachzeitschriften und Verkaufsberichte in der Branchenpresse. Was würde passieren, wenn ich ihn fragte? Könnte ich an einem verzweifelt ehrlichen Ausdruck in seinem Blick erkennen, ob er lügt?

Mayas Artikel über die Abschleppfirma erscheint diese Woche in der Zeitung. Sie hat ein vorhersehbares, aber dennoch berichtenswertes Muster von Verstößen aufgedeckt: unbegründetes Abschleppen, überzogene Rechnungen, kleinere Bestechungen. Heute hat sie den Besitzer der Firma angerufen und ihn mit den Anklagepunkten konfrontiert.

»Er hat nur immer wieder gesagt: *Das ist doch Bockmist, völliger Bockmist,* immer und immer wieder«, erzählt sie. »Ich habe gefragt: *Können Sie vielleicht etwas konkreter werden?* Und er meinte: *Ja, konkret ist Ihr Artikel Bockmist,* und dann hat er aufgelegt.«

Ich besuche sie in der Redaktion, die enttäuschenderweise aussieht wie jedes andere Großraumbüro eines mittelständischen Unternehmens. Es ist nach neun, und die Nachrichtenabteilung ist leergefegt, aber Korrektoren und Layouter drängen sich noch in den angrenzenden Gängen. Maya hat ihren Artikel vor einer halben Stunde eingereicht, und jetzt sitzen wir in ihrer Arbeitszelle und essen Pasta aus Aluschalen. Ihr Redakteur hat die Glasschiebetür zu seinem Büro geschlossen, die Füße auf den Schreibtisch gelegt, den Ausdruck in der Hand und einen Kugelschreiber im Mund. Er kann Maya jeden Augenblick zu sich rufen, damit sie ihm einen Satz erläutert, eine Unstimmigkeit in der Namensschreibung klärt oder ein Infokästchen entwirft.

»Wie fühlst du dich morgen, wenn es in der Zeitung steht?«, frage ich.

»Ein bisschen nervös«, sagt sie. »Nicht wegen der Story – die ist gut. Ich habe nur Angst, dass er wieder anruft und mich anschreit.« Sie reißt ein Pizzabrötchen in der Hälfte durch und tunkt es in meine übriggebliebene Wodkasoße.

»Was machst du, wenn er anruft?«, frage ich. »Du kannst doch nicht einfach auflegen, oder?«

»Ich könnte schon«, sagt sie. »Aber wütenden Menschen rutscht so einiges heraus. Wir sind dazu angehalten, uns Notizen zu machen und Fragen zu stellen. Einmal hat Angela einen Typen am Telefon gehabt, den ich bis hierhin hören konnte. Er schreit: *Das hier ist nicht für die Öffentlichkeit bestimmt, du Schlampe*, und fängt an, sie fertigzumachen. Und sie sagt: *Tut mir leid, ich spreche nicht inoffiziell mit Ihnen. Alles, was Sie zu mir sagen, werde ich auch zitieren.* Da ist er vollkommen ausgerastet, aber sie grinste nur breit und tippte alles mit. Ich kann das so nicht. Ich reagiere panisch, wenn Leute mich anschreien. Aus nachvollziehbaren Gründen.«

Mit dieser letzten Wendung in Richtung Selbstanalyse scheint sie den Modus zu wechseln, von lockerem Plausch zu etwas Ernsthafterem. Wenn ihre Erinnerungen an den Missbrauch stimmen, wird von mir jetzt erwartet, rasch und gefasst Verständnis und Mitgefühl zu bekunden, nichts Dramatisches oder Aufdringliches.

Aber was, wenn sie falsch sind? Wertet sie mein Mitgefühl dann unterbewusst als Leichtgläubigkeit, oder setzt das ebenjenes nicht vorhandene Wissen über ihre Vergangenheit voraus? Während ich mit dieser Frage kämpfe, starre ich ausdruckslos in meine leere Pastaschale, was ihr bestimmt gefühllos vorkommt, unabhängig davon, ob ihre autobiographische Erzählung nun Dichtung oder Wahrheit ist. So zu tun, als würde ich ihr glauben, ist wahrscheinlich die Strategie mit dem geringeren Risiko und die, die ich bis in alle Ewigkeit verfolgen sollte. Aber dann würde ich vielleicht nicht nur als der größte Depp dastehen, sondern auch noch von Zweifeln geplagt werden, die mein Verhalten beeinflussen könnten, was sich jederzeit in einem schweren Fall von mangelnder Urteilsfähigkeit niederschlagen könnte. Maya sieht mich auf eine Art an, die mich über meinen Gesichtsausdruck nachdenken lässt. Seit fast einer halben Minute reagiere ich nicht, es ist zu spät, um etwas zu sagen, ohne die Zäsur zu begründen. Ich könnte das Thema wechseln, was ein schwerwiegendes konversationelles Foul wäre, uns aber auf festen Boden zurückbringen würde. Jedoch müsste ich dafür in der Lage sein, einen zusammenhängenden Satz über ein anderes Thema zu bilden als das, was mich gerade beschäftigt.

»Geht's dir gut?«, fragt sie.

»Super«, sage ich. »Bin nur müde. War gestern lange auf. Sorry. Das ist echt blöd. Dass du Panik bekommst, wenn dich jemand anschreit. Das muss hart sein. Weil … Das muss echt hart sein.« Sie sieht mich jetzt mit unverhohlener Neugier an, als wäre ich eine ihr unbekannte Spezies.

Als der Redakteur nach ihr ruft, bricht unser Schweigen. »Schlaf dich mal aus«, sagt Maya und drückt meinen Arm.

Ich gehe zu Fuß nach Hause, an unfertigen Lofts vorbei, deren Ausbau wegen des Börsencrashs auf Eis gelegt wurde, und lenke mich damit ab, über Bills neues Projekt nachzudenken. Ich wünsche mir fast, er würde mich um Hilfe bitten, aber wenn es keine Benutzeroberflächen gibt, habe ich nicht viel beizutragen: Multithreading ist ein bekanntermaßen schwieriges Feld, in dem ich keine richtige Erfahrung habe.

Zu Hause liege ich wieder wach und frage mich, ob Donald Marcom wohl schläft und was es bedeutet, wenn ja. Dann gebe ich auf. Ich suche schon nach Flügen nach Los Angeles, als mir bewusst wird, was ich da tue. Ich nehme die Finger von der Tastatur und reibe mir die Augenlider. Das ist doch keine Lösung. Pädophilie ist nicht äußerlich sichtbar wie ein Hautausschlag. Aber ich will ihn ja auch nicht verhören oder eine Diagnose stellen; ich will die Leerstellen in Mayas Geschichte füllen. Ich muss mich damit auseinandersetzen, aber das kann ich nicht allein, und sie selbst kann ich nicht darauf ansprechen. Donald Marcom von Donald Marcom Fine Arts, 20977 Wilshire Boulevard, Los Angeles, ist der einzige andere Mensch, der dazu etwas sagen kann.

Das Problem in die Welt der Machbarkeit, der Internetrecherche und Flugtickets sowie der dreistelligen

Sicherheitsnummer meiner Kreditkarte zu holen lässt Erschöpfung über mir zusammenbrechen wie eine Welle. Ich schaffe es kaum ins Bett, in dem ich für die nächsten neun Stunden bleibe, in Bewusstlosigkeit bade, alle paar Stunden auftauche und mich wieder hineinstürze.

Als ich schließlich wach bin, sieht alles schon ganz anders aus. Ich sitze an der Kücheninsel und trinke Kaffee und kann mir einreden, dass jedes Problem sich von einem Mann der Tat mit den richtigen Mitteln lösen lässt. Von meinem Apartment aus kann ich in anderthalb Stunden in Donald Marcoms Galerie sein. In zwei Tagen werde ich nach Los Angeles fliegen und herausfinden, was ich herausfinden kann, wozu auch immer das gut sein mag. Die Sonne strahlt über Potrero Hill und verwandelt die Staubmilben in der Luft in winzige Sternchen.

Die Galerie mit den Milchglasfenstern, auf denen in unaufdringlicher, serifenloser Schrift DONALD MARCOM FINE ARTS steht, befindet sich in einer Einkaufspassage für gehobene Ansprüche – einem schicken, weißen Minikomplex mit Parkservice, Sushi-Restaurant und einer Zahnarztpraxis. Der handfeste Beweis für die Existenz dieses Mannes in der realen Welt ist verstörend. Es wäre so einfach, sich umzudrehen, wieder in den Mietwagen zu steigen, zurück zum Flughafen zu fahren, seine Sekretärin anzurufen und ihr zu sagen, dass ich aufgehalten wurde. Ich habe gestern mit ihr telefoniert, als ich den Termin gemacht habe; sie hatte die Stimme einer älteren Frau, die wegen ihrer Erfahrung und Kompetenz eingestellt wurde, nicht wegen ihrer Kundenwirkung. Ich erklärte ihr, dass ich kurzfristig in Los Angeles sei und mir unbedingt die Ausstellung ansehen wolle. Sie fing an, Fragen zu stellen und gesprächig zu werden, und ich dachte schon: *Mann, ist die nett!*, bis mir klarwurde, dass sie nur versuchte herauszufinden, ob ich die Zeit ihres Bosses wert war. Die Erwähnung von Silicon Valley räumte eine Stunde in seinem Terminplan für mich frei. Ich denke an diese erfolgreiche Selbstdarstellung, als ich die Klingel drücke, einen Schritt zurücktrete und darauf warte, dass sie – groß, kanarienblond und professionell – mir die Tür öffnet und mich ins Ungewisse führt.

Er selbst macht auf. Ich brauche eine Sekunde, um ihn zu erkennen, weil er nicht der gesichtslose Bösewicht meiner Phantasie ist, sondern ein echter Mensch im Fischgrätanzug. Maya hat seine Farbgebung nicht geerbt – er hat einen rötlichen Hautton, und seine grauen Haare waren wahrscheinlich ebenfalls einmal rot –, aber sie hat seine Züge, und dieser Beweis ihrer genetischen Verwandtschaft lässt Übelkeit in mir aufwallen. Warum ist er so groß? Maya ist nicht groß.

»Schön, dass Sie kommen konnten«, sagt er und lässt mich herein. Die Galerie besteht aus einem großen Raum voller kunstvoll gearbeiteter Objekte: Bronze- und Marmorstatuen, Terrakottareliefs, Büsten und Figurinen und kleine Malereien von mythologischen Szenen, jedes steht auf einem eigenen weißen Podest oder ist an der Wand angebracht. Die Decken sind hoch, und der helle Holzboden und die weißen Wände sind absichtlich neutral, aber es sind einfach zu viele Skulpturen; sie stehlen sich gegenseitig die Schau. »Ich freue mich, dass Sie sich für diese Dinge interessieren«, sagt er. »Setzen Sie sich doch. Kann ich Ihnen ein Glas Wasser anbieten – oder lieber Kaffee?« Seine Aussprache ist exakt, fast britisch.

Am gegenüberliegenden Ende der Galerie stehen zwei Sessel und ein Kaffeetisch, auf dem Kataloge bündig auf Kante liegen. Ein Stück weiter befinden sich zwei Schreibtische, einer prachtvoll und aus Holz, der andere klein, zweckmäßig und aus Glas. Der größere ist mit Büchern, Zeitschriften und Notizblöcken übersät, die übereinandergestapelt, aufgeklappt und mit Post-its versehen sind. Auf dem Glastisch steht nur ein iMac mit Flachbildschirm. Donald überlässt die Computerarbeit wohl seiner Sekretärin. Sie hatte gesagt: »Wir sehen Sie dann morgen um zwei«, aber es gibt keinerlei Anzeichen für ihre Anwesenheit, und es ist Donald selbst, der den Kaffee macht. Der Sessel ist einer von der Sorte, bei denen die Hüfte unter Knieniveau sackt und man eine halb liegende Position einnimmt, was beim Aufstehen einige Mühe kosten wird. Nachdem er eine Weile außerhalb meines Blickfeldes rumort hat, stellt er den Kaffee vor mir ab und setzt sich in den anderen Sessel.

»Verraten Sie mir doch zunächst einmal, warum Sie

hier sind und nicht im Studio irgendeines Wunderkindes in San Francisco«, schlägt er vor. Seine Aussprache von *Wunderkind* ist wie selbstverständlich deutsch. Er schlägt die Beine übereinander und faltet die Hände über dem Knie. Er sieht aus wie ein Psychoanalytiker, der sich meine Träume anhören und mir erklären will, welches meine wirklichen Leidenschaften sind.

Ich bin vorbereitet. »Ich habe ein bisschen über Italien in der Renaissance gelesen«, erkläre ich. »Ich sehe die Ähnlichkeit. Es war das Silicon Valley des sechzehnten Jahrhunderts.« Er lächelt. »Ich meine nicht nur all das Geld, das im Umlauf war, sondern auch die Innovationen, die neuen Ideen.«

»Als man die Kunst der Antike entdeckte, eröffnete sich eine ganz neue Welt«, ergänzt er.

»Es war, als würde die Lösung für jedes Problem, das sie je gehabt hatten, einfach so auf der Straße liegen und nur darauf warten, dass sie sie fanden, ihren Namen darauf setzten und einen Haufen Geld damit verdienten«, sage ich. Das scheint ihm zu gefallen.

»Ich weiß, dass Sie in der Technologiebranche tätig sind«, sagt er. »Sie werden mich sehr unkundig finden, und das bin ich auch. Aber meinen Sie, Sie könnten mir vielleicht erklären, was genau Sie machen?«

Offenbar gefällt sich Donald darin, ein umfassendes Verständnis des Geschmacks und der Wünsche seiner Klienten zu erwerben. »Ich schreibe Computerprogramme«, beginne ich. Er nickt. »Ich habe eine Firma gegründet, die ein spezielles Programm entwickelt hat. Vor einer Weile haben wir das Programm dann an eine viel größere Firma verkauft, und jetzt bin ich arbeitslos.«

Er formt ein Dach mit den Händen. »Und vor Ihnen hat noch niemand so ein Programm gemacht?«

»Niemand hat eins gemacht, das so gut funktionierte wie unseres.« Unter Büromenschen gilt diese Art des Prahlens als nüchterner Realismus, Donald reagiert mit respektvoll geschürzter Unterlippe.

»Sie müssen schlau sein, aber ich weiß nicht genug über Ihr Fachgebiet, um einschätzen zu können, welche Art Cleverness man dafür braucht«, sagt er. »Hat es viel mit Mathematik zu tun?«

»Ein bisschen Mathe ist dabei«, sage ich. »Aber es geht mehr ums Design als um Mathematik. Es überschneidet sich dahingehend, dass es befriedigend für Menschen ist, die geschlossene Systeme mögen.«

»Erzählen Sie mir etwas über das Design«, fordert er mich auf. »Ich vermute, Sie meinen nicht das Design im optischen Sinne.«

Die freundliche Befragung versetzt mich in eine angenehme Passivität, wie ein Kind, das von einem Erwachsenen Fragen gestellt bekommt, auf die es die Antworten kennt. »Es ist vergleichbar mit Architektur«, erkläre ich. »Man arbeitet mit sehr vielen Einschränkungen – den Grenzen der Softwareumgebung, der Hardware, der Programmiersprache –, so wie ein Architekt die Schwerkraft bedenken muss und wo er Rollstuhlrampen und Rohre unterbringt. Man baut etwas, das benutzt werden soll, und man will, dass die Leute dabei glücklich sind.«

»Verstehe«, sagt er, es klingt, als würde er mir ein Kompliment zu meinen erklärerischen Fähigkeiten machen. »Und Ihr Können in dieser Sache hat Ihnen eine Menge Geld eingebracht.« Seine merkwürdige Intonation lässt offen, ob das eine Frage oder eine Feststellung ist. »Es kann ziemlich zerstörerisch wirken, das Geld«, sagt er. »Viele meiner Klienten haben ihres auf einen Schlag verdient, alles auf einmal, wie Sie. Doch es ist merkwürdig: Die Erfüllung eines Traumes geht immer mit einer Enttäuschung über den Traum selbst einher. Haben Sie das auch so erlebt?« Es ist unmöglich, Maya nicht in ihm wiederzufinden.

»So ähnlich«, sage ich. »Es war anders, weil ich nicht versucht habe, reich zu werden.« Ich habe nur versucht, aus Colorado wegzukommen und mich von meiner Einsamkeit abzulenken.

»Ja, das hilft wahrscheinlich«, sagt er und scheint froh darüber zu sein. »Nun, ich würde Ihnen mit Vergnügen alles zeigen und erläutern. Wenn Sie lieber allein mit den Arbeiten sein wollen, kann ich ins Nebenzimmer gehen. Aber es gibt ein Exponat, von dem ich glaube, dass es Ihnen besonders gefallen wird.«

Wir hieven uns aus den Sesseln, und er führt mich zu einem Podest, auf dem ein Bronze-Merkur mit geflügeltem Helm und Sandalen steht, der den linken Arm in die Höhe reckt. Die ursprüngliche Comicfigur *Flash* trug auch so einen Helm. Er erinnert mich an das berühmte Cover der *Flash*-Ausgabe Nummer 123, »Flash zweier Welten«, in dem der neue, stromlinienförmige Flash in ein Paralleluniversum gelangt und seinen behelmten Gegenpart aus dem Goldenen Zeitalter trifft.

»Giambologna«, sagt Marcom. »Das Bindeglied zwischen Michelangelo und Bernini.« Er räuspert sich. »Es gibt eine Geschichte über Giambologna im Vasari. Er war ein junger Rebell und sehr von sich selbst und seinen Fähigkeiten eingenommen. Gerade erst in Rom angekommen, hatte er ein vorzügliches Wachsmodell geschaffen, das brachte er in das Studio des großen Michelangelo.« Er spricht die Namen italienisch aus. »Michelangelo nahm Giambologna das Modell aus der Hand, diesem jungen Emporkömmling, der es gewagt hatte, über seine Schwelle zu treten, und fing an, es neu zu modellieren. Er zerstörte Giambolognas Modell, machte etwas vollkommen anderes daraus. Dann gab er es ihm zurück und sagte: *Jetzt geh, und lerne zu modellieren, bevor du dich daran machst, etwas zu beenden.*«

Er lächelt nicht mehr.

»Würden Sie mir jetzt freundlicherweise erklären, warum Sie hier sind?«

Ich habe alles falsch verstanden.

»Sind Sie gekommen, um mir Gewalt anzutun?«, fragt er.

»Um Gottes willen«, sage ich. »Nein, das ist es nicht.«

»Sind Sie gekommen, um zu sehen, wie ein Monster aussieht?«

»Ich wollte nur die Wahrheit herausfinden.«

Er atmet tief ein, und als er ausatmet, entspannen sich seine Züge. »Nun, dann bin ich froh, dass Sie gekommen sind. Es gibt gewisse Anschuldigungen, selbst heute noch, denen unhinterfragt Glauben geschenkt wird, sobald sie geäußert werden. Lieben Sie sie?«

»Ja, das tue ich«, sage ich perplex, aber auch erfüllt von dem Stolz, den man für eindeutige Gefühle hegt.

»Das freut mich. Ich wünsche ihr, dass sie immer jemanden hat, der sie liebt, besonders, wenn es jemand wie Sie ist.« Der Satz hört sich in seiner exakten Sprechweise merkwürdig an, wie in alten Filmen. »Sie hätten es nicht so weit gebracht, wenn Sie nicht ein rational denkender Mensch wären. Daher flehe ich Sie an: Sehen Sie sich die Beweise an. Sehen Sie sich die Wissenschaft an – die Pseudowissenschaft –, die diese Leute betreiben, um sich zu rechtfertigen. Sehen Sie es sich skeptisch und rational an, und bilden Sie sich Ihre eigene Meinung.«

»Ich habe die einschlägige Literatur gelesen«, sage ich. »Darin findet sich keine Lösung. Deswegen musste ich mit Ihnen sprechen.«

»Stellen Sie sich meine Situation vor«, sagt er. »Ich soll beweisen, dass es etwas nicht gegeben hat. Ich bin sicher, dass ich Fehler mit ihr gemacht habe. Ich musste sie allein großziehen und war dem überhaupt nicht gewachsen. Aber ich habe sie nicht ein einziges Mal auf sexuelle Weise angefasst. Mein Gott, dass ich so etwas wirklich laut aussprechen muss!«

Ein so leidenschaftliches Leugnen, ob es nun wahr oder falsch ist, hat immer den Anschein eines Schauspiels. »Maya hat mir von der Erinnerung daran erzählt, wie es sich angefühlt hat«, sage ich. »Ich weiß nicht, wie ich das formulieren soll, aber … es hat zu den anderen Dingen aus ihrer Kindheit gepasst, zu Dingen, an die sie sich schon immer erinnert hat.«

Er versteift sich, und ich kann jetzt nachvollziehen, dass sie Angst vor ihm gehabt hat. »Diese Dinge wurden ihr suggeriert!«, ruft er. Er schließt für einen Moment die Augen in dem kaum merklichen Versuch, sich zu beherrschen. »Gibt es Dinge, die ich ändern würde? Selbstverständlich. Zeigen Sie mir einen Vater, der etwas anderes behauptet. Aber dieses Zeug über Belästigung, über Missbrauch – das ist der pure Revisionismus! Ihre Kindheit war nicht immer einfach, aber *so etwas* ist *nie* passiert!« Nach allem, was ich in der letzten halben Stunde für ihn empfunden habe – die Art, wie er mit mir über Technik, über Kunst, über Geld gesprochen hat; die Art, wie er mir seine Verzweiflung gezeigt hat –, will ich ihn nicht enttäuschen.

»Woher wussten Sie, wer ich bin?«, frage ich.

»Daphnes Schwester Gail«, sagt er. Alles ist immer komplizierter, als es aussieht. Wir stehen uns zwischen all der Bronze und dem Marmor gegenüber.

»Erzählen Sie mir, wie es war«, bitte ich ihn, »als sie noch klein war.«

Er sieht mich dankbar an, und ich merke, dass ich einen schrecklichen Fehler gemacht habe: Donalds Bild von seiner Tochter wird sich ab jetzt jedes Mal über meines legen, wenn ich sie ansehe.

Zu beobachten, wie Maya aufwuchs, brach Donald jeden Tag das Herz, weil sie ihrer Mutter immer ähnlicher wurde: die gleichen aparten Züge, das gleiche feine, dunkle Haar und die gleichen schmalen Schultern, die gleiche Intelligenz und Selbstbeherrschung. Die Stärke, von der ich geglaubt hatte, sie hätte sich entwickelt, um Maya vor seinen Übergriffen zu schützen, hatte Donald wohl schon in der einundzwanzigjährigen Studentin vom Barnard-Campus gesehen, in die er sich als Doktorand an der Columbia University Hals über Kopf verliebte. Die Ehe war nicht immer einfach – »es ist nicht leicht, mit mir verheiratet zu sein« –, aber er hatte eine intellektuell ebenbürtige Frau gesucht, und die hatte er gefunden. »Sie müssen auch so sein«, sagt er.

Mayas Geburt zwang ihn dazu, sein Selbstbild zu überdenken. »Meine Eltern waren keine liebevollen Menschen«, sagt er. »Ich glaube, ich hatte nie ein richtiges Vorbild für elterliche Zuneigung. Aber in der Sekunde, in der sie geboren wurde, zog mich dieses Kind in seinen Bann, auf einmal war da diese unglaubliche Liebe. Ich wusste gar nicht, wie mir geschah.«

Vier Jahre später hatte er kaum sein Gleichgewicht wiedergefunden, da brach auch schon alles zusammen. Sie versuchten, ein zweites Kind zu bekommen, aber nach anderthalb Jahren war Daphne noch immer nicht schwanger. Das CT ergab, dass etwas in ihr wuchs. Kein Baby, sondern ein Tumor. Ein Jahr lang kämpften der Krebs und die Chemotherapie wie Hyänen um ihren Körper, und am Ende waren von Donalds Frau nur noch eine ausgezehrte Leiche und eine Sechsjährige übrig, die den Kinderfotos ihrer Mutter entsprungen zu sein schien. Wochenlang konnte Donald seine Tochter nicht ansehen, ohne zu weinen.

Als er aus seiner Trauer wieder auftauchte, schwor er sich, dass Maya nicht um seine Aufmerksamkeit kämpfen sollte. Er kündigte seinen Job im Getty Center und machte sich als Kunsthändler selbständig. So konnte er sich seine Arbeitszeit frei einteilen und sie von der Schule abholen und Theateraufführungen und Fußballspiele besuchen (wie sich herausstellte, hatte Maya wenig Interesse an organisierten Veranstaltungen; sie gründete lieber Geheimclubs mit ihren Freundinnen). Er machte sich Sorgen, weil er kein geregeltes Einkommen mehr hatte, aber Daphnes Eltern halfen aus, und es stellte sich heraus, dass er ein Händchen fürs Kaufen und Verkaufen hatte, das vielleicht unentdeckt verkommen wäre, wenn er beim Museum geblieben wäre und dort weiterhin das Geld anderer Leute ausgegeben hätte. Also holte er sie nachmittags von der Schule ab, sie aßen abends gemeinsam, und zwischendrin half er ihr mit den Hausaufgaben. Als sie dreizehn wurde und begann, für den Englischunterricht richtige Bücher zu lesen, las er mit, um beim Abendessen mit ihr darüber diskutieren zu können. Jeden Sommer machten sie Urlaub in Europa; mit sechzehn hatte sie schon die Uffizien, das Musée d'Orsay und die Sagrada Familia gesehen. Wie viele von ihren Klassenkameraden konnten das noch von sich behaupten?

Zwischen Daphnes Tod und Mayas Flucht hatte er

nur eine richtige Beziehung mit einer Frau. Dates ertrug er nicht; früher oder später entwickelte er immer eine leidenschaftliche Antipathie für die nervöse kürzlich Geschiedene, die ihm im Restaurant gegenübersaß. Sie ließen sich in zwei Kategorien einteilen: diejenigen, die sich verstellten, um ihm zu gefallen und jede Frage für einen Test mit nur einer richtigen Antwortmöglichkeit hielten; und diejenigen, die damit protzten, sie selbst zu sein, sich betranken und laut wurden – und verletzend, wenn er ihre Einladung, noch auf ein Gläschen mit raufzukommen, ablehnte. Einer davon gab er eine Chance, vor allem um Mayas willen. Donald und Valerie waren fast zwei Jahre zusammen, und die drei fuhren ein paarmal gemeinsam übers Wochenende weg, einmal sogar nach Italien. Valerie und Maya kamen gut miteinander aus, aber in ihrer Gegenwart wurde Maya immer überhöflich: aufgeräumt, zuvorkommend, undurchschaubar. Erstaunlich, dass sie das mit dreizehn schon heraushatte.

Sie beschloss, in New Hampshire aufs College zu gehen. Donald argumentierte der Form halber für die UCLA, aber er war stolz, dass sie auf eigenen Beinen stehen wollte, dass sie die Selbständigkeit nutzte, zu der sie zwölf Jahre zuvor gezwungen worden war. Er hielt nicht allzu viel auf die Geisteskultur seiner Wahlheimat. Sie waren wegen seines Jobs im Getty Center hierhergezogen, einem guten Job für einen jungen Mann, außerdem waren sie so näher bei Daphnes Eltern, die in Pasadena lebten. Er stellte sich vor, wie sie an der Ostküste bliebe, in Boston oder New York, und er schließlich auch dorthin zurückkehren und mit der Galerie von vorn anfangen oder eine Stelle im Museum of Fine Arts oder der Frick Collection annehmen würde. Er würde mit ihr ins Theater gehen oder sie in den »21«-Club mitnehmen, Vergnügungen, die sie sich selbst nicht leisten konnte; und auf ihrer Hochzeit würde er eine Rede halten und sie damit zu Tränen rühren.

In den ersten Wochen ihres Studiums telefonierten sie jeden Sonntag, manchmal auch öfter. Sie erzählte von ihren Seminaren, ihren Professoren, ihren Freunden. Sie zeigte bereits eine gewisse, neue Zurückhaltung, aber er hatte Verständnis dafür, dass sie von allen möglichen Reizen umgeben war, intellektuellen, politischen und sozialen – er erinnerte sich an seine eigene Zeit am College –, und dass es für sie keine Priorität hatte, ihren Vater auf dem Laufenden zu halten. Er plante eine Reise nach New York, die nicht unbedingt notwendig gewesen wäre, damit er nach Concord fahren, sie zum Essen ausführen und sich die Tochter ansehen konnte, die irgendwie mit ihm allein als Elternteil erwachsen geworden war.

Beim Abendessen herrschte eine gezwungene Atmosphäre. Er fragte sie nach ihren Kursen, und sie antwortete auf diese unerträglich höfliche Weise, die sie Valerie gegenüber an den Tag gelegt hatte, als wären all seine Fragen nebensächlich. Sie erzählte nur lebhaft, wenn es um Triviales ging: Partys und Freunde und Details über das Zusammenleben im Wohnheim. Sie drohte damit, ihren Abschluss in einem Fach zu machen, das sich Kulturwissenschaft nannte. Er erkannte dieses unbekümmerte Mädchen nicht wieder, das sich selbst so wenig ernst nahm. Die Mitbewohnerin, ein richtiges Dummchen, war da keine Hilfe. Wieder in seinem Hotelzimmer, machte er sich Gedanken darüber, dass Ward die falsche Wahl gewesen war, dass er darauf hätte bestehen sollen, sie an eine strengere Uni zu schicken. Er musste sich klarmachen, dass sie als Jugendliche nie eine Trotzphase gehabt hatte. Er hatte sie selbst entscheiden lassen, wann sie nach Hause kam, ihr erlaubt, bei Freunden zu übernachten, wann immer sie wollte, und ihr Sozialleben weitgehend vor ihm versteckt zu halten. Sie hatte es ihm gedankt, indem sie als eine der Jahrgangsbesten von der Schule abging. Das war also ihre Teenagerrebellion, ein paar Jahre zu spät, aber angemessen, notwendig gar. Er interpretierte es als Akt der Großzügigkeit, dass sie damit gewartet hatte, bis sie aus dem Haus war.

Den Rest des Semesters sprachen sie nicht mehr viel miteinander. Er versuchte es locker zu nehmen. Die Weihnachtsferien durfte sie bei ihrer Freundin in Boston verbringen, den Sommer im Mittleren Osten. Immerhin war sie erwachsen.

Und dann kam der Brief.

Beim ersten Lesen verstand er gar nicht, worum es ging. Die Sprache, die sie benutzte, war fremd und verwirrend, voll von politisch korrektem Kauderwelsch. (Er hatte so etwas befürchtet, als sie sich Ward ausgesucht hatte, und jetzt sprang es ihm aus der Handschrift seiner Tochter entgegen.) Sie deutete vage Vorkommnisse an, mit denen er nichts anzufangen wusste: »Was du mir in diesen Nächten angetan hast.« Er las zu Ende und wusste nicht, wessen er überhaupt angeklagt war. Was sollte er ihr in diesen Nächten angetan haben? Als sie noch klein gewesen war, hatte er sie jeden Abend ins Bett gebracht, ihr ein Kapitel aus *Große Erwartungen* oder *Oliver Twist* vorgelesen und dann das Licht ausgemacht. Ab einem gewissen Zeitpunkt war das vorbei gewesen, und sie war allein ins Bett gegangen. Und plötzlich blieb ihm die Luft weg, weil er verstand, was sie meinte.

Er kannte sich mit verdrängten Erinnerungen nicht aus. Er verstand Verdrängung im freudschen Sinne, als Gefühle, die aus der bewussten Wahrnehmung ausgeschlossen wurden. Aber die zeitgenössische Vorstellung, dass schockierende, dramatische Geschehnisse jahrelang unerinnert bleiben konnten, um dann unbeschadet auf der Therapiecouch wieder aufzutauchen … Er hatte nicht bemerkt, wie diese Sophisterei in den allgemeinen Sprachgebrauch übergegangen war. Und jetzt glaubte seine Tochter, dass ihre gesamte Kindheit – die zehn Jahre, die er trotz des Todes ihrer Mutter für ihr Glück gekämpft hatte – nur ein Vorwand war, eine Erfindung, um die schrecklichen Verbrechen gegen sie zu verdecken. Er ist nicht mehr der liebevolle Vater, er ist ein Perverser, ein Gestörter, der sich nur befriedigen kann, indem er über sein eigenes Kind herfällt. Jede Zärtlichkeit zwischen ihnen, jede verbundene Wunde, jeder erfüllte Wunsch – alles dahin. Die Debatten beim Abendessen, die Gutenachtgeschichten von Dickens, wie er ihr das Fahrradfahren beigebracht hat, die Reisen nach Paris und Rom, die Jahre, die er Valerie ertragen hat, damit Maya jemanden hatte, an den sie sich wenden konnte, wenn sie das erste Mal ihre Periode bekam – das sollten alles bloß kunstvoll erdachte Alibis sein. Seine Ehe, die Leidenschaft zwischen ihm und Daphne – können Pädophile solche Gefühle haben, oder war das auch alles gefälscht, ein raffinierter Plan, um das hervorzubringen, was er wirklich wollte, nämlich ein vorpubertäres Kind? Donalds Stimme ist lauter geworden, und er schlägt mit der Hand auf die Armlehne des Sessels. In der Sekunde, in der er den Brief öffnete, ist das hier zu seiner Geschichte geworden: die Anschuldigung, die Verteidigung.

Er rief immer wieder an, hinterließ etliche Nachrichten, bis die Mitbewohnerin abnahm, diese fürchterliche Emily, und ihn bat, nicht mehr anzurufen. Er kontaktierte die Universität und wurde weitergereicht, bis er jemanden vom Studierendensekretariat an der Strippe hatte, eine ignorante Feministin, die ihm etwas von Datenschutz erzählen wollte und ihm sehr deutlich machte, dass ihrer Meinung nach jeder, der beschuldigt wurde, ein Kind missbraucht zu haben, so lange schuldig war, bis das Gegenteil bewiesen war. Er rief Organisationen an, die sich mit Kindesmissbrauch befassten, aber zu falschen Anschuldigungen hatte dort niemand etwas zu sagen, und einer fragte so eindringlich nach seinem Namen und seiner Adresse, dass ihm ganz mulmig wurde. Er wollte seinen Anwalt anrufen, aber da hatte er schon gelernt, dass er aufpassen musste, wem er davon erzählte, selbst bei dem Anwalt, der ihn seit vierzehn Jahren vertrat und auf dessen Sohnes Hochzeit er sechs Monate zuvor gewesen war. Sein Leben hatte sich in einen Kafka-Roman verwandelt oder in eine der Geschichten, die man aus der Sowjetunion kannte: unschuldig im Verfolgungsapparat gefangen. Und so fand er sich in der Bibliothek wieder, dem intellektuellen Zuhause eines jeden Verschwörungsopfers, wo er zum ersten Mal das Internet benutzte. Dort erfuhr er von der *False Memory Syndrome Foundation.* Donald telefonierte mit einem ehrenamtlichen Mitarbeiter, der ihm versicherte, er sei nicht allein, und ihm ein Paket mit Infozetteln und Zeitungsausschnitten schickte, in denen von einer Epidemie die Rede war, die seine Tochter mitgerissen hatte.

»Die Therapeuten sind schuld«, sagt Donald. »Es ist kriminell, absolut kriminell, was diese Leute da machen.« Seine Stimme wird fester und klingt einstudiert. »Man kommt in deren Praxis und sagt: *Ich fühle mich in letzter Zeit ein bisschen niedergeschlagen.* Vielleicht macht man gerade eine schwierige Phase durch, vielleicht ist man unsicher oder deprimiert, und man sucht sich Hilfe. Und dann sagen sie einem: *Ich sehe dir an der Nasenspitze an, dass du als Kind missbraucht wurdest.* Sie arbeiten eine Checkliste ab und fragen: *Was davon trifft auf dich zu?* Und dann lesen sie einem eine Liste mit Aussagen vor, die jeder bejahen könnte: *Ich fühle mich anders als andere Menschen, ich fühle mich unwohl beim Sex.* Und wenn man sagt: *Nein, ich wurde nie missbraucht*, sagen sie: *Aha, der Missbrauch war so schrecklich, dass du ihn ausgeblendet hast.* Dann sagen sie: *Es muss jemand gewesen sein, der dir sehr nahestand.* Manchmal hypnotisieren sie einen auch; sie behaupten, dass die Hypnose die ›verdrängten‹ Erinnerungen an die Oberfläche holen kann, aber in Wirklichkeit macht sie einen beeinflussbar, so dass man jegliche ›Erinnerung‹ produziert, nach der sie suchen. Manchmal sagen sie einem auch, dass man sich nicht besser fühlen wird, bis man die Erinnerungen zurückgeholt hat, und bestehen darauf, dass man sich den Missbrauch bildlich vorstellt und Geschichten darüber schreibt, bis man anfängt davon zu träumen, und dann sagen sie: *Aha, die Erinnerungen kommen zurück!* Hätte man mich vorher gefragt, hätte ich gesagt, dass Maya zu schlau und zu selbstbewusst ist, um auf so etwas hereinzufallen. Aber sie war zum ersten Mal weg von zu Hause und verletzlich, das haben sie ausgenutzt. Diese Therapeutin arbeitet an der *Universität,* können Sie sich das vorstellen? Die Ward University, der ich zwanzigtausend Dollar im Jahr überweise, beschäftigt eine Therapeutin, die Kinder von ihren Eltern entfremdet, Trugbilder in ihre Köpfe pflanzt, ihre Realität verzerrt, bis sie niemandem mehr vertrauen können.«

Donald hat seit dem Brief keinen direkten Kontakt mehr mit Maya gehabt. Die Uni teilte ihm ihre Noten nicht mehr mit. In Ermangelung besserer Ideen heuerte er einen Privatdetektiv namens Lucas Moore aus New Hampshire an, einen hageren Mann mit Pferdeschwanz, der auf dem Campus nicht auffiel. Lucas folgte Maya eine Woche lang zwölf Stunden am Tag wie ein Schatten, beobachtete, wie sie zu ihren Seminaren, in die Bibliothek, auf Partys, in Cafés und zurück in ihr Wohnheim ging. Bald war klar, dass die tägliche Observation nichts aufdecken würde, also trafen Donald und Lucas eine langfristige Vereinbarung. Einmal im Monat sollte Lucas ihm ein Foto von Maya an einem öffentlichen Ort schicken, zusammen mit Datum, Zeit und Ort, an dem das Foto gemacht wurde. Lucas hielt fest, wie Maya den Abschluss machte, und schickte Donald ein letztes Bild, bevor sie Concord verließ: in Barett und Talar, von Freunden umringt.

Donald hat beschlossen, in San Francisco keinen Detektiv mehr zu beauftragen. Vor achtzehn Monaten hat er wieder geheiratet, eine Frau, die ihn unterstützt, ihm glaubt und ihn dazu ermutigt, mit der Zeit, in der er eine Tochter hatte, abzuschließen.

»Sie schicken trotzdem noch Briefe«, sage ich.

»Die werde ich bis zu meinem Tod schicken«, erwidert er. »Ich schicke ihr auch immer noch ein Geschenk zu ihrem Geburtstag. Ich schicke jedes Jahr einen Scheck. Sie löst ihn nie ein. Ich habe den Betrag Schritt für Schritt erhöht. Ich wollte sehen, ob sie irgendwann einknickt. Letztes Jahr waren es fünfzehntausend Dollar.«

»Ich glaube nicht, dass sie Ihr Geld will.«

»Offenbar nicht«, bestätigt er. Er blickt auf seine Hände, die gefaltet auf seinem Bauch liegen, und seufzt, das scheint eine Art Kommunikation mit sich selbst zu sein. »Danke, dass Sie sich das alles angehört haben«, sagt er. »Ich habe meine Tochter an diesen Wahnsinn verloren. Aber dieses grässliche Bild, das sie von mir malt – das kann ich nicht akzeptieren. Es gibt Menschen, die meinen Namen hören und denken: *Stimmt, das ist der Mann, der seine kleine Tochter missbraucht hat.* Ich will am liebsten zu jedem einzeln hingehen und es ihm erklären, meinen Namen reinwaschen. Wirklich, man hat keine Ahnung, was der eigene Name überhaupt *ist,* was er *bedeutet,* bis so etwas passiert.«

Ich würde ihm gern sagen, was er hören möchte, nämlich: *Sie können unmöglich ein Kinderschänder sein – Sie sind doch ein zivilisierter Mann!* Aber wie kann ich da sicher sein?

»Tut mir leid«, sage ich und mühe mich aus dem Sessel.

Als er sich ebenfalls erhebt, fällt mir wieder auf, wie groß er ist. Er hat einen beängstigend enttäuschten Blick, diesen Blick hat Maya sicher oft zu sehen bekommen. »Sagen Sie ihr, dass ich sie liebe«, bittet er mich. Er weiß, dass ich das nicht kann; er reicht mir damit eine Scherbe seines Schmerzes, die ich mit mir herumtragen muss.

Die Welt draußen ist sonnenüberflutet. Ich will zurück zum Flughafen fahren, aber als ich zur Autobahn komme, folge ich den Schildern Richtung Norden, nach Hause. Kaliforniens Hinterland ist leer und deprimierend, und den Fuß auf dem Gaspedal zu halten erfordert einige Willenskraft. Ich fahre stundenlang, ohne anzuhalten, bis meine Kehle von der Klimaanlage ausgetrocknet ist und die Nadel der Tankanzeige im roten Bereich liegt. Tankanzeigen sind so justiert, dass die tatsächliche Leere erst hinter dem roten Bereich liegt.

Jeder weiß das und kalkuliert dementsprechend. Die wahre Funktion der Oberfläche ist also sicherzustellen, dass man nie genau weiß, wie viel Benzin wirklich noch übrig ist. Das hat einen gewissen Reiz. Ich fahre weiter.

Neun

> Erfolg ist leicht zu handhaben: Du hast das falsche Problem gelöst.
>
> *Alan J. Perlis, »Epigrams on Programming«*

Ich wache am nächsten Morgen auf und habe das Gefühl, dass irgendwas mit mir nicht in Ordnung ist, womöglich eine Erkältung. Das Chaos in meinem Kopf wird dringlicher. Drei Stunden lang kann ich es unterdrücken, indem ich Metroid Prime spiele. Als mein Handy plötzlich und scheinbar heftiger als sonst anfängt zu vibrieren, bin ich auf dem Sofa erstarrt, die Daumen sind das Einzige an mir, das sich wie krabbelnde Insekten bewegt. Ich befinde mich zwischen meditativer Glückseligkeit und Frustration, ein Zustand, der mit dem Lernfortschritt bei Videospielen einhergeht: Nützliche neue Tastenkombinationen und Strategien wandern von der Bewusstseinsebene ins automatische Reflexregister, damit werden im Vorderhirn Kapazitäten frei, mit denen ich die nächsten Herausforderungen angehen kann. Es ist ein hypnotischer Prozess und schwer, sich daraus zurückzuziehen. Ich drücke »Pause« und gehe ans Telefon, alles wirkt verzerrt und hyperreal. Ich bin gleichzeitig in meinem Apartment, auf Tallon IV und mit meinem Vater im Telefon-Kosmos.

»Eric, ich habe eine Bitte«, sagt er in einem Ton, den ich bei ihm noch nie gehört habe. »Ich weiß, dass du kein Interesse an meiner Firma hast. Es wäre schön gewesen, dich an Bord zu haben, aber so ist es auch in Ordnung. Wir stehen da nur gerade vor einem kleinen Problem und könnten deine Hilfe gebrauchen. Es ist kein Job, ich versuche nicht wieder, dir eine Stelle anzubieten. Ich bin nur … Ich bin in einer verfahrenen Situation und brauche deine Hilfe, ja?«

Mayas Vergangenheit ist ein Mysterium, aber meine eigene ruft mich an und bittet mich um einen Gefallen. »Was gibt es denn für ein Problem?«, frage ich. Metroid Prime mit seiner bis ins Detail spielbaren 3-D-Umgebung und der sorgfältig ausgestalteten Physik kommt mir realer vor als dieses Telefonat.

»Danke, Eric«, sagt er. »Die Kapitalgeber sind schuld. Ich habe alles richtig gemacht: Ich hatte eine richtig gute Idee, einen richtigen Abräumer, ich habe ein tolles Team zusammengestellt, mit Technikern, Entwicklern und Büroleuten und allem, was man sonst so braucht. Ich habe den Geschäftsplan ausgearbeitet, der wirklich sehr detailliert war, mit Diagrammen, die jeden Schritt genau nachvollzogen. Du weißt ja, was ein Geschäftsplan ist, oder?«

»Was war denn mit den Kapitalgebern?«, frage ich ungeduldig.

»Na ja, die wollten uns kein Geld geben!«, sagt er. »Die meisten wollten sich nicht mal mit uns treffen und sich unsere Idee anhören. Ehrlich, ich weiß gar nicht, wovon diese Leute leben, wenn sie sich nicht mal anhören, was man zu sagen hat. Das ist doch ein abgekartetes Spiel. Als Startup, als kleine Firma, hat man gar keine Chance, etwas zu erreichen.« Dass mein Vater den Glauben an die freie Marktwirtschaft verliert, kommt einer Glaubenskrise gleich.

»Oh, das tut mir leid«, sage ich, aber in Wirklichkeit fühle ich mich bestätigt. »Und was willst du jetzt machen?«

»Ich habe ja keine Wahl mehr!«, seine Stimme klettert auf der Empörungsskala nach oben. »Ich meine, ich muss die Miete für die Büros bezahlen und den Serverplatz – du machst dir ja keine Vorstellung, wie viel es kostet, Serverplatz zu mieten! Und währenddessen warten die Angestellten auf ihren Lohn, und der Dienstleister, der die Seite entworfen hat – und für den Domain-Namen haben wir ein Heidengeld bezahlen müssen.«

»O Gott, Dad«, stöhne ich. »Du hast Leute eingestellt, bevor die Finanzierung stand?«

»Ich konnte ja schlecht bei Kleiner Perkins reinspazieren und ihnen sagen, sie sollen uns finanzieren, wenn wir nicht mal eine richtige Firma haben, oder?«, sagt er, als verliere er langsam die Geduld mit einem begriffsstutzigen Studenten. »Man muss Geld ausgeben, um Geld zu verdienen. So läuft das nun mal.«

»Wessen Geld hast du denn ausgegeben?«

»Mein Geld, Eric. Geld, das ich selbst verdient habe. Außerdem habe ich mir was bei deinem Großvater geliehen. Und eine zweite Hypothek aufgenommen.«

O mein Gott. »Und wie viel ist übrig?«

»Na ja, nichts. Ich bin pleite. Und wenn ich das Ganze jetzt abblase, werde ich erstens das Geld nicht wiedersehen, und zweitens habe ich dann einen Riesenhaufen Schulden, den ich niemals zurückzahlen kann. Ich stehe kurz vor der Insolvenz. Ich weiß, du wolltest nicht mitmachen, und das ist auch in Ordnung, du hast andere Eisen im Feuer, das verstehe ich. Aber du willst doch nicht mit ansehen, wie die Firma dichtmacht, oder?«

Ich habe den alten Mann gründlich satt. »Worum bittest du mich eigentlich gerade?«, frage ich.

Es entsteht eine lange Pause, die mir vermutlich vermitteln soll, wie schwierig das alles für ihn ist, und dann sagt er hastig: »Ich brauche eins Komma zwei Millionen Dollar.« Das Wort Millionen hört sich an wie *Mijonen.* »So viel brauchen wir, um in Gang zu kommen. Wir können nicht darauf warten, dass uns ein Haufen Anzugtypen eine Chance gibt, das ist mir jetzt klar. Wir müssen es selbst in die Hand nehmen.«

Nach den Ereignissen der letzten Woche ist es eine Erleichterung, einmal genau zu wissen, wie man reagieren soll. »Ich werde deine Firma nicht finanzieren, Dad«, sage ich. »Du hast kein gutes Konzept. Deswegen werden dir die Kapitalgeber auch niemals Geld geben.« Ein blauer Blitz der Befriedigung schießt wie ein Telegramm durch meine Wirbelsäule. Fühlt es sich immer so gut an, die Wahrheit zu sagen?

Wieder Schweigen, nicht so vorbedacht wie das letzte. Als mein Vater erneut ansetzt, klingt seine Stimme leise und irgendwie jünger.

»Auch gut«, sagt er. »Ich habe nicht erwartet, dass du ja sagst, ich wollte nur alles versucht haben. Etwas anderes: Ich werde die Firma also aufgeben, alles dichtmachen. Die Mitarbeiter werden enttäuscht sein, aber was soll ich machen? Ich möchte meine Schulden begleichen. Und den rückständigen Lohn für die Angestellten, die Rechnung des Dienstleisters und die Miete für den Rest des Monats bezahlen. Wenn ich das alles mache, muss ich keine Insolvenz anmelden. Und die Hypothek wäre nur für ein paar Monate, bis ich wieder eine Stelle als Dozent finde.«

»Über welche Summe sprechen wir?«

»Mit zweihunderttausend Dollar kann ich arbeiten.« Er hat alles ausgerechnet, bevor er angerufen hat.

»Ich weiß nicht, Dad«, sage ich. »Ich denke drüber nach.« Es ist seltsam, wie eine Umkehrung der natürlichen Ordnung, in der das Erbe vom Sohn zum Vater weitergegeben wird und Reichtümer nach oben durch die Generationen gereicht werden. Ich lege auf und spiele weiter, aber mein Blick wandert immer wieder zur Zeitanzeige auf dem Receiver, wo sich die Stunden und Minuten häufen. Maya verlässt gerade in ihrem Mantel die Redaktion, läuft die sieben Blocks zu meinem Haus, vorbei an dem Hof mit dem Pitbull und dem leeren Grundstück, auf dem rätselhafte Holzbohlen wie Soldaten in der Erde stecken. Ich sollte den Controller zur Seite legen, duschen, die Beweise für den verschwendeten Tag verstecken, mich darauf vorbereiten, sie bezüglich meiner Reise anzulügen. Aber als sie die Tür aufschließt, greift mich gerade ein Schwarm vogelähnlicher Geister an. Sie stellt sich hinter mich und fährt mir durch die Haare, dann geht sie ins Schlafzimmer, wo sie die Schüsse und Explosionen des Spiels nur noch gedämpft hören kann. Dass sie weggeht, beunruhigt mich, und ich opfere das Spiel.

Wir sitzen an der Küchentheke und essen indisch. Es ist überraschend einfach, ihr nicht zu erzählen, dass ich ihren Vater gestern getroffen habe; ich verstehe jetzt, wie Leute Affären haben können. Ich erzähle ihr auch nicht, dass mein Dad angerufen hat – vielleicht, weil sie mich nach seinem ersten Anruf gefragt hat, ob er Geld von mir wollte, und ich nicht gerade glücklich darüber bin, dass sie recht behalten hat. Außer mich mit unseren Vätern auseinanderzusetzen, habe ich seit unserem letzten Treffen nur Xbox gespielt.

»Ich glaube, ich habe es fast durch«, sage ich. »Wenn ich ein Spiel durchgespielt habe, gibt mir das immer das trügerische Gefühl, etwas erreicht zu haben. Es fühlt sich ein bisschen an wie Enttäuschung.« Sie ist gelangweilt: Sie fummelt nicht an ihren Fingernägeln herum oder sagt abwesend *Mhm*, aber ihr glühendes Interesse ist verschwunden. Gelangweilt ist sie nicht mehr so bezaubernd. Aus irgendeinem Grund muss ich an den imaginären Hund denken, den sie vielleicht umgebracht hat.

Wir essen auf und bewegen uns in einem Zustand ins Schlafzimmer, der kopfloses Verlangen und die Unlust, weiter zu reden, in sich vereint. Als ich anfange, sie zu lecken, erinnere ich mich daran, dass ich beim letzten Mal auch so angefangen habe; heute Nacht hatte ich zügelloser an die Sache herangehen wollen, um Kreativität zu beweisen und ihr mit der Zurschaustellung von Leidenschaft zu schmeicheln. Zehn Minuten später nehme ich sie von hinten und sehe mir selbst wie von außen dabei zu. Die Perspektive ist emotionslos aber erregend, und ich habe die Körpermechanik mit ungewohntem Selbstvertrauen im Griff, bis sie sagt: »Ich brauche es härter.«

Was ist das jetzt wieder? Ein Artefakt ihres Kindheitstraumas? Ein primitives Bedürfnis, die Verbindung zwischen Sex und Zwang zu wiederholen, um den Finger auf eine Wunde in ihrem Inneren zu legen? Oder ist es andersherum, und die Erinnerungen an den Missbrauch durch ihren Vater sind masochistische Phantasien, eine gewöhnliche, missgedeutete sexuelle Vorliebe? Ich betrachte mich nicht mehr von außen. Ich drücke sie mit dem Gesicht in die Kissen. Sie gibt einen begeisterten Laut von sich, vielleicht ist es aber auch nur reflexartiges Stöhnen. Ich bin Donald, und ich besorge es ihr, bestrafe sie dafür, dass sie mich verraten, mich angelogen hat, dass sie sich als Opfer hingestellt hat, obwohl sie eigentlich nur eine kleine Schlampe ist. Und dann komme ich viel zu früh. Hinterher will sie mich küssen. Ich kann es kaum ertragen.

Cynthia ist eines dieser Kinder, die mangels eines Pubertätsgens ihre Eltern nicht ein einziges Mal beunruhigt oder enttäuscht haben. Ihre Noten waren nie schlecht, ihr Verhalten nie aggressiv oder selbstzerstörerisch. Jeder Freund wurde Doug und Rose Gerney am Abendbrottisch vorgestellt. (Sie liebten Danny Keach, der erkannt hatte, dass er sich bei ihnen einschmeicheln musste, um in Cynthias Herz und in ihr Höschen zu gelangen.) Sie studierte in der Regelstudienzeit und fand einen guten Job. Zu allen großen Feiertagen fliegt sie nach Hause und hilft beim Kochen. Daher war es für Familie Gerney eine ganz neue Erfahrung, als Cynthia ihnen erklärte, dass Männer einfach nicht ihr Ding waren.

Sie ruft an, um mir davon zu berichten. »Ich muss dir unbedingt alles erzählen«, sagt sie. »Kann ich nach der Arbeit vorbeikommen?«

Ich will schon absagen: Ich rede morgen auf dieser Tagung, und würde heute gern meine Notizen durchsehen, dann in die Badewanne und früh ins Bett gehen. Aber in Cynthias Stimme liegt eine untypische Beharrlichkeit, die mich einlenken lässt.

Auf meiner Couch beschreibt sie, wie sie mit ihren Eltern an unterschiedlichen Anschlüssen im Haus telefoniert hat. Ich fürchte, es lief so ab: Sie rief an und sagte *Hol Dad ans Telefon, ich muss euch was erzählen,* und ihre Mutter machte einen begeisterten Satz, weil sie glaubte, Cynthia würde verkünden, dass sie heiraten würde.

»Also, wie haben sie reagiert?«, frage ich. Doug ist

ein bärenhafter, schnauzbärtiger Mann, der Sachbücher über Männerthemen schreibt: Glücksspiel, das Landleben, die Geschichte des Tabaks. Ich stelle mir vor, wie er in seinem Schlafzimmer in Denver steht und sich den Hörer ans Ohr hält, bis mir einfällt, dass sie in ein kleineres Haus gezogen sind, das ich noch nie gesehen habe. Hat er Cynthias Homosexualität als persönliche Beleidigung aufgefasst? Als einen Aussetzer in der Liebe seiner Tochter? Wie zum Teufel funktioniert Vaterschaft eigentlich?

Sie haben sie nicht enterbt. Doug sagte immer wieder: *Das kommt jetzt aber überraschend.* Und Rose fragte nur: *Willst du denn keine Kinder kriegen?* Cynthia erklärte ihr, dass lesbische Liebe Kinder nicht ausschließt, aber damit gab sich Rose nicht zufrieden, und Doug musste in die Küche gehen, um sie in den Arm zu nehmen, während sie ins Telefon schluchzte.

Ich murmle Mitleidsbekundungen, aber Cynthia tut sie mit einer Handbewegung ab.

»Sie ist einfach nicht über das Enkel-Ding hinweggekommen«, sagt sie. »Ich habe ihr erklärt, dass es Samenbanken gibt und so was, aber das hat nichts geholfen.« Sie pustet in den Dampf, der aus ihrem Tee aufsteigt. »Also habe ich gesagt, dass du bestimmt für mich spenden würdest, wenn ich dich fragen würde.« Mir fällt dazu nichts anderes ein als *Haha!* »Und weißt du was, sie hat tatsächlich aufgehört zu weinen. Ich musste ihr versprechen, dich zu fragen.«

»Ich fühle mich geehrt, dass deine Mom eine so hohe Meinung von meiner DNA hat.«

»Sie hat dich doch schon immer gemocht. Und sie war richtig beeindruckt, als du die Firma verkauft hast.« Diese Bemerkung löst Abneigung in mir aus, aber ich kann nicht sagen, wogegen. Abneigung verspüren wir nur gegen Dinge, die ein Teil von uns sind.

»Dazu wird es natürlich nie kommen«, sagt Cynthia. »Ich wollte nur, dass du Bescheid weißt, falls sie mal eine blöde Bemerkung dazu macht.«

»Betrachte mich als vorbereitet«, sage ich und stehe von der Couch auf, um uns was zu naschen zu holen und die zwischenmenschliche Gefühlstiefe abzubauen. »Ist schon okay. Sag ihr, was du willst.« In einer der unendlich vielen möglichen Zukünfte, die sich von jedem Augenblick aus verzweigen, zieht Cynthia Zwillinge auf, einen Jungen und ein Mädchen mit ihrem rundlichen Gesicht und meiner Unfähigkeit, zwischenmenschliche Beziehungen aufzubauen. Auf dem Weg zum Süßigkeitenschrank komme ich an meinem Laptop auf der Kücheninsel vorbei und werfe dabei natürlich einen Blick auf den Bildschirm, für den Fall, dass Maya mir eine E-Mail geschickt hat, in der sie schreibt, wie sehr sie mich liebt. Stattdessen habe ich eine Nachricht von Donald Marcom mit dem Betreff »Nur mal hören«.

Ich kehre mit einer Packung Marshmallow-Schokokekse zum Sofa zurück, aber Cynthia merkt sofort, dass etwas nicht stimmt.

»Was ist passiert?«, fragt sie.

Also muss ich ihr alles erklären, obwohl ich so wenig davon verstehe. Ich habe Cynthia erzählt, dass Maya missbraucht wurde, und ihr wäre nie in den Sinn gekommen, das als etwas anderes als eine Tatsache zu behandeln. Sie will Donalds E-Mail lesen, also hole ich den Computer und stelle ihn vor uns auf den Tisch. Sie lautet wie folgt:

Eric,
Ihre uneigennützige Suche nach der Wahrheit macht Ihnen alle Ehre. Dank Ihnen habe ich heute mehr Hoffnung als an jedem anderen Punkt dieser Odyssee. Ich hoffe, Sie halten mich über Ihre Gespräche mit Maya auf dem Laufenden – zu meiner Information und damit ich weitere Verzerrungen geraderücken kann.
DBM

Das ist einer der Momente, wenn man es die ganze Zeit geschafft hat, sich treu zu bleiben, ungewöhnlich klaren Regungen zu folgen und sich dann trotzdem am Boden wiederfindet und nicht erklären kann, wie man dort hingekommen ist. Wie sind Donald Marcom und ich auf der gleichen Seite gelandet?

»Er glaubt, dass du für ihn spionierst?«, fragt Cynthia, und ich zucke mit den Schultern.

»Es spielt keine Rolle«, sage ich. »Aber ... ich muss es wissen.«

»Nein, musst du nicht«, sagt sie bestimmt. Sie macht eine Geste, als wäre Donald Marcom ein bösartiger Kobold, der in meinem Computer lebt. »Wenn er unschuldig ist und seine Tochter verloren hat, ist das sehr traurig, aber warum soll das dein Problem sein? Du bist ihr Freund. Sei einfach ihr Freund.«

Durch einen unwahrscheinlichen Zufall will Maya Marcom Zeit mit mir verbringen. Dieser tolle Mensch wird aus eigenem Antrieb in einer Stunde hier in meinem Apartment sein. Als sie heute Morgen ihr Outfit ausgesucht hat, hat sie sich vielleicht kurz überlegt, was mir wohl gefallen würde. Und ich bleibe ernsthaft an der Frage hängen, ob die Geschichte, die sie glaubt, wahr ist?

»Du hast recht«, sage ich. Ich beuge mich zum Laptop vor und lösche Donalds E-Mail, was mir einen kleinen Befriedigungskick beschert.

»Gut so«, lobt mich Cynthia.

»Fühlt sich auch gut an«, sage ich. Ich stehe auf und sehe mich in der Wohnung um. Ich verspüre den Drang aufzuräumen, obwohl es gar nicht unordentlich ist.

»Mensch, du warst echt in L.A.«, sagt Cynthia.

»Ja, das ist schon ziemlich krank«, antworte ich. »Das werde ich ihr nie erzählen können, oder?« Cynthia runzelt die Stirn – Heimlichtuerei ist ihr von Natur aus zuwider. »Ich habe mich hinter ihrem Rücken mit ihm getroffen.«

»Stimmt«, sagt sie. »Erzähl es ihr lieber nicht.« Sie lächelt nervös, als wären wir inmitten einer kindlichen Verschwörung, und wieder einmal bin ich froh, sie zu haben. Wir bestellen thailändisch und essen vor dem Fernseher.

Maya und ich fahren in einem Taxi zur Tagung »Digitale Zukunft«. Normalerweise nehme ich kein Taxi, wenn sie dabei ist, weil ich glaube, dass sie lieber nicht mit jemandem zusammen wäre, der dauernd Taxi fährt. Ich wollte ihr ausreden mitzukommen – ich weiß nicht genau, ob ich will, dass sie mich in diesem Kontext sieht –, aber sie hat darauf bestanden.

»Bist du aufgeregt?«, fragt Maya.

»Ach was«, sage ich automatisch. »Eigentlich nicht. Ein bisschen vielleicht.«

Sie lächelt. »Wird das alles supertechnisch? Was schätzt du, wie viel werde ich verstehen?« Ihre selbstkritische Anspielung auf mein Fachwissen beruhigt mich; genau, wie sie es geplant hat.

»Nein, nein, wir richten uns an ein breiteres Publikum«, erkläre ich. »Ob es dich interessieren wird, ist eine andere Frage.«

Sie rollt die Augen – *Jetzt geht das schon wieder los* –, aber sie tut es liebevoll, und das ist das Beste, was ich erwarten kann.

Ich hatte geplant, um kurz vor zehn Uhr mit dem Taxi anzukommen, fünf Minuten vor dem Start der ersten Diskussionsrunde unter dem Titel »Privatsphäre im Internetzeitalter«. Ich will nicht, dass Maya zu viel von den Flurgesprächen mitbekommt – Männer in Khakihosen mit Bügelfalte, die mir ihr Startup oder Framework verkaufen wollen. Bauarbeiten auf der Folsom Street drosseln unser Tempo, und wir müssen noch unsere Namensschildchen abholen (auf meinem steht in dicken Lettern mein Name; auf Mayas steht nur GAST), so dass wir am Ende durch die Flure hetzen, vorbei an den Programmierern und den Betriebswirten, die in separaten Grüppchen herumstehen.

Acht Minuten nach zehn kommen wir in Saal F1 an, in dem die meisten Plätze besetzt sind und drei Männer um den großen Tisch auf dem Podium herumstehen: der Moderator, der Leiter einer gemeinnützigen Verbraucherorganisation und der Macher einer Anonymisierungs-Anwendung. Der Moderator, Kolumnist für die *IT Security,* kommt zu mir herüber. »Ah, gut, gut, Sie sind da«, sagt er mit einer merkwürdigen Mischung aus Ehrerbietung und Ärger. »Dann können wir ja loslegen!« Maya drückt meinen Arm und verschwindet, um sich einen Platz zu suchen.

Ich setze mich hinter ein Mikrophon und eine Karaffe mit Wasser, während der Moderator bereits mit der Einführung beginnt. Ich sehe mir das Publikum an – *hey, das sind ganz schön viele Leute* – und entdecke Maya weiter hinten, die mich angrinst, stolz vielleicht?

Auf die erste Frage antwortet Jack Schell vom Zentrum für Online-Privatsphäre mit einem Furchtappell: *Deine Geheimnisse sind ein Wirtschaftsgut; deine persönlichen Daten werden ge- und verkauft; Wildfremde können deine Kreditkarte und deine Sozialversicherungsnummer benutzen.*

Der Moderator, dessen Namen ich vergessen habe, sieht mich fragend an und wartet auf meine Gegenrede. Ich bin als Vertreter der Bösen hier.

Ich rühre die Wahlkampftrommel, wie damals für die Journalisten, die nach den Big-Brother-Auswirkungen von Relevant One gefragt haben. Seine Daten preiszugeben hat Vor- und Nachteile; die Entscheidung darüber sollte jeder selbst treffen können. Relevant One hat Nutzungsbedingungen in klar verständlichem Englisch, verlangt das Einverständnis des Anwenders und bietet ein bewundernswert detailliertes Einstellungsmenü. Wir befinden uns in den Anfängen eines neuen Massenmediums. Erinnern Sie sich noch an die Diskussion um Cookies, ungefähr 1998? Manche Leute fanden es schändlich, dass das Internet sehen konnte, wer man war; es war, als würde einen der Fernseher beobachten. Aber genau deswegen wird das Internet das Fernsehen zerstören: weil es ein Massenmedium ist, das weiß, wer du bist. Der Subtext dieser Diskussion, den ich hier nicht wieder ausgrabe, war: *Weiß dann jeder, dass ich mir Pornos anschaue?* Die Antwort darauf lautet: *Wahrscheinlich nicht, aber sicher kann man nie sein.*

Jack Schell sagt: »Sie haben Relevant One 1999 gegründet. Letztes Jahr haben Sie an Atrium verkauft.« Seine Mundwinkel zucken, weil er ein Lächeln unterdrückt; er holt zu einem Schwinger aus. »Alle Daten, die Sie gesammelt haben, wurden mitverkauft – dafür hat Atrium bezahlt. Glauben Sie, dass man dort verantwortungsvoll mit diesen Daten umgeht?«

Die verkauften Informationen waren kaum etwas wert; wir hatten nicht genug Benutzer. Atrium hat für unsere Technologie bezahlt, für Tausende von Stunden konzentrierter Hirnarbeit, die Bill und ich in den Basiscode gesteckt haben. Aber woher soll Jack Schell das wissen? Ich sage: »Nun ja, die Nutzungsbedingungen sind die gleichen geblieben.«

»Aber Sie haben keinen Einfluss darauf, ob man sich daran halten wird oder nicht, stimmt's?«, sagt er. »Das passiert nämlich, wenn persönliche Daten zu Wirtschaftsgütern werden.«

Im Publikum herrscht gespanntes Schweigen: Niemand hat mit einer echten Auseinandersetzung gerechnet. »Eric Muller, wollen Sie darauf eingehen?«, fragt der Moderator, der sich offenbar einbildet, im Fernsehen zu sein. Der dritte Diskussionsteilnehmer, dessen Anonymisierungssoftware ziemlich gut ist, hat noch kein Wort gesagt.

»Wissen Sie, von was für Informationen wir hier sprechen?«, frage ich. »Welche Hundefuttermarke Sie kaufen. Ob Sie Kleidergröße M oder L tragen. Das sind alles Dinge, die die Kassiererin im Supermarkt schon über Sie weiß.«

»Wir stecken mitten in einer grundlegenden Veränderung, deren sich die wenigsten Menschen bewusst sind«, erwidert Schell. Er hat sich in seinem Stuhl aufgesetzt, um seiner Rede mehr Nachdruck zu verleihen. »Die Regierung nimmt sich immer größere Freiheiten, um an persönliche Informationen zu kommen. Das Internet wird von Unternehmen benutzt, um Kundendaten abzugreifen. Und das Recht des Einzelnen, die Kontrolle über seine Daten zu haben, bleibt auf der Strecke. Es geht nicht um den Privatheitswert einzelner Daten, sondern um das Recht, sie für sich zu behalten.« Ein paar Zuschauer nicken eifrig.

Ich habe Schells Rednertalent nichts entgegenzusetzen, daher beschließe ich, das Ganze schleunigst abzutun: *Wir wollen hier doch keine Predigten halten.* »Die Informationen, die wir gesammelt haben, betreffen eine Ebene, auf der der Einzelne absolut keine Bedeutung hat«, sage ich. Ich sehe Schell in die Augen und lächle. »Die Angaben darüber, was Sie als Einzelperson essen oder trinken oder anziehen oder kaufen, hat keinerlei Wert. Nur wenn diese Angaben mit denen aller anderen kombiniert werden, wenn Sie in der Datenmasse untergehen, nur dann sind Sie interessant für Atrium oder jedes andere Unternehmen mit sechshundert Millionen Dollar Umsatz im Jahr. Die ganze Diskussion speist sich doch aus einer Art paranoidem Egoismus: *Jeder will mir zuschauen, jeder will wissen, was ich mache, die CIA hat mein Telefon verwanzt, Pfizer will meinen Urin stehlen.* Darüber müssen wir uns überhaupt keine Sorgen machen, weil keiner von uns so wichtig ist.«

Ich habe mich in Rage geredet und sitze jetzt wie Jack Schell mit geradem Rücken auf der Stuhlkante. Die Leute lachen, ich bin mir nur nicht sicher, ob sie mit mir oder über mich lachen. Schell lächelt mich an, es ist ein *Ist-doch-alles-nur-Spaß*-Lächeln – der professionelle Verfechter der Privatsphäre ist schließlich jemand, der von Privatsphärenbedrohern wie mir lebt –, und dann fordert der Moderator aus Mitleid den Mann von SecreSoft auf, zu erklären, was sein Produkt mit der Diskussion zu tun hat.

Als die Zeit abgelaufen ist, geht der Applaus über

routinemäßige Anerkennung hinaus, und ich habe den Eindruck, dass den Zuschauern etwas für ihr Geld geboten wurde. Ich stelle Blickkontakt mit Maya her, die mir zujubelt. Sie wirkt erleichtert, und mir wird klar, dass sie auch aufgeregt war.

Die Zuschauer für die nächste Diskussionsrunde trudeln langsam ein und stehen im hinteren Teil des Raumes herum, also beeilen wir uns, von der Bühne herunterzukommen. Der Moderator bedankt sich inbrünstig bei uns, und Jack Schell spricht übergangslos weiter über einen Punkt, den er nicht mehr zu Ende ausführen konnte. Maya stellt sich ganz nah neben mich, während er spricht. Ich warte, bis Schell fertig ist, nicke dann entschuldigend und wende mich Maya zu. »Du warst so gut!«, sagt sie begeistert und legt mir den Arm um die Taille. Schell nimmt das zur Kenntnis, und unwillkürlich wachse ich ein paar Zentimeter. Maskuline Dominanz hat etwas Ungewohntes, Hormongesteuertes. »Sie waren auch gut«, sagt sie zu Schell. Perfekt.

Als die Gruppe sich zerstreut, fasst mich jemand am Ellenbogen: »Mr. Muller?«

Es ist ein bulliger Typ im T-Shirt und mit einem Schönheitsfleck, der auf fatale Weise an den von Marilyn Monroe erinnert. Er hat natürlich eine Idee, in die ich investieren soll, irgendwas mit »Social Marketing«.

»Wir müssen leider los«, sage ich. »Schicken Sie mir doch eine E-Mail.« Ich raune ihm meine Adresse zu, die er in zehn Sekunden herausfinden könnte, wenn er meinen Namen bei Google eingeben würde. Und dann nehme ich Maya am Arm und mache mich auf den Weg zum Haupteingang.

Sie muss in die Redaktion. Ich bringe sie zur Bushaltestelle, und wir halten Händchen.

»War es keine gute Idee, die der Typ hatte?«, fragt sie.

»Wer weiß«, sage ich. »Ideen sind wertlos. Wenn es eine gute Idee ist, arbeiten gerade ungefähr zweitausend andere Leute daran. Man kann nur Geld verdienen, wenn man herausfindet, wer von denen der Schlauste ist.«

Wir verabreden uns für heute Abend zum Essen, und dann setze ich sie in den Bus und gehe zurück zum Tagungsort. Ich bin mit »Das Leben nach dem Crash« erst in anderthalb Stunden dran, also nehme ich die Rolltreppe und finde eine Bank im menschenleeren dritten Stock. Die Fassade ist aus getöntem Glas, und die Metallgitter zwischen den Scheiben werfen rautenförmige Schatten. Es liegt etwas Beruhigendes und Verschwenderisches in dieser teuren, leeren Immobilie. Aus den unteren Stockwerken dringen die geschäftigen Geräusche der Konferenz zu mir nach oben, und ich bin erfüllt von Zufriedenheit. Ich weiß alles, was ich im Augenblick wissen muss. Ein Hausmeister schiebt einen Staubsauger über den Boden, und ich folge mit den Augen seiner Spur auf den Teppichfasern im schräg einfallenden Sonnenlicht.

Die zweite Diskussion läuft genauso gut wie die erste, vielleicht sogar besser. Ich mache eine Bemerkung, die mir einen ordentlichen Publikumslacher beschert, woraufhin ich denke: *Ich hätte Komiker werden sollen – das ist das beste Gefühl der Welt, ich bereite den Leuten Freude, und sie verehren mich dafür wie einen Gott.* Ich wünschte, Maya hätte das miterlebt. Bei welcher der beiden Diskussionsrunden hätte sie lieber dabei sein sollen? Die erste, in der ich den Gegner im Verbalduell bezwungen habe, oder diese hier, in der ich einen gelungenen Witz gemacht habe? Der Gedanke wird von einer Frage des Moderators zu Finanzierungsmöglichkeiten unterbrochen.

Meine Herangehensweise an »das Leben nach dem Crash« ist: *Mach deine Sache so gut wie möglich, denn wenn sie gut genug ist, wird auch jemand dafür bezahlen.* Das ist so weit auch richtig, aber es lässt die Millionen Zufälle außen vor, die es in jeder Erfolgsstory geben muss. Da ist zum Beispiel diese unglaubliche Frau, die mich zu mögen scheint. Wir hätten uns vielleicht nie getroffen, oder sie hätte einen Freund haben oder lesbisch sein können. Aber wir wollen die Rolle nicht schmälern, die mein eigener Scharfsinn und mein Fingerspitzengefühl gespielt haben. Ich habe meinen angeborenen Verstand benutzt, um sie zu finden, und meinen sorgfältig perfektionierten Charme, um sie zu betören. Ich habe jede Hürde erfolgreich genommen, und auch wenn ich mir die meisten dieser Hindernisse selbst in den Weg gelegt habe, unterstreicht das doch nur, wie schwierig es war zu gewinnen. Und diese letzte Hürde, diesen Endgegner, diese geistige Dauerschleife, in der ich beinahe hängengeblieben wäre – nein, ich *bin* darin hängengeblieben, aber ich habe mich befreit und es ins Ziel geschafft. Und jetzt muss ich nur noch ein paar Fragen von diesen hoffnungsvollen Unternehmern in spe beantworten, die alle wie ich sein wollen – jung, reich und frisch verliebt –, und dann werde ich mir ein paar neue Klamotten kaufen und Maya in ein teures Restaurant ausführen, in dem es raffinierte Cocktails in ausgefallenen Gläsern gibt. Die Diskussion ist zu Ende, es wird geklatscht, und ich eile nach draußen und vermeide dabei jeglichen Blickkontakt mit dem Gedränge aus Möchtegern-Existenzgründern.

Es ist schon dunkel, als mein Taxi vor Mayas Haus hält. Die Straßenlaternen leuchten schwach von weit oben, der ganze Block wirkt geisterhaft. Ich sage dem Fahrer, er soll warten, schließe die Tür auf und rufe die Treppe hinauf, um mich anzukündigen. Sie kommt aus ihrem Zimmer und trägt dabei die letzte Schicht Lipgloss auf. Als sie fertig ist, wirft sie mir ein Lächeln zu, das gleichzeitig kalkuliert und unschuldig ist – sie weiß um die verheerende Wirkung dieses Lächelns und genießt es.

Die letzten Schritte durch den Flur auf mich zu könnten nicht besser choreographiert sein: Im Gehen wirft sie sich einen dicken Mantel über, nimmt ihre Handtasche vom Haken und steckt das Lipgloss ein. Ich stehe auf der vorletzten Stufe von oben – unser Punkt –, und als sie bei mir ankommt, beugt sie sich vor und küsst mich gerade so fest, dass sie ihre Lippen nicht ruiniert, mir aber noch deutlich macht, dass sie es ernst meint.

Im Taxi unterhalten wir uns darüber, was wir vorhaben, über den Anlass.

»Das ist also der schicke Eric, ja?«, sagt sie und mustert mich von oben bis unten. »Gefällt mir.«

»Die Schuhe sind aus Opossum«, sage ich.

»Opossums aus biologischem Anbau, nehme ich an.«

»Man könnte diese Opossums tausend Jahre lang ernten, und man hätte immer noch mehr als am Anfang.«

»Meine Schuhe sind vegetarisch«, sagt sie. »Die sind aus Kohl.«

Meine Hand liegt auf ihrem Oberschenkel. »Eine spezielle Sorte Hightech-Kohl.«

»Eine Sorte Kohl, die gegerbt und gefärbt wird, damit sie schwarzem Leder täuschend ähnlich sieht.«

»Und wie schmeckt der so?«

»Du machst dir ja keine Vorstellung.«

Am Restaurant angekommen, steige ich aus dem Taxi und biete Maya meine Hand an. Irgendwo muss es Menschen geben, die eine Mann-hilft-Frau-aus-Taxi-Szene ohne ironisch überschwengliche Geste machen können, aber solche Leute haben wir beide noch nie getroffen.

Wir sind eine halbe Stunde zu früh, weil wir in der Bar des Restaurants noch einen Drink nehmen wollen. Wir setzen uns in ein Séparée, dessen Rückenlehne bis über unsere Köpfe reicht und uns das Gefühl gibt, in einem Samtkokon zu sitzen. Ein Gentleman um die vierzig, der so viel über Alkohol weiß wie ich über

Unix, reicht uns die Karte mit den Hauscocktails, die sechzehn Dollar kosten und mindestens fünf Zutaten haben. Maya wählt einen Cocktail mit Gin und zerstoßenen Blaubeeren; ich bestelle den zweitältesten Whiskey auf der Karte, was die männliche Vorgehensweise ist, wenn man viel Geld für Alkohol ausgeben will.

»Also«, sagt sie, nachdem wir angestoßen haben. »Du warst ja heute ein richtiger Rockstar! Ich hatte keine Ahnung, dass du so was draufhast.«

»Habe ich auch eigentlich nicht«, sage ich. »Kennst du das, wenn man gut drauf ist und Dinge schafft, die man sonst nicht hinkriegen würde?« Ich versuche ihr klarzumachen, dass sie mir Superkräfte gibt, ohne es wirklich auszusprechen, obwohl ich es nach dem Whiskey wahrscheinlich einfach herausposaunen werde.

»Bei mir ist es immer so oder so«, sagt sie. »Wenn ich im Radio bin, weiß ich von der ersten Minute an, wie es laufen wird. So wie mit dem Schulbudget – ich wusste, dass es schwierig wird, das Ganze zusammenzufassen, und dann fing ich an, und zwei Minuten später versuchte ich immer noch, es zu erklären. Zwei Minuten sind eine *Ewigkeit*!«

»So schlimm war es gar nicht«, sage ich. Ich glaube, sie weiß nicht, dass ich es gehört habe.

»Was ich meine, ist – und danke, das ist lieb von dir –, ich meine, selbst wenn es in Ordnung war, hat es mich für den Rest der Sendung aus dem Konzept gebracht. Ich konnte keine klaren Antworten mehr geben. Und als die Anrufer zugeschaltet wurden – hast du alles gehört? Da rief einer an, so ein Rassist …«

»Ich glaube, so weit habe ich nicht gehört«, sage ich. Ich habe mir die Sendung natürlich bis zum Ende angehört.

»Da ruft dieser Typ an und sagt: *Das Problem ist, dass das ganze Geld dafür ausgegeben wird, die Testergebnisse anzugleichen, weil die Schwarzen immer schlechtere Noten bekommen als die Weißen, und wir geben das ganze Geld dafür aus, dass alle Minderheiten die gleiche Punktzahl erreichen.* Normalerweise weiß ich, wie ich solche Typen zu nehmen habe, aber …«

»Doch, das habe ich gehört«, sage ich, was habe ich schon zu verlieren? »Du hast ein bisschen hitzig reagiert, in deiner Stimme lag mehr Schärfe als sonst, aber du warst immer noch total wortgewandt und überzeugend. Du hast gesagt: *Man investiert in den benachteiligten Gegenden, weil dort die Not am größten ist, aber dort kann man auch am meisten bewirken.* Und du hast es so gesagt wie: *Guten Morgen, Sir – ich bin absolut höflich und professionell und zerreiße Sie dabei in der Luft.*«

Sie ist etwas verdattert – sie hatte kein direktes Zitat aus einem Radioauftritt von vor drei Wochen erwartet –, aber ich glaube, auf eine gute Art.

»Danke«, sagt sie. »Bei dir war es doch eigentlich das Gleiche mit diesem Privatsphärentypen.«

»Ja, wahrscheinlich«, sage ich. »Aber im Gegensatz zu einem Rassisten tut der keinem was zuleide, er nervt nur.«

»Dieses Nerven hat dir aber einen ziemlichen Schub gegeben« sagt sie. »Dabei warst du eigentlich der Außenseiter. Wenn irgendein rassistischer Irrer einen Streit mit mir vom Zaun brechen will, ist buchstäblich jeder, der in der Bay Area vor dem Radio sitzt, auf meiner Seite. Du warst als Vertreter der großen bösen Unternehmen da.«

»Ich weiß – das ist echt komisch«, sage ich. »Ich habe mit dieser Sache angefangen, die eigentlich nicht mehr war als eine Supermarktkundenkarte, und plötzlich bin ich der Typ in deinem Computer, der dir beim Ausziehen zuguckt.«

»Du hast dich jedenfalls großartig geschlagen.«

»Danke, wie ist dein Drink?«

»Der beste, den ich in meinem ganzen Leben getrunken habe. Wie ist deiner?«

»Schmeckt genau wie normaler Whiskey, nur ohne das Brennen im Hals.«

»Ich hatte ja keine Ahnung, dass du so ein Kenner bist!«

»Das war ein Zitat aus meinem bald erscheinenden Interview im *Whiskey-Magazine.*«

Und dann macht sie etwas Wunderbares: Sie rutscht zu mir herum, lehnt sich an mich und legt dabei den Kopf an meine Schulter. Wir sitzen für einen Augenblick so da, der Whiskey breitet sich bis in meine Fingerspitzen aus, und alles ist perfekt.

»Es wird also ernst mit uns beiden, was?«, sagt sie.

»Ja, absolut«, erwidere ich. »Ich meine, für mich jedenfalls. Ich meine es ernst.«

»Also gut«, sagt sie, setzt sich gerade hin und schaut mir in die Augen. »Ich meine es auch ernst.«

Irgendwann wird sich das vielleicht einfach wie Zufriedenheit anfühlen und nicht mehr wie schwindelerregende Euphorie, aber das liegt jenseits meiner Vorstellungskraft.

»Es ist doch komisch, oder?«, sage ich, als wären wir zwei Leute, die sich über das Normalste auf der Welt unterhalten. »Man lernt jemanden kennen, man verliebt sich, man unternimmt etwas zusammen, und es ist toll und so, aber in Wirklichkeit kennt man sich noch gar nicht richtig.« Sie nickt und grinst. Sie sieht es genauso. »Und an irgendeinem Punkt muss man sich entscheiden und sagen: *Ich stehe nicht mehr davor und versuche herauszufinden, wie das funktioniert, ich bin jetzt mittendrin.*«

»Ich habe mich schon gefragt, wann du dich wohl endlich dazu entschließt.«

»Echt? Du hast das gemerkt?«

»Na ja, ich bin kein Gedankenleser, aber am Anfang wirkte es so, als würdest du mich am liebsten in ein Röntgengerät stecken, und dann wurde es richtig anstrengend und schwierig für mich, damit umzugehen, und als es seinen Höhepunkt erreichte, hast du es irgendwie runtergeschluckt.«

»Du weißt aber schon, dass du eigentlich doch Gedanken lesen kannst?«

Sie lacht. »Ach was, du bist nur nicht sonderlich gut darin, deine Gefühle zu verstecken.« Unglaublich. »Also, was war denn los? Nur die übliche Bindungsangst?«

»Ja, im Prinzip schon«, sage ich. Ich habe einen merkwürdig metallischen Geschmack im Mund, weil ich genau in diesem Moment wieder meine Gefühle verbergen will. Es ist ein schlechter Geschmack, und ich habe ihn satt.

»Nein, eigentlich war es nicht nur das. Es hatte mit deiner Vergangenheit zu tun, mit deinem Vater und dem Missbrauch.«

Sie sieht mich teilnahmsvoll an. »Was war denn das Problem?«, fragt sie.

»Na ja, ich wusste nicht, ob es wirklich passiert ist oder nicht«, versuche ich zu erklären. »Ich meine, das ist ja das Problem, dass man es nie wissen wird. Und ich habe mich total in die Idee reingesteigert, dass ich die Wahrheit herausfinden müsste. So sehr, dass ich mich mit deinem Vater darüber unterhalten habe!«

Das war ein Fehler.

»*Was* hast du?«, sagt sie.

»Genau das meine ich ja!«, sage ich hilflos. »Ich war so sehr in dieser dämlichen Denkweise gefangen, dass ich versucht habe, die Fakten herauszufinden, statt mich auf das Wesentliche zu konzentrieren, nämlich, wie es dir damit geht. Und deswegen habe ich diese Dummheit begangen und ich –«

»Du hast meinen Dad angerufen?«

»Nein, ich, äh … Ich habe mich in L.A. mit ihm getroffen.«

Sie sitzt nur da und starrt mich an. In ihrem Gesicht lese ich Entsetzen und Zorn. Ich weiß nicht, wie lange wir so dasitzen und sie im Lichte dieser neuen Information ihre Ansichten über mich merklich zurechtrückt. Ich weiß nicht, wie lange. Minuten.

»Wie ist das abgelaufen?«, fragt sie so ausdruckslos wie möglich.

Ich weiß nicht, ob die näheren Umstände mich besser oder schlechter dastehen lassen. Wahrscheinlich ist es ein Schlag ins Wasser. Aber das spielt jetzt auch keine Rolle mehr. »Ich habe einen Termin gemacht, um mir seine Galerie anzusehen, und bin hingeflogen. Ich –«

»Wann war das?«

»Letzte Woche. Freitag.« Sie nickt.

»Ich habe ihn einfach gefragt, was passiert ist, und er hat mir seine Version der Geschichte erzählt.«

»Die da wäre?«

»Er hatte viel zu sagen. Er wollte mich davon überzeugen, dass du dich irrst, dass man dich einer Gehirnwäsche unterzogen hat, dass du durcheinander warst.«

»Und was hast du gedacht, als er das gesagt hat?«

»Ich dachte, dass ich es nicht weiß und es keinen Weg gibt, es herauszufinden, dass ich nach einem Anhaltspunkt gesucht habe, den es nicht gibt, und dass ich das Ganze vergessen sollte und mich auf, na ja, auf dich und mich konzentrieren sollte, auf unsere Liebe, auf die wichtigen Dinge eben!«

Die Empfangsdame steht hinter mir, was bedeutet, dass unser Tisch fertig ist. Maya ignoriert sie. Wir werden wohl nicht ins Restaurant rübergehen, uns die Speisekarten ansehen und die Schweineschulter bestellen, die es nur für zwei gibt und die für alles zu stehen scheint, was ich gerade verloren haben.

»Wie lange hast du dagesessen und ihm zugehört?«, fragt sie.

»Weiß ich nicht genau.«

»Länger als eine Stunde?«

»Wahrscheinlich schon.«

Ihr steigen wirklich Tränen in die Augen. Das habe ich bei ihr noch nie gesehen: *dass sie in Tränen ausbricht.* Sie will nicht schluchzend zusammenbrechen, aber die Tränen lassen sich nicht aufhalten. Und dann ist da noch dieser Ausdruck von Hass und Verratensein. Den habe ich auch noch nie gesehen.

Die Empfangsdame tritt näher und sagt: »Wir begleiten Sie jetzt gern ins Restaurant.« Sie lächelt – sie hat lang genug dort gestanden, um die Stimmung zu erfassen, und beschlossen, sie zu ignorieren. Ich sollte ihr wohl sagen, dass wir den Tisch doch nicht brauchen werden, aber was, wenn Maya gleich anfängt zu lachen, den Kopf schüttelt über meine Dummheit, mir dann sagt, dass sie mich mit all meinen Fehlern liebt, und fragt, ob wir die Schweineschulter bestellen?

Ich sehe Maya an. »Willst du …?« Sie wirft mir einen vernichtenden Blick zu.

Ich stehe auf und sage zu der Empfangsdame: »Ich fürchte, wir können nicht zum Essen bleiben.« Sie sieht mich abschätzig an und verschwindet wortlos. Maya hat sich nicht gerührt, also muss ich mich wieder hinsetzen und es weiter über mich ergehen lassen.

»Er hat dir also den ganzen False-Memory-Scheiß aufgetischt, die geballte Ladung.«

»Mhm.«

»Das muss doch genau das Richtige für dich gewesen sein.«

Ich weiß nicht, wie ich darauf reagieren soll.

»Ich habe dir von ihm erzählt, Eric. Ich habe dir von den Verhören erzählt, von der dauernden Diskussion meines Sexlebens und dem ganzen anderen Scheiß über das Zusammenleben mit ihm.« Sie ballt ihre Hände auf dem Tisch zu Fäusten. »Und jetzt hast du beschlossen, dass es gar nicht darum geht, *was* passiert ist? Du schüttelst einfach den Kopf vor dem unlösbaren Rätsel meiner Kindheit? Glaub mir, ich weiß genau, wie wenig ich weiß. Ich habe ein Loch in meiner Erinnerung, mit dem ich jeden Tag leben muss, aber wenigstens kann ich zu dem stehen, was ich sicher weiß. Weiß ich sicher, dass mein Vater mich in meinem Bett vergewaltigt hat, als ich elf war? Nein, ich weiß es nicht sicher, weil ich mir damals keine Notizen gemacht habe. Ich glaube, er hat es getan, und das reicht aus, dass ich ihn nicht mehr sehen will. Ich weiß genau, dass er mich verletzt hat, und ich weiß, dass es was mit Sex zu tun hat, und ich kann abschätzen, wie alt ich war, als es passierte, weil ich weiß, wie ich vorher und wie ich nachher war.«

In diesem Moment legt der Kellner die Rechnung in einem dicken Lederbuch auf unseren Tisch. Die Bar hat sich gefüllt, seit wir angekommen sind.

Maya holt tief Luft. »Ich muss hier raus«, sagt sie. »Ruf mich auf keinen Fall an.« Sie spricht absichtlich ruhig, sie versucht zu sagen, was sie zu sagen hat, ehe sie zusammenbricht.

»Ich verstehe, dass du enttäuscht bist«, sage ich. »Aber können wir nicht einfach drüber reden?«

»Nein, ich muss jetzt allein sein.«

»In Ordnung«, sage ich. »Aber können wir uns irgendwann darüber unterhalten? Morgen vielleicht, oder wann du willst. Lass uns einfach reden, wenn wir uns beide wieder beruhigt haben.« Es hängt alles davon ab, sie zu überzeugen.

»Ich kann dir sagen, wie die Unterhaltung laufen wird«, sagt sie. »Du meinst, es ist nicht wichtig, ob du mir glaubst oder nicht. Aber mir ist es wichtig. Werde ich zu dem Schluss kommen, dass es doch nicht wichtig ist? Oder zwingst du dich dazu, mir zu glauben? Das kannst du jetzt allein rausfinden, Eric. Gibt es dafür eine Lösung?« Die Tränen sind verschwunden; durch die Anstrengung, mir ihre Prinzipien klarzumachen, hat sie ihre Fassung wiedergewonnen. Sie gibt mir ein paar Sekunden, um alle Möglichkeiten durchzugehen. Dann steht sie auf und geht.

Ich muss die Panik und die Verzweiflung noch ein paar Stunden zurückhalten, daher steige ich fünfundzwanzig Minuten später gegenüber vom I-Beam aus einem Taxi. Diese Lösung hat sich mir in ihrer fertigen Gestalt präsentiert, aber wenn ich den Denkprozess beschreiben müsste, der mich hierhergeführt hat, würde ich so etwas sagen wie: *Was auf der Welt kann mich von dem ablenken, was gerade passiert ist? Hübsche Frauen, die sich ausziehen. Wo kann ich die finden?*

Ich ziehe trotz der Wuchergebühr von fünf Dollar

Geld am Automaten im Eingangsbereich, denn wenn es mir so schlecht geht, darf ich auch Geld verschwenden. Fünfundzwanzig Dollar besorgen mir einen Stempel auf der Hand, der nur unter Schwarzlicht sichtbar ist. Ich gebe dem Kassierer zwei weitere Zwanziger, die er mir in Eindollarnoten wechselt, die in der Mikroökonomie des Clubs die Runde machen werden. Über der Kasse hängt ein Schild, auf dem HEUTE TANZT steht, darunter hängen Schilder, mit den eingravierten Künstlernamen der Tänzerinnen: Princess, Midori, Porsche, Tiffany, Asia, Mykel und Neue Tänzerin 1 sowie Neue Tänzerin 2, die für die Frauen stehen, die noch nicht lang genug hier sind, um eigene Namensschilder zu bekommen. Die namenlosen Tänzerinnen erscheinen mir verlockender als die anderen: Vielleicht heißen sie Jen oder Heather; vielleicht sind sie nette, normale Frauen, die zufällig extrem scharfe Stripperinnen sind und sich später noch privat mit mir treffen wollen. Als ich durch die schweren Veloursvorhänge in den Club trete, ist die Musik zähflüssig wie ein Element zwischen Luft und Wasser. Der Raum ist ein großer, mit Samtvorhängen dekorierter Würfel, der unverkennbar einmal eine Industriehalle war. Überall in diesem schmuddeligen Theater laufen Frauen im Sexkostüm herum: ultraknappe Hotpants, Röcke, die zu kurz sind, um die Aufgaben eines Rocks zu erfüllen, Bikini-Oberteile, winzige T-Shirts und unglaublich hohe Schuhe. Es gibt so viele spannende Möglichkeiten, und die Aussicht darauf, aus diesen Frauen auswählen zu können, macht mir neuen Mut. Ich gehe durch den Gang zur Bühne und sehe den Frauen in die Augen, die Männer lasse ich links liegen. Männer müssen sich hier gegenseitig Raum geben, wie auf dem Klo. Wir haben unsere Lust und unsere Traurigkeit an diesen Ort gebracht, damit sich Profis darum kümmern.

Die Reihen abgenutzter roter Theatersitze verlaufen parallel zu einem langen Laufsteg. Ich suche mir einen Platz in der Mitte der ersten Reihe und konzentriere mich auf die Tänzerin, eine kleine Asiatin mit elastischem blauen Rock, den sie bis über die Hüften hochgezogen hat. Sie lächelt abwesend und manisch, während sie ihre Brüste hüpfen lässt, das Ganze wirkt eher sportlich als erotisch. Sie ist zu dünn und zu verrückt, aber ich lege trotzdem zwei Scheine auf den Bühnenrand, um meine Zahlungsbereitschaft kundzutun. Ich lehne mich in meinem Sitz zurück und genieße die Erregung und die Musik, und spüre, wie meine Sorgen in den Hintergrund treten.

Der Song endet, und die Tänzerin hebt ihre Klamotten auf, sammelt die auf der Bühne verteilten Dollarnoten ein und eilt davon, nicht länger als Darstellerin, sondern nur noch als nacktes Mädchen, das seine Handtasche vollstopft. Über die Sprechanlage fordert der DJ uns auf, Alannah zu begrüßen, und eine Blondine in kurzem weißen Rock und unter der Brust zugeknoteter schwarzer Bluse kommt auf die Bühne. Sie ist nicht so dünn wie die andere, ihre Kurven scheinen fast aus ihren Kleidern herauszuplatzen. Und dann wählt sie aus sechs anderen Trinkgeldgebern in der ersten Reihe mich, sieht mir direkt in die Augen und wirft mir ein Lächeln zu, das in meinem Gehirn die exakte, chemische Entsprechung zu *Diese Frau und ich sind verliebt* auslöst. Die Antwort des männlichen Nervensystems auf das Lächeln einer schönen Frau – der plötzliche Erguss von Freude und Angst – ist nicht weniger überwältigend, wenn man dafür bezahlt.

Alannah fängt an zu tanzen, hin und wieder schließt sie die Augen und sieht dabei aus wie eine Frau, die allein in ihrem Schlafzimmer tanzt und sich dabei vorstellt, sie würde beobachtet werden. Vielleicht macht es ihr Spaß. Sie ist entweder Exhibitionistin oder eine gute Schauspielerin, unmöglich zu sagen, was von beidem. Sie geht bis zum Ende des Laufstegs und zurück und lächelt jeden Zuschauer auf *Schön-dich-kennenzulernen*-Art an, bis sie bei mir ankommt, und wieder wirkt es, als hätten wir eine geheime Absprache. Sie hält meinen Blick fast eine halbe Minute lang, viel länger als den jedes anderen. Ich rutsche tiefer in meinen Sitz und spüre genüsslich dem erotischen Strom nach, der durch meinen Körper fließt, das beste Gefühl der Welt. Am schlimmsten Tag meines Lebens ist es nur für Geld zu haben.

Als ihr letzter Song verklingt, fordert uns der DJ erneut auf zu applaudieren, und Alannah sammelt ihre Einnahmen vom Boden. Auf dem Weg hinter die Bühne grinst sie mich an, und dann ist sie weg, und mir ist schwindlig.

Es folgt eine dieser merkwürdig langen Pausen, die manchmal das Programm im I-Beam unterbrechen. Die Tänzerinnen schwärmen aus, um mit uns anzubandeln; sie dürfen sich nicht anbieten, wenn eine andere tanzt. Eine dünne Frau mit olivfarbener Haut beugt sich über meine Armlehne, um mir einen Lapdance anzubieten, aber ich lehne dankend ab. Ich sitze aufgeregt in meinem Polstersitz und versuche nicht auf die Tür zu starren, durch die Alannah gleich kommen wird. Der DJ spielt austauschbaren Techno und sagt über die Sprechanlage: »Mystique bitte in die Garderobe, Mystique bitte in die Garderobe«, als ob man am Flughafen ausgerufen wird. Und dann spüre ich eine Hand auf meiner Schulter, und Alannah steht neben mir, inzwischen wieder minimal bekleidet, und flüstert mir ins Ohr: »Dann komm mal mit nach hinten.« Sie nimmt meine Hand, und wir entfernen uns von der Bühne wie ein Pärchen.

Mein Besuch droht zu früh zu enden. Alannah und ich werden gleich einen Raum betreten, der von kleinen Kabinen mit Vorhang gesäumt ist. Im Inneren einer Kabine werden wir kurz verhandeln – ich werde nicht feilschen; ich will die Erregung nicht mit falschem Geiz und Sachlichkeit kaputtmachen –, und dann wird Alannah sich ausziehen und ihren schönen Körper an meinem reiben. Irgendwann werde ich in meiner Hose kommen – in Erwartung dessen hängt in jeder Kabine eine Spenderbox mit Taschentüchern an der Wand –, woraufhin das Vermögen des I-Beam und seiner Arbeiterinnen, mich zu erregen und abzulenken, schwinden und die Erkenntnis über gewisse Tatsachen zurückfluten wird, um die Lücke zu füllen.

Sie grüßt den muskelbepackten schwarzen Türsteher

und führt mich zu einer Kabine. Drinnen sagt sie: »Macht achtzig für 'n *private*«, ich gebe ihr das Geld, und der unangenehme Teil ist vorbei. Ich angle meine Schlüssel aus der Hosentasche, damit sie mir nicht ins Gehege kommen, und hänge meine Jacke an einen Haken. Dann legt sie mir die Hände auf die Schultern, drückt mich auf die Sitzbank, dreht sich grinsend um, und entledigt sich ihres Rocks, ihr weißer Stringtanga besteht nur aus dem Allernötigsten. Sie lässt sich auf meinem Schoß nieder und wirft ihren Kopf zurück, so dass er auf meiner Schulter liegt, während ich im Spiegel zusehe, wie sie den Knoten in ihrer Bluse zum zweiten Mal löst. Das Parfüm an ihrem Hals riecht süßlich-fruchtig. Sie fängt an, sich auf mir zu räkeln, ihre Haut ist unfassbar weich und scheint zu leuchten. Aus irgendeinem Grund kriege ich keinen Ständer. Alannah bewegt sich weiter auf mir und vor mir und beweist, wie gut sie die Sprache männlicher Sexphantasien spricht. Sie zieht das Bikini-Oberteil aus und dann den Stringtanga. Sie schwenkt ihre Brüste vor meinem Gesicht; sie bietet mir ihre Möse und ihr Arschloch feil; ihr Blick zeigt unersättlichen Sexhunger. Warum ist immer etwas verkehrt? Alannah sitzt jetzt rittlings auf meinem Schoß – die Anzahl an Posen, die sie einnehmen kann, ist beschränkt –, und im Spiegel sehe ich ihren konzentrierten Blick. Ihre Hüftbewegungen auf meinem Schoß fühlen sich auf einmal fehl am Platz an. Das ist es nicht, was ich jetzt brauche. Ich muss ihr das sagen. Wenn der Song vorbei ist – ist es der zweite oder der dritte? –, werde ich von diesem lauten, fensterlosen

Ort verschwinden. Ich sehe mein Gesicht im Spiegel und denke: *Maya ist weg,* und beobachte, wie sich mein Gesicht verzieht und mir Tränen über die Wangen laufen und heiß auf Alannahs Schulter tropfen.

Sie springt entsetzt auf.

»Entschuldigung«, sage ich.

»Was war *das* denn?«, fragt sie verwirrt und erschrocken.

»Ich … ich hatte einen echt harten Tag«, sage ich, und dieses Eingeständnis lässt die Tränen erneut hervorquellen.

Sie versteht jetzt, was ihr über den Rücken gelaufen ist, aber sie wirkt nicht erleichtert. Sie steht vor mir, nackt bis auf die überdimensionalen Schuhe, und nimmt ihre Handtasche aus dem kleinen Regal, das Gegenteil von Pornographie. »Also was jetzt?«, fragt sie. »Sind wir durch?«

»Ja«, sage ich. »Das sind wir wohl.«

Ich habe einen Rückzugsmodus, den ich während endloser Stunden in meinem Kinderzimmer perfektioniert habe. Meine Aufgabe ist es jetzt, mich zu trösten, und das tue ich. Ich ignoriere eine Reihe dringlicher werdender Nachrichten meines Vaters auf dem Anrufbeantworter. Ich verbringe Tage damit, meine gesammelten alten Comicreihen zu lesen und Serien auf DVD zu schauen. Die Jungen meiner Generation träumten nicht davon, Forscher oder Hubschrauberpilot zu werden, sondern jeden Comic und jedes Videospiel der Welt zu besitzen, und ich halte meinem Kindheits-Ich die Treue. Vielleicht waren Frauen die ganze Zeit nur Katzengold, eine Ablenkung vom rechten Weg der Spielzeuge und Hobbys. In meinen Träumen kämpfen Cyclops und Wolverine bis aufs Blut um Mayas Leiche.

Jetzt gerade geht Maya zur Arbeit, reicht Artikel ein, heult sich bei einer Freundin aus. Obwohl ich nicht weiß, wem sie sich anvertrauen würde. Ich trage seit drei Tagen das gleiche T-Shirt. Was, wenn sie hier auftaucht? Ich könnte mir vorsorglich ein neues T-Shirt anziehen, aber das wäre kontraproduktiv. Als Kompromisslösung lege ich ein frisches T-Shirt auf meine Kommode, damit ich es schnell anziehen kann, wenn es klingelt. Viele Monate später, wenn ich wieder regelmäßig meine Klamotten wechsle und das Haus verlasse, wird mich das T-Shirt, das ich jetzt anhabe, an diese Zeit erinnern, und ich werde versuchen, darüber zu lächeln, aber es wird mir nicht gelingen. Minutenlang versuche ich mir vorzustellen, wie sie gerochen hat. Vielleicht sollte ich ihr Citrus-Duschgel kaufen und der erbärmliche alte Mann werden, der angezogen in der Badewanne steht und an einer Duschgel-Flasche riecht. Ich habe sie nur ein paar Monate lang gekannt, aber ich hatte auf sie gewartet, seit mir damals beim Fernsehen das erste Mal Bronwen Oberfells Profil aufgefallen war, mein Bewusstsein hat sie in sich aufgenommen: Alles hat sich nach ihr ausgerichtet und sich seinen Platz um sie herum gesucht. Dass ich sie liebe, ist ein Codefehler, ein schwerwiegender, ein echter

Showstopper. Ich wälze das Problem endlos hin und her, das Gefühl, etwas zu übersehen, nagt an mir. Es muss einen Weg geben, sie zu lieben und gleichzeitig im Unklaren zu bleiben. Ich werde die Wahrheit über Mayas Vergangenheit nie kennen, aber was kann man von einem anderen schon vollständig kennen? Wir können uns nur wie weit entfernte Sterne sehen: indem wir das jahrealte Licht beobachten, überholte Informationen sammeln, Berechnungen anstellen und Rückschlüsse ziehen.

Cynthia macht sich Sorgen um mich und ruft jeden Abend an. Ich versuche mit einer Gefühlsmischung aufzuwarten, die psychische Unversehrtheit bei jemandem in meiner Lage anzeigt: eine Mischung aus Schmerz, Reue, traurig-trockenem Humor und Selbsterkenntnis. Ich darf nicht verdrängen und mich in Selbstmitleid wälzen, sondern muss alles zulassen und verarbeiten und die Wunden heilen lassen. Cynthia kann man eigentlich nichts vormachen, was Gefühle angeht, und ihr eine so komplexe Darstellung mit der nötigen Plausibilität zu bieten erschöpft mich.

Ich denke darüber nach, zu einer Prostituierten zu gehen, was ich noch nie gemacht habe, aber ich habe Angst, dass es in einer Wiederholung des Stripclubvorfalls endet. Ich frage mich, ob es wohl Prostituierte gibt, auf denen man weinen kann und die vielleicht für einen kleinen Bonus tröstende Laute machen.

Der Leitgedanke, sofern es einen gibt, ist, es mir gemütlich zu machen, während die Zeit schmerzlindernd auf mein Herz einwirkt. Die Anrufe meines Vaters sind

Sand in meinem Getriebe. Wenn ich seinen Namen auf dem Display lese, lösche ich die Nachricht, ohne sie abzuhören, aber das macht mir Schuldgefühle, und im Moment ist es meine Aufgabe, die schlechten Gefühle zu minimieren. Schon nach zwei Nachrichten läuft das Fass über. Als er das dritte Mal anruft, sehe ich mir dabei zu, wie ich den Hörer abnehme und ihn an mein Ohr halte.

»Eric, hallo«, sagt er halb überrascht, halb anbiedernd. »Hör mal, ich habe eine –«

»Wie lautet deine Kontonummer?«, frage ich.

Er druckst ein bisschen herum und sagt dann die Ziffernfolge auf, die ich auf den Rand einer Zeitung schreibe. »Und die Bankleitzahl?« Während er spricht, halte ich das Telefon fünf Zentimeter von meinem Ohr weg, so dass ich die Ziffern leise und weit entfernt höre. »Das ist das erste und letzte Mal«, sage ich, bevor ich auflege. Ich faxe eine Unterschrift an meinen Finanzberater, um die Überweisung zu autorisieren. Fünf Minuten später ruft mich seine Assistentin an, um die erfolgreiche Überweisung zu bestätigen. Sie hat die gewohnheitsmäßig gute Laune einer Krankenschwester, eines Menschen, der intime Dinge über andere weiß. Ich werde erst in zehn Jahren, nach seinem Schlaganfall, wieder mit meinem Vater sprechen.

An diesem Abend schießen die Vereinigten Staaten Raketen auf die »Dora Farms« im Südosten von Bagdad ab, weil ihnen Berichte vorliegen, dass Saddam Hussein seine Söhne dort besuchen will. Fünfzehn Zivilisten werden getötet. Die Berichte stellen sich als unwahr heraus. Zehn Tage später springt Pete Oberfell als Teil der 173. Airborne Brigade mit dem Fallschirm über dem irakischen Teil Kurdistans ab. Kirkuk fällt schnell, und Petes Division verpasst fast alle Kämpfe, sehr zur Erleichterung von Petes Familie. Die 173. bleibt im Irak, um die Sicherheit nach dem Sturz der Regierung zu gewährleisten.

Drei Jahre später sehen meine Mutter und ich ihn auf Stacey Oberfells Bitte hin zu Weihnachten in seinem Elternhaus wieder. Der Schnee ist ungewöhnlich dicht, selbst für Colorado. Auf dem Weg dorthin erzählt mir meine Mutter, dass Petes Verlobte ein paar Wochen nach seiner Heimkehr die Verlobung gelöst hat.

Pete ist noch immer blass, aber jetzt überragt er mich mit seinen kräftigen Erwachsenenarmen und -beinen. Als wir uns die Hand geben, scheint er meine Anwesenheit nicht als gut oder schlecht wahrzunehmen, sondern einfach als Tatsache.

»Du hast mir damals dieses Computerspiel gezeigt«, sagt er und setzt sich auf einen Stuhl mit hoher Rückenlehne. »Das war cool. Als ich nach Hause kam, wollte ich unbedingt lernen, wie man mit Computern umgeht. Ich habe sogar einen Kurs besucht.«

»Und, wie lief's?«

»Es war nichts für mich«, sagt er. »Ich konnte nicht richtig aufpassen. Ich habe Schwierigkeiten damit, mich auf solche Dinge zu konzentrieren.«

Stacey kommt mit Kaffeetassen auf einem Tablett herein. Pete nimmt sich die erste.

»Bist du denn froh, wieder hier zu sein?«, fragt Mom.

»Ehrlich gesagt, nein«, erwidert er. »Ich habe jede Sekunde dort unten gehasst, aber das hier ist noch schlimmer.« Sein Tonfall ist sachlich und klaglos.

»Wie kann es denn hier schlimmer sein als im *Irak*?«, fragt Mom überrascht.

Petes ruhiger Blick flackert kein einziges Mal. »Was wissen Sie denn schon davon?«, sagt er.

»Pete!«, rügt ihn seine Mutter. Pete steht wortlos auf und verlässt den Raum. Wir sehen ihn nicht wieder. Zurück in San Francisco, spende ich in seinem Namen Geld an eine Hilfsorganisation für Veteranen mit posttraumatischer Belastungsstörung und überlege, ob ich Mayas Namen vielleicht auch angeben soll.

Ich werde sie noch ein einziges Mal sehen, als ich mit einer anderen verabredet bin. Nach Maya gebe ich das mit den Frauen eine lange Zeit auf. Selbst als ich morgens wieder aufstehen konnte, selbst als ich angefangen hatte, an einer JavaScript-Graphikbibliothek zu arbeiten, mir ein Auto gekauft hatte und meine Wohnung wieder verließ, konnte ich nicht einmal darüber *nachdenken,* eine Frau zu treffen und sie näher kennenzulernen. Aber irgendwann, ungefähr vor einem Jahr, hatten mich die Zeit und die Langeweile und die Einsamkeit so weit, dass ich mich bei einer Onlinepartnerbörse anmeldete.

Von dem Augenblick an, in dem ich auf »Profil anlegen« klickte, war es anstrengend. Ich wollte nicht noch mehr Protokolle optimieren: was ich in meinem Profil angab, was ich in der ersten Nachricht schrieb, wann man vom E-Mail-Kontakt zum Brunch übergehen sollte – all dieser Schwachsinn eben, auf den ich mein ganzes bisheriges Leben verschwendet hatte, nur taten auf einmal Millionen anderer extrovertierter und scheinbar gut angepasster Menschen das Gleiche.

Und dann kamen die Dates, Dutzende, eins nach dem anderen, die alle nach dem gleichen Muster abliefen. Ich musste mir jedes Mal bewusst machen, dass ich einem echten Menschen mit einzigartigem Bewusstsein und einem ganzen Satz persönlicher Assoziationen gegenübersaß, während wir beide unsere Fragen und Antworten wie Algorithmen durchgingen, in dem Versuch, die passenden zusammenzufügen. Ich war kurz davor aufzugeben, als ich Annabelle fand. Ich mochte ihr Foto mit den zu perfekt gestylten Klamotten und dem offenen Gesicht, und ich mochte es, wie sorgfältig sie die austauschbaren Fragen in dem Profilformular ausgefüllt hatte, statt die Metastrategie zu verfolgen wie jeder andere. Wir trafen uns in einem Sushi-Restaurant, in dem ich schon mit einigen Frauen gewesen war, aber zu ihr sagte ich auf einmal ganz andere Dinge. Sie war schüchtern und auf unaufdringliche Weise aufmerksam, ich begann, ein bisschen für sie zu schwärmen. Es läuft gut.

Das war vor etwas mehr als einem Monat. Heute Abend treffe ich sie in der Bar bei ihr um die Ecke, wo sie mich ein paar Freunden vom College vorstellen will. Sie sitzt mit fünf oder sechs Leuten an einem der hinteren Tische, mehr, als ich erwartet habe. Man sieht ihnen nicht an, dass sie jünger sind als ich. Annabelle hat mich bemerkt und winkt, und alle rücken zusammen, um Platz für mich zu machen. Zwischen ihnen und mir sitzt Maya und scheint nicht überrascht zu sein, mich zu sehen.

Sie hat eine neue Frisur. Ihr Leben ist ohne mich weitergegangen, sie hat sich Ziele gesteckt und erreicht und Entscheidungen über ihre Frisur getroffen. Abgesehen davon bin ich mir nicht sicher, ob ihre Züge schärfer geschnitten sind oder das Bild aus meiner Erinnerung an den Rändern unscharf geworden ist. Sie ist mit zwei Frauen und einem Mann da, eine lockere Truppe. Die Jukebox ist laut, und plötzlich fällt mir auf, dass alle in dieser Bar schreien.

Annabelle und Maya haben beide beobachtet, dass ich die jeweils andere gesehen habe, meine Berechnungen erfordern jetzt Multithreading. Meine einzige Option ist es, Annabelle mit entschuldigendem Zeigefinger das Zeichen für *Moment noch* zu geben, dann begrüße ich Maya, als wäre ich nicht gerade im Begriff, auf dem klebrigen Boden der Bar in tausend Stücke zu zerspringen. Unsere letzte Begegnung läuft so ab: Ich tue so, als hätte ich etwas Wichtigeres vor, und sie durchschaut mich wieder einmal.

Sie wirkt jetzt auf mich wie ein Star, wie jemand, den man nur zu kennen glaubt. Sie lächelt mich von der anderen Seite des Abgrundes an.

Was machen wir jetzt? Unterhalten wir uns? *Ich stelle mir nicht mehr vor, wie du anrufst. Ich vergleiche andere Menschen kaum noch mit dir. Manchmal frage ich mich, was du wohl für ein Bild von mir im Kopf hast, aber ich habe keine Ahnung.*

»Du bist also für ein Date hier«, sagt sie, als ich mich neben sie auf die Bank hocke.

»Woher weißt du das?«

»Die Art, wie sie hier rübersieht.« Ich kann mich nicht zu Annabelle umdrehen, also haben wir wieder ein Geheimnis, was unglaublich schön und gleichzeitig unglaublich schmerzhaft ist. »Geh besser zu ihr.«

Ich werde niemals eine andere lieben, sage ich nur in meinem Kopf, wo ich niemandem außer mir selbst weh tun kann. »War schön, dich zu sehen«, sage ich laut. Als ich aufstehe, lege ich ihr freundschaftlich die Hand auf die Schulter und bereue es sofort. Dann gehe ich in den hinteren Teil der Bar und entschuldige mich.

Bitte beachten Sie
auch die folgenden Seiten

Astrid Rosenfeld im Diogenes Verlag

Astrid Rosenfeld wurde 1977 in Köln geboren. Nach dem Abitur ging sie für zwei Jahre nach Kalifornien, wo sie erste Berufserfahrungen am Theater sammelte. Danach begann sie eine Schauspielausbildung in Berlin, die sie nach anderthalb Jahren abbrach. Eine Zeitlang hat sie in diversen Jobs in der Filmbranche gearbeitet, unter anderem als Casterin. Ihr Debütroman *Adams Erbe* erschien 2011 und schaffte es auf Anhieb auf die Longlist für den Deutschen Buchpreis. Astrid Rosenfeld lebt als freie Autorin in Berlin.

»So möchte man schreiben können: federleicht und doch mit Tiefgang, witzig und locker und doch niemals platt, spannend, aber doch leise und ohne aufgeplusterte Action.«
Birgit Ruf / Nürnberger Nachrichten

Adams Erbe
Roman

Elsa ungeheuer
Roman
Auch als Diogenes Hörbuch erschienen,
gelesen von Robert Stadlober

Yael Hedaya im Diogenes Verlag

Yael Hedaya wurde 1964 in Jerusalem geboren. Sie studierte Philosophie und Anglistik in Jerusalem und Kreatives Schreiben in New York. Heute arbeitet sie als Journalistin für verschiedene israelische Zeitschriften. Yael Hedaya lebt in der Nähe von Tel Aviv.

»Zusammen mit Autorinnen wie etwa Zeruya Shalev und Judith Katzir gehört Yael Hedaya zur jungen Generation israelischer Schriftstellerinnen, die bei uns als Spezialistinnen für die Erforschung des Privaten gelten.« *Gunhild Kübler / Die Weltwoche, Zürich*

»Yael Hedaya ist eine Entdeckung.«
Simone Buchholz / Marie Claire, München

Liebe pur
Erzählung. Aus dem
Hebräischen von Ruth Melcer

Zusammenstöße
Eine Liebesgeschichte
Roman. Deutsch
von Ruth Melcer

Die Sache mit dem Glück
Erzählung
Deutsch von Ruth Melcer

Eden
Roman
Deutsch von Ruth Achlama

Alles bestens
Roman. Deutsch von
Ruth Melcer

Anthony McCarten im Diogenes Verlag

»Anthony McCarten hat die unglaubliche Gabe, Geschichten so aufzuschreiben, dass es einem das Herz zerreißt, während man über seine Einfälle, Sprüche und seinen unbesiegbaren Humor lacht.«
Hamburger Abendblatt

»McCarten pflegt den satirischen Ton, ohne waschechte Satiren zu schreiben. Er ist, wie man so sagt, ein geborener Erzähler.« *Die Welt, Berlin*

»Anthony McCarten ist unter den literarischen Exporten aus Neuseeland einer der aufregendsten.«
International Herald Tribune, London

Superhero
Roman. Aus dem Englischen
von Manfred Allié und
Gabriele Kempf-Allié

Englischer Harem
Roman. Deutsch von Manfred Allié
und Gabriele Kempf-Allié

Hand aufs Herz
Roman. Deutsch von Manfred Allié
Auch als Diogenes Hörbuch erschienen,
gelesen von Rufus Beck

Liebe am Ende der Welt
Roman. Deutsch von Manfred Allié

Ganz normale Helden
Roman. Deutsch von Manfred Allié
und Gabriele Kempf-Allié
Auch als Diogenes Hörbuch erschienen,
gelesen von Rufus Beck und Jo Kern

Jason Starr im Diogenes Verlag

Jason Starr, geboren 1968, wuchs in Brooklyn auf und begann in seinen College-Jahren zu schreiben, zunächst Kurzgeschichten, später auch Romane und Theaterstücke. Früher verkaufte er Parfüm, Computer und – Höhepunkt seiner Karriere – unzerreißbare Strumpfhosen und redete sich die Seele aus dem Leib als Telefonverkäufer. Heute ist Jason Starr selbsternannter Experte für American Football und Baseball, für Pferderennen und Glücksspiel. Er lebt in New York.

»Jason Starr ist ein phantasievoller Autor und schreibt so rabenschwarz wie im Hollywood der vierziger Jahre.« *Martina I. Kischke / Frankfurter Rundschau*

»Die unwiderstehliche Schwärze und Rasanz, in der Jason Starr den ethischen und zwischenmenschlichen Niedergang seiner Protagonisten schildert, sucht ihresgleichen.« *Stadtblatt Osnabrück*

Top Job
Roman. Aus dem Amerikanischen von Bernhard Robben

Ein wirklich netter Typ
Roman. Deutsch von Hans M. Herzog

Hard Feelings
Roman. Deutsch von Bernhard Robben

Twisted City
Roman. Deutsch von Bernhard Robben

Stalking
Roman. Deutsch von Ulla Kösters

Panik
Roman. Deutsch von Ulla Kösters

Brooklyn Brothers
Roman. Deutsch von Ulla Kösters

Dumm gelaufen
Roman. Deutsch von Hans M. Herzog

Benedict Wells im Diogenes Verlag

Becks letzter Sommer

Roman

»But I was so much older then, I'm younger than that now.« (Bob Dylan, *My Back Pages*)

Ein liebeskranker Lehrer, ein ausgeflippter Deutschafrikaner und ein musikalisches Wunderkind aus Litauen auf dem Trip ihres Lebens, von München durch Osteuropa nach Istanbul.

»Das interessanteste Debüt des Jahres. Einer, der sein Handwerk versteht und der eine Geschichte zu erzählen hat.« *Florian Illies / Die Zeit, Hamburg*

»Ein wunderbares, ehrliches Buch, mit souveräner Figurenführung, Dutzenden von guten Einfällen und einem Spannungsbogen, der es in sich hat.«
Jess Jochimsen / Musikexpress, München

»Furioser Lesespaß.« *Verena Lugert / Neon, München*

Spinner

Roman

Ich hab keine Angst vor der Zukunft, verstehen Sie? Ich hab nur ein kleines bisschen Angst vor der Gegenwart.
Jesper Lier, zwanzig, weiß nur noch eines: Er muss sein Leben ändern, und zwar radikal. Er erlebt eine turbulente Woche und eine wilde Odyssee durch das neue Berlin. Ein tragikomischer Roman über die Angst, wirklich die richtigen Entscheidungen zu treffen.

»Wie Benedict Wells versteht, sein Alter Ego in seiner ganzen Unbefangenheit dem Leben gegenüber darzustellen, geht weit über ein auf ein jugendliches Lesepublikum zugeschnittenes Generationenbuch hinaus. Wells' Sprache ist roh und unfrisiert, und seine Geschichte grundiert von bisweilen bitter-poetischem Humor.« *Peter Henning / Rolling Stone, München*

»Benedict Wells findet starke Worte für die Orientierungslosigkeit seiner Generation. *Spinner* ist ein wunderbares Buch über die Angst vor dem Erwachsenwerden und teilweise zum Brüllen komisch.«
Lilo Solcher / Augsburger Allgemeine

»Ironisch und stellenweise sehr tiefgründig. Versponnene Lektüre zum In-einem-Rutsch-Lesen.«
Emotion, Hamburg

Fast genial

Roman

»Ich habe das Gefühl, ich muss meinen Vater nur einmal anschauen, nur einmal kurz mit ihm sprechen, und schon wird sich mein ganzes Leben verändern.«
Die unglaubliche, aber wahre Geschichte über einen mittellosen Jungen aus dem Trailerpark, dessen Zukunft aussichtslos scheint. Bis er eines Tages erfährt, dass sein ihm unbekannter Vater ein Genie ist, und er sich auf die Suche nach ihm macht – das Abenteuer seines Lebens.

»Benedict Wells – ein Ausnahmetalent in der jungen deutschen Literatur! Mit *Fast genial* ist ihm ein ziemlich geniales Buch gelungen.«
Claudio Armbruster / ZDF heute journal, Mainz

Arnon Grünberg im Diogenes Verlag

Arnon Grünberg, 1971 in Amsterdam geboren, lebt und schreibt in New York. Sein in siebzehn Sprachen übersetzter Erstling, *Blauer Montag*, wurde in Europa ein Bestseller. Neben allen großen niederländischen Literaturpreisen wie dem Anton-Wachter-Preis, dem AKO-Literaturpreis, dem Libripreis und dem Constantijn-Huygens-Preis für sein Gesamtwerk erhielt Arnon Grünberg 2002 den NRW-Literaturpreis.

»Arnon Grünberg ist einer der erfolgreichsten, produktivsten und umstrittensten niederländischen Schriftsteller.«
Jan Brandt / Frankfurter Allgemeine Sonntagszeitung

Statisten
Roman. Aus dem Niederländischen von Rainer Kersten

Amour fou
Roman. Deutsch von Rainer Kersten. Mit einem Vorwort von Daniel Kehlmann
(zuerst unter dem Pseudonym *Marek van der Jagt* erschienen)

Phantomschmerz
Roman. Deutsch von Rainer Kersten

Gnadenfrist
Deutsch von Rainer Kersten

Der Heilige des Unmöglichen
Deutsch von Rainer Kersten

Tirza
Roman. Deutsch von Rainer Kersten

Mitgenommen
Roman. Deutsch von Rainer Kersten

Mit Haut und Haaren
Roman. Deutsch von Rainer Kersten

Der jüdische Messias
Roman. Deutsch von Rainer Kersten

Couchsurfen
und andere Reportagen. Herausgegeben und mit einem Vorwort von Ilija Trojanow. Deutsch von Rainer Kersten

Adam Davies im Diogenes Verlag

Adam Davies, geboren 1971 in Louisville, Kentucky, arbeitete nach seinem Literaturstudium an der Syracuse University als Verlagsassistent in New York. Heute ist er Dozent für Englische Literatur an der University of Georgia und am Savannah College of Art & Design. Adam Davies lebt in Brooklyn, New York, und Savannah, Georgia.

»Adam Davies ist so komisch und umwerfend wie Nick Hornby, aber auch so in den Bann ziehend und traurig wie J. D. Salinger *(Der Fänger im Roggen)*. Genial.«
Badische Neueste Nachrichten

»Adam Davies kann von Tragödien so grandios erzählen, dass man ordentlich was zu lachen hat.«
Christine Westermann / WDR, *Köln*

Froschkönig
Roman. Aus dem Amerikanischen
von Hans M. Herzog

Goodbye Lemon
Roman. Deutsch von
Hans M. Herzog

Dein oder mein
Roman. Deutsch von
Hans M. Herzog

Miranda July
Zehn Wahrheiten

Stories. Aus dem Amerikanischen
von Clara Drechsler und Harald Hellmann

Ein Mädchen verliebt sich in ein geheimnisvolles Wesen, einen körperlosen Schatten, der nachts von ihr Besitz ergreift. Ihr Glück ist vollkommen, bis sie den schrecklichen Fehler begeht, etwas Wunderbares für etwas Wirkliches aufzugeben.
Ein Mann und eine Frau haben sich nicht mehr viel zu sagen, bis sie als Statisten auf einem Filmset ein turtelndes Paar im Restaurant spielen sollen – und es auf einmal wieder sind.
In Miranda Julys Erzählungen wird das Alltägliche wieder zum Wunder und das Skurrile so selbstverständlich wie Gespräche übers Wetter. »Alles, was wir tun, tun wir um anderer Menschen willen«, heißt es in der Titelerzählung *Zehn Wahrheiten.* »Weil wir sie lieben. Oder weil wir sie eben nicht lieben.«

»Diese Geschichten sind umwerfend charmant, wunderschön geschrieben, häufig zum Brüllen komisch und tief ergreifend. Ein so seltsames Hirn wie das von Miranda July ist mir selten begegnet. Sie ist eine echte Schriftstellerin und eine der originellsten neuen Stimmen seit Jahren.« *Dave Eggers*

»Was für traurige, was für verrückte, was für unglaubliche Geschichten. So zärtlich, so schonungslos, pure Zauberei.« *Urs Jenny / Der Spiegel, Hamburg*

»Sie ist das Allround-Talent der amerikanischen Kulturszene: Ob Performance, Videokunst, Spielfilm oder jetzt auch Kurzgeschichten – Miranda July gelingt einfach alles.« *Susanne Weingarten / Brigitte, Hamburg*

Auch als Diogenes Hörbuch erschienen,
gelesen von Mavie Hörbiger

Jakob Arjouni im Diogenes Verlag

»Ein großer, phantastischer Schriftsteller, der genau und planvoll und lesbar schreibt.«
Maxim Biller / Tempo, Hamburg

»Seine Virtuosität, sein Humor, sein Gespür für Spannung sind ein Lichtblick in der Literatur jenseits des Rheins, die seit langem in den eisigen Sphären von Peter Handke gefangen ist.« *Actuel, Paris*

»Seine Texte haben Qualität. Sie sind ambitioniert, unaufdringlich-provokativ, höchst politisch.«
Barbara Müller-Vahl / General-Anzeiger, Bonn

»Arjouni weiß als Dramatiker genauso wie als Krimiautor, wie er Spannung erzielt, ohne platt zu wirken.«
Christian Peiseler / Rheinische Post, Düsseldorf

Happy birthday, Türke!
Kayankayas erster Fall. Roman
Auch als Diogenes Hörbuch erschienen, gelesen von Rufus Beck

Mehr Bier
Kayankayas zweiter Fall. Roman

Ein Mann, ein Mord
Kayankayas dritter Fall. Roman
Auch als Diogenes Hörbuch erschienen, gelesen von Rufus Beck

Magic Hoffmann
Roman
Auch als Diogenes Hörbuch erschienen, gelesen von Jakob Arjouni

Ein Freund
Geschichten

Kismet
Kayankayas vierter Fall. Roman

Idioten. Fünf Märchen

Hausaufgaben
Roman

Chez Max
Roman
Auch als Diogenes Hörbuch erschienen, gelesen von Jakob Arjouni

Der heilige Eddy
Roman
Auch als Diogenes Hörbuch erschienen, gelesen von Jakob Arjouni

Cherryman jagt Mister White
Roman

Bruder Kemal
Ein Kayankaya-Roman

Doris Dörrie im Diogenes Verlag

»Es ist vollkommen gleichgültig, ob Sie Doris Dörrie in der Badewanne, im Intercity-Großraumwagen, im Lehnstuhl oder in der Straßenbahn lesen, nur: Lesen Sie sie!« *Deutschlandfunk, Köln*

»Heute streiten sich die Feuilletonisten, ob sie besser Bücher schreiben kann oder besser Filme dreht. Die Antwort ist einfach: Doris Dörrie kann beides.« *Deutschland, Bonn*

Liebe, Schmerz und das ganze verdammte Zeug
Vier Geschichten
Daraus die Geschichte *Männer* auch als Diogenes Hörbuch erschienen, gelesen von Anna König

»Was wollen Sie von mir?«
Erzählungen. Mit Fotos von Helge Weindler

Der Mann meiner Träume
Erzählung
Auch als Diogenes Hörbuch erschienen, gelesen von Heike Makatsch

Für immer und ewig
Eine Art Reigen

Bin ich schön?
Erzählungen

Samsara
Erzählungen

Was machen wir jetzt?
Roman

Happy
Ein Drama

Das blaue Kleid
Roman

Mitten ins Herz
und andere Geschichten. Ausgewählt von Daniel Keel. Mit einem Nachwort der Autorin

Und was wird aus mir?
Roman
Auch als Diogenes Hörbuch erschienen, gelesen von Doris Dörrie

Kirschblüten – Hanami
Ein Filmbuch

Alles inklusive
Roman
Auch als Diogenes Hörbuch erschienen, gelesen von Maria Schrader, Petra Zieser, Maren Kroymann und Pierre Sanoussi-Bliss

Kinderbücher:

Mimi
Mit Bildern von Julia Kaergel

Mimi und Mozart
Mit Bildern von Julia Kaergel

Jessica Durlacher im Diogenes Verlag

Jessica Durlacher, geboren 1961 in Amsterdam, veröffentlichte 1997 in den Niederlanden ihren ersten Roman, *Das Gewissen.* Für ihn sowie für ihren zweiten Roman, *Die Tochter,* wurde sie mit zahlreichen Preisen ausgezeichnet. Sie lebt mit ihrem Mann und ihren zwei Kindern in Bloemendaal und in Kalifornien.

»Eine Erzählerin, die Spannung mit Tiefgang zu paaren weiß.« *Buchkultur, Wien*

»Jessica Durlacher ist eine souveräne Erzählerin.«
Sabine Doering / Frankfurter Allgemeine Zeitung

Das Gewissen
Roman. Aus dem Niederländischen
von Hanni Ehlers

Die Tochter
Roman
Deutsch von Hanni Ehlers

Emoticon
Roman
Deutsch von Hanni Ehlers

Schriftsteller!
Deutsch von Hanni Ehlers

Der Sohn
Roman
Deutsch von Hanni Ehlers